Verão em Nova York

Alex Aster

Verão em Nova York

Tradução
Regiane Winarski

GLOBOLIVROS

Texto fixado conforme as regras do Acordo Ortográfico da Língua Portuguesa (Decreto Legislativo nº 54, de 1995).

Título original: *Summer in the City*

Editora responsável: Amanda Orlando
Editora de produção: Viviane Rodrigues
Editores-assistentes: Rodrigo Ramos e Renan Castro
Assistente editorial: Camila Novaes
Preparação: Leandro Tavares
Revisão: Isis Batista e Juliana Oliveira
Diagramação: Renata Zucchini
Capa: Elsie Lyons
Adaptação de capa: Carolinne de Oliveira
Ilustração de capa: Ruby Taylor/ Central Illustration Agency
Ilustrações do miolo: freepik; elenapimukova; rawpixel.com; ghazy.artwork; sentavio; olyakamieshkova; moore_moore; pikisuperstar; luisvv; ArtsGallery

1ª edição, 2025

CIP-BRASIL. CATALOGAÇÃO NA PUBLICAÇÃO
SINDICATO NACIONAL DOS EDITORES DE LIVROS, RJ

A874v

Aster, Alex, 1995-
Verão em Nova York / Alex Aster ; tradução Regiane Winarski. - 1. ed. - Rio de Janeiro : Globo Livros, 2025.
328 p. ; 23 cm.

Tradução de: Summer in the city
ISBN 978-65-5987-307-4

1. Romance americano. I. Winarski, Regiane. II. Título.

25-101067.0 CDD: 813
CDU: 82-31(73)

Meri Gleice Rodrigues de Souza - Bibliotecária - CRB-7/6439

Direitos exclusivos de edição em língua portuguesa para o Brasil adquiridos por Editora Globo S.A.
Rua Marquês de Pombal, 25 — 20230-240 — Rio de Janeiro — RJ
www.globolivros.com.br

Ao meu amor,
você faz todos os dias
parecerem verão.

1

Em Nova York, todos os fins de semana são uma chance de viver como se estivesse em um filme. Bebidas em um terraço à sombra de um arranha-céu projetado como se tivesse sido feito sob medida para você, cintilando do jeito certo para aquela foto altamente saturada e ajustada bem de leve com filtro que você está prestes a postar; jantar ao lado de uma celebridade que nem encosta na comida e discute alto uma fofoca a respeito de um astro de cinema que talvez faça você engasgar com a gin-tônica; uma festa com drogas que parecem balas espalhadas sobre uma mesa de mármore, numa cobertura com quartos nos fundos para os funcionários e um estúdio de pilates do tamanho da sua quitinete.

A menos, óbvio, que você seja como eu, e uma noite perfeita de sexta-feira tenha menos a ver com descolar um canto de mesa no Marquee e mais com assistir à Netflix usando uma camiseta velha que já pertenceu ao ex-namorado da sua colega de quarto da faculdade. Uma camiseta que você pode ter roubado em um momento de fraqueza, porque a desejava tanto quanto deseja aquele pote semanal de sorvete Ben & Jerry do qual você *jura* que só vai comer umas colheradas, acreditando de verdade no seu autocontrole, até o momento em que a colher bate no papelão do fundo.

— Desculpa!

Eu inspiro fundo como se tivesse levado um soco, porque uma garota de sapatos com saltos do tamanho de agulhas de tricô acabou de pisar no meu dedo.

Meus sisos foram arrancados sem anestesia por um estudante de odontologia no qual a minha mãe não deveria ter confiado.

Mesmo assim, esse pisão de agora doeu mais.

Quando estou considerando soltar uma série inteligível de profanidades e me perguntando se é possível fazer uma denúncia contra um salto, uma mão gentil encosta no meu ombro.

Penelope, minha melhor amiga e antiga colega de quarto da faculdade, que tem um ótimo gosto para homens e um não tão bom quanto às ideias do que significa uma noite legal, suspira e olha para mim com a mesma expressão de pena de uma festeira quase profissional encarando uma novata.

— É por isso que não é para usar sandália aberta quando se vai a uma boate, Elle.

Respiro fundo, sentindo o dedão latejar como um coração em meio a uma parada cardíaca, e digo:

— Eu não *tenho* outro tipo de sapato de salto. Nem nunca fui a uma boate.

Penelope me encara por dez segundos inteiros e franze a testa.

— Olha, eu não consigo decidir qual dessas duas declarações é mais problemática.

— Nós estamos aqui há quase duas horas. Daqui a pouco eu vou virar abóbora. Você tem mais quinze minutos — digo enquanto a encaro.

O único motivo pelo qual deixei Penelope me arrastar do conforto do meu edredom, que parece uma espuma de cappuccino, foi a promessa de que ficaríamos no máximo uma hora e de que comeríamos batata frita na lanchonete da esquina que só abre depois da meia-noite. Além disso, era para esta noite ser mais tranquila. Uma revista de negócios importante fechou a boate para celebrar as empresas que entraram na lista de Próximas Grandes Aquisições. Penelope está tentando fazer networking com um lendário vice-diretor responsável pela empresa no topo da lista, a Atomic.

Tecnicamente, é uma saída de trabalho.

— Tudo bem, tudo bem. — Ela segura minha mão e a coloca sobre o canto do balcão do bar, uma capitã amarrando um barco à doca. O mármore está tão grudento quanto se poderia imaginar. — Fique aqui — ordena ela.

Penelope se mistura à multidão com a facilidade de alguém que decorou os labirintos do submundo escuro, suado e grudento de Nova York.

Não escuto o que ela diz no fim. Tem um casal ao meu lado que está se esfregando tanto que me pergunto se a roupa deles vai entrar em combustão com a fricção, em um movimento que é um ato sexual completo. Também me questiono se isso seria considerado estranho em um lugar como este. Tento me tornar tão pequena quanto possível enquanto protejo o corpo, com os cotovelos encolhidos, e mergulho de cabeça na confusão numa tentativa desesperada de encontrar o banheiro para inspecionar o estrago causado no meu pé.

Tão depressa quanto sou sugada, sou cuspida da multidão, jogada em um canto bem mais tranquilo da boate.

Mais tranquilo... mas não muito mais vazio.

Tem uma fila enorme para o único banheiro.

Único. Franzo a testa. Uma boate daquele tamanho deveria ter mais de *um*.

Encontro um segurança próximo à parede, observando a boate com a diligência de um agente do serviço secreto.

— Hã, com licença. — Cutuco um braço mais largo do que a minha cabeça. Preciso cutucar três vezes para o gigante reparar na minha presença. Quando percebe, ele semicerra os olhos e me inspeciona como se eu pudesse estar violando alguma regra da boate.

Boates têm regras?

Eu violei alguma ao falar com ele?

Engulo em seco.

— Só... só tem um? — pergunto, apontando para o banheiro.

Ele grunhe e assente, e eu sei quando me tocar de que é para sair de perto de alguém, então me afasto e volto à fila.

Depois de cinco minutos, quando a fila ainda nem se mexeu, decido usar a lanterna do celular para olhar meu dedão do pé.

Está tudo bem. O que é só uma declaração sobre o meu dedo, porque eu esperava um buraco, ou pelo menos uma unha quebrada.

Satisfeita por ainda ter todas as minhas digitais, suspiro e olho o relógio. Oito minutos. Penelope tem oito minutos.

— Se divertindo?

A voz vem tão do alto que sou obrigada a olhar para cima e mais para cima ainda para encontrar o dono. Outro segurança. Mais alto do que o anterior, todo de preto.

Eu pisco.

Diversão é uma regra?

Reviro os olhos em pensamento para mim mesma. *Não seja burra, Elle.*

Se bem que... talvez não tão burra. Consigo imaginar que boates exclusivas como esta, as que têm uma fila de um quarteirão inteiro de gente bonita aos montes esperando na chuva para entrar, expulsariam alguém só por *parecer* não estar se divertindo. Não iriam querer uma rabugenta estragando o clima, não é? Será que a revista deu ordens rigorosas de manter o clima agradável para todos os empreendedores na casa dos 45 anos que enchem a pista de dança enquanto escondem as alianças no bolso?

Dou de ombros em pensamento. Quem liga? Eu vou embora mesmo (olho para o celular) em sete minutos.

Então, digo a verdade:

— Não.

Ele arqueia a sobrancelha. Olha ao redor, em seguida para mim, e parece genuinamente confuso.

— Não?

Eu pareço ser o tipo de pessoa que acha que isto tudo é divertido? O chão grudento de álcool, meu cabelo escuro comprido molhado porque caiu dentro do drinque de alguém sem querer, o suor escorrendo pelo meio do meu peito por causa do calor humano... isso tudo é *divertido*?

Interessante. A ideia de que eu consegui me misturar com este público é um pouco... emocionante? Isso é totalmente estranho, selvagem...

O segurança ainda está me olhando com a testa franzida.

Suspiro.

— Olha, se você vai me expulsar, expulsa logo. Me poupe do julgamento.

Ele franze a testa ainda mais.

— Expulsar?

— É. — Faço um gesto para ele, de cima a baixo. — Você não é, tipo, um segurança?

— Você acha que eu trabalho aqui?

Agora é a minha vez de franzir a testa.

— Não trabalha?

Os olhos dele cintilam com algo. Empolgação, talvez. Ele se curva para tão perto que sinto o cheiro de hortelã no hálito dele.

— O que me entregou?

Ué, ele é um tipo de segurança secreto? Que precisa passar despercebido?

Uau, boates são lugares estranhos.

Dou de ombros com certa arrogância e mergulho mais ainda no meu papel de festeira de Nova York, o tipo de garota de 25 anos que conversa com homens em cantos escuros de boates.

— Bem, você é enorme, pra começar.

Ele parece hesitar quando ouve a palavra "enorme". Reviro os olhos.

— Você é tipo uns trinta centímetros mais alto do que eu. E eu estou de *salto*. E... — Indico os braços dele e acabo encarando. Os ombros são tão largos que parecem penhascos. E seus braços, seus *braços* estourando no... Pigarreio. — E sua roupa. Toda preta.

Ele assente devagar, pensando.

— Se queria ser discreto, você devia tentar se misturar mais — digo, cheia de confiança. Agora estou mesmo bancando outra pessoa. Uma que diz a desconhecidos como fazer o trabalho deles.

Ele curva os lábios em um sorriso e se abaixa mais, até estar quase com a boca no meu ouvido.

— Bem, cá entre nós, esta é a minha última noite.

— É?

Ele assente.

— E *você* também poderia ser mais discreta.

Franzo as sobrancelhas.

— Em quê?

Ele dá de ombros.

— Todo mundo conhece o tipo de gente que vem a esta boate, em noites assim. Que andam perto do banheiro, onde é mais tranquilo... Que vêm festejar com milionários ingênuos do ramo de tecnologia.

Agora estou confusa de verdade. E estranhamente intrigada. Que tipo de pessoa ele acha que sou?

Ele continua:

— Que usa saltos assim — o olhar dele sobe pelas minhas pernas — e uma saia assim. — Em seguida sobe pelo meu corpo, e parece que está lançando chamas. Um calor cresce na minha barriga. Já tomei umas duas bebidas, que são como se fossem cinco, considerando que a coisa mais forte que costumo beber é o kombucha de Penelope, e a atenção é ainda mais embriagante. Quanto tempo tem que ninguém me olha assim? Quanto tempo tem que eu não uso uma saia tão curta, que está a um movimento errado de mostrar minha calcinha?

Tem outro motivo para eu ter concordado em vir com Penelope. É minha última noite em Nova York. Amanhã vou estar do outro lado do país. De vez.

Foi por *isso* que aceitei usar esta roupa, ficar fora até depois da meia-noite, ter uma última chance de viver meu momento de filme.

Os olhos dele se demoram no meu peito antes de enfim encontrarem os meus. E sou quase derrubada dos meus saltos precários com aquela intensidade. Puro desejo.

Como se ele estivesse procurando a chance final de um momento de filme também.

Não sei quem se mexe primeiro... mas, antes que eu me dê conta, nós estamos em uma escada. Estou encostada na parede. Nós dois estamos respirando rápido demais, meu pescoço está inclinado para cima, e o dele, para baixo.

E esta não sou *eu*, e este é um *desconhecido*, mas é o mais próximo de um momento de filme que já tive, então o agarro e seguro seu rosto, e de repente os lábios dele estão nos meus.

É febril.

Sua boca está quente na minha, no meu pescoço, no meu peito, e ele me levanta com uma facilidade que me deixa sem fôlego, e minhas pernas envolvem sua cintura. As mãos gigantes estão segurando a minha bunda, ele está apertando os quadris nos meus, e estou vendo estrelas.

Uma das mãos dele está embaixo da minha blusa. As pontas ásperas dos dedos passam pela renda do meu sutiã com gentileza, e o polegar entra embaixo, bem em cima...

Eu me afasto, e parece que fiquei um pouco sóbria nos últimos momentos. Ou talvez seja o fato de a luz aqui ser mais forte do que na boate.

Agora o vejo direito, e ele é *perfeito*. Olhos verdes penetrantes. Cabelo escuro um pouco compridinho, que cacheia atrás das orelhas. Maçãs do rosto que parecem as faces de um diamante lapidado. É provável que seja um daqueles modelos que trabalham nas boates para pagar o aluguel. Talvez seja a última noite dele porque ele enfim conseguiu algo bom.

— O que você quer? — pergunta ele, e a voz grave me tira dos pensamentos.

Ainda sem fôlego, consigo dizer:

— O quê?

Ele também está sem fôlego, mas os olhos estão surpreendentemente límpidos quando grudam em mim. A mão dele desce pela minha barriga, os calos me arranhando, o que me faz tremer.

— Quero te levar pra casa — diz ele com muito cuidado, como se quisesse garantir que eu entenda todas as palavras que saem de sua boca. — O que eu posso fazer pra que isso aconteça?

Ele observa o meu corpo de novo, como se não conseguisse se controlar. Também olho e vejo que a minha saia virou um amontoado de tecido na cintura. Eu levo um susto e olho para ele de novo. Ele está esperando a minha resposta, me olhando com uma atenção como se estivesse tentando ver através de mim.

— O. Que. Você. Quer?

Meus saltos estalam quando solto as pernas dele e me apoio de novo nos meus dois pés, quase caindo. Ele me segura, mas rejeito sua ajuda.

— Como assim, *o que eu quero*?

Ele dá de ombros.

— Todo mundo quer algo. — Ele parece inabalado pela raiva que surge na minha expressão. — Eu quero você. — Ele faz um sinal para si. — Eu sou o suficiente pra você? Ou... tem algo mais?

Por um momento, fico chocada com as palavras dele. Quase tenho vontade de rir.

E então fico furiosa.

— Você quer me *pagar*?

Ele me olha.

— Não. Eu não pago por sexo. Mas — ele suspira — você quer que eu te leve pra jantar? Quer um passeio de helicóptero pela cidade? — Ele está perfeitamente sério quando fala. — É o que você quer, né? É por isso que está aqui?

Eu pisco. Apesar de ele estar basicamente descrevendo um encontro, não gosto do que está insinuando. Não gosto que ele esteja me pintando como alguém que quer algo dele além de bons momentos.

Eu me lembro do que ele disse antes. Sobre o *tipo de pessoa que eu sou*. Uma pessoa que pode ser atraída para a cama de alguém por causa de dinheiro.

— Então é isso? Você acha que pode comprar o afeto de alguém? Levar para um encontro chique e atrair para sua cama?

Ele dá de ombros.

— Eu posso comprar o que eu quiser.

A raiva toma conta de mim. *Quem esse cara pensa que é?*

— Está na cara que não — digo antes de abrir a porta e voltar à boate.

O momento de filme oficialmente acabou.

O estrondo súbito da música me desconcerta por algum tempo. Eu quase tropeço com esses saltos estúpidos, *estúpidos*, mas uma mão surge e me firma. Penelope.

— Eu estava te procurando por toda parte! — diz ela, com a expressão de pânico de quem está a dois minutos de ligar para o FBI. — O que você estava fazendo na *escada*...

A porta atrás de nós se abre de novo, e o cara em quem todas as partes de mim estavam encostadas agorinha mesmo sai por ela.

As sobrancelhas dela arqueiam quase até o cabelo.

— ... com o CEO da Atomic...?

Eu pisco. Então me viro devagar para a figura enorme cujo gosto ainda sinto na boca.

— O *quê*?

Ele parece inabalado. Arqueia a sobrancelha.

— Isso muda algo?

Quase faço algo do qual com certeza me arrependeria depois. Teria feito, mas Penelope segura minhas duas mãos, e só consigo chegar bem perto do rosto dele e dizer:

— Eu espero que essa bolha de tecnologia estoure e sua startup idiota sofra uma morte lenta e *dolorosa*.

Penelope e eu saímos antes de sermos escoltadas para fora por seguranças *de verdade*. Só do lado de fora, sob as luzes de Nova York às duas da madrugada, a um quarteirão da lanchonete de batata frita e bem longe de onde deixei a minha dignidade, é que eu me viro para Penelope e digo:

— Acho que aquele babaca me chamou de interesseira.

2

DOIS ANOS DEPOIS

— Sabe, é bem fácil vender uma empresa por bilhões de dólares hoje em dia. Não é tão impressionante assim.

Estou com o telefone tão pressionado na orelha que escuto Penelope suspirar, mesmo com a voz de alto-falante que diz que *a bagagem e outros itens pessoais não devem ficar desacompanhados*, o garoto batendo em uma estante de livros com sua mala-robô perto daqui e o comissário de bordo no portão mais próximo que repreende os passageiros por lotarem a área de embarque antes de o grupo ser chamado.

— Continue repetindo isso, Elle — diz Penelope por fim.

Anos se passaram, mas a imagem daqueles olhos verdes, que agora me olham da revista de negócios que deu aquela festa, ainda me consome de raiva, só que desta vez da capa. Ele nem sequer tentou parecer agradável na foto, só encara o fotógrafo, e agora a *mim*, com uma apatia que indica que ele foi forçado a fazer uma sessão de fotos.

Abaixo, há uma manchete que me faz querer quebrar o celular em pedacinhos e compromete minha capacidade de amaldiçoar os outros até a eternidade:

"Virion compra Atomic por 10 bilhões de dólares."

— Ele está sendo chamado de Solteirão Bilionário — continua Penelope, enquanto eu enfio outra revista na frente da fileira para escondê-lo e saio da livraria Hudson News para seguir até meu portão. Porque, ao que parece, ela não recebeu o comunicado de que precisa odiá-lo tanto quanto eu.

Quando digo isso, ela emite um ruído de deboche.

— Nós duas concordamos, ele é um babaca. Mas você nunca mais vai olhar na cara dele, então quem se importa?

Eu me importo, tenho vontade de dizer, mas já pareço bem patética por guardar ranço por tanto tempo. Então ele mentiu sobre a identidade dele, me deu uns amassos na escada por alguns minutos e basicamente me acusou de ser algum tipo de interesseira. Grande coisa.

Sim.

Grande. Coisa.

— A gente pode falar de outro assunto? — digo de repente. — Tipo que você vai morrer de saudade de mim? Que não vai saber o que fazer em Los Angeles enquanto sua melhor amiga é obrigada a voltar ao caos perpétuo que é Nova York?

Penelope ri.

— Primeiro de tudo, *você* falou sobre ele. De novo — murmura ela antes de ter a esperteza de seguir em frente. — E, sim, Elle, eu não sei como vou sobreviver nos próximos três meses sem você. Eu com certeza não vou fazer as coisas que você nunca quer fazer, tipo ir à praia ou ao calçadão, ou fazer trilha, ou literalmente qualquer coisa que envolva tirar o moletom e botar outra roupa.

Eu queria estar numa videochamada, para ela poder ver a intensidade da minha cara feia.

— Ou... sair com aquele cirurgião gato que usa o uniforme com calça com cadarço...

Paro no meio do terminal, alguém esbarra em mim e ganho um respingo de café na manga da minha roupa.

— Ele ligou?

Quase sou capaz de ouvir o sorriso de Penelope, quase consigo vê-la sentada encolhida, o queixo apoiado nos joelhos.

— Ele não só ligou... como também apareceu na minha casa. Disse que levou horas pra encontrar meu endereço.

Com a cabeça girando, pisco.

— E...

— Sim, Elle, eu gostei. Você sabe melhor do que qualquer pessoa que um comportamento perturbador só é perturbador de verdade...

— Se você não achar o cara atraente. Eu sei, eu sei. Tipo o Edward vendo a Bella dormir em *Crepúsculo*.

Uma pessoa no portão de embarque, onde eu enfim cheguei, me olha de um jeito estranho, e eu a encaro até ela afastar o olhar.

— Tudo bem, e o que aconteceu *depois*?

Penelope suspira.

— Ele trouxe *prosciutto* e *prosecco* da mesma região da Itália de onde a minha família é, uma informação que ele encontrou em algum lugar na internet, e usou o conjunto caro de facas dele pra cortar a carne ele mesmo!

Faço uma careta.

— Olha, não me entenda mal, mas você tem *certeza* de que ele não é um *serial killer*?

— Ele não é um *serial killer*. Ele só é dedicado.

— Hum...

Penelope estala a língua.

— Não se preocupe. Eu já fiz uma verificação completa sobre ele na internet. Segui todas as ex-namoradas dele com a minha conta falsa. Criei um alerta no Google com o nome dele. Verifiquei o histórico dele até o ensino fundamental. Ele estudou numa escola *muito* boa, aliás. Sabe como é. Tudo normal.

Inclino a cabeça e passo o telefone para o outro ouvido.

— Tá, mas você tem certeza de que *você* não é uma *serial killer*?

É quase certo que o cara não é um *serial killer*, e não só porque estatisticamente só tem uns doze em atividade por vez (obrigada, podcasts de *true crime* que me ajudam a pegar no sono).

Não, eu posso praticamente garantir que ele é *mesmo um cara legal*, o que em Los Angeles é algo a ser tratado com a mesma atenção e adoração de quando se encontra uma espécie em extinção. Penelope tem o hábito de atrair os melhores homens. É quase sobrenatural. Ela diz que são as sardas que a fazem parecer mais simpática. Não sei qual é a ciência por trás disso.

Enquanto a maioria das pessoas correria com alegria para o pôr do sol com qualquer um dos homens com quem Penelope já se envolveu, ela só dá alguns meses para cada um deles e pula fora. Ela deixa homens de coração partido para trás e nunca volta para eles.

Penelope é horrível. Certa vez, ela terminou com um cara enviando um bolo de cookie gigantesco com uma cara triste e recusando o convite para o casamento da irmã dele.

Ela é minha melhor amiga, e eu a protegeria até os confins da Terra.

— Engraçado — diz Penelope. — Estão chamando seu grupo de embarque, Elle. Eu te desejo um vizinho de assento gato e um pouco de turbulência!

Ela desliga.

E eu entro no avião para voltar à cidade para a qual jurei que nunca voltaria.

3

O VERÃO EM NOVA YORK É UM INFERNO.

É mais quente do que na minha cidade, no sul da Califórnia, e o calor se reflete em espelhos gigantescos de sessenta metros de altura que jogam o sol na sua cara. Todas as pessoas ricas fogem para os Hamptons na tarde de sexta como se fosse um mecanismo preciso, e os *muito* ricos só voltam em setembro, quando o calor deu uma amenizada e a situação está confortável, um pouco quente, com cara de outono.

Junho não é assim.

Quando puxo as malas para o saguão do prédio, já estou encharcada de suor. Meu cabelo está cheio de frizz e grudado no rosto, e meu conjunto cinza-claro está escuro de tanto suor.

O porteiro se esforça para não fazer uma careta.

— Ah, sim. *Elle*. Nós estávamos te esperando. Deixa que eu pego isso.

Antes que eu possa insistir sem muito ânimo para eu mesma carregar, todas as minhas coisas são colocadas em um carrinho de malas e enfiadas comigo em um elevador que é mais espaçoso do que o banheiro da minha casa em Los Angeles.

Um dos botões mais no alto é apertado.

Só tem dois apartamentos no andar, e estou prestes a passar meu verão em um deles.

Destranco a porta com o celular, já quase certa de que vou ficar trancada do lado de fora qualquer dia porque sou péssima em manter as coisas carregadas, e quase tropeço na entrada.

O pé-direito tem seis metros de altura. Janelas ocupam todo o fundo da sala e exibem a cidade no maior recorte que já vi na vida. Tem *tanta* cidade, desobstruída e tão acima dos prédios que normalmente bloquearia a maior parte da paisagem.

Isso é uma insanidade.

Tudo é relativo. Nós pensamos nas coisas comparadas a outras. Aprendi isso em uma aula de marketing para a qual Penelope me arrastou na faculdade. Vinte e cinco dólares é muito dinheiro para um almoço, mas não para um vestido. Duzentos mil dólares é muito dinheiro para um casamento, mas não para uma casa.

Este apartamento é grande para um escritório, para um restaurante.

É enorme para uma moradia, *ponto-final*, e mais ainda para uma localizada no centro de Manhattan.

Minha bagagem ocupava boa parte do apartamento de onde me mudei. Nesta sala enorme, no entanto, é uma coisinha à toa.

Quem precisa de tanto espaço?, eu me pergunto ao entrar ainda mais, me sentindo cada vez menor a cada passo.

Não é nada prático. Esta sala sozinha precisaria de um exército daqueles aspiradores de pó robôs para ficar limpa. Espero que não seja uma responsabilidade que eu tenha que assumir.

Cuidar de uma casa durante uma reforma. É isso. Foi para isso que me ofereci.

Giro os ombros e me curvo com um estalo impressionante (e preocupante para alguém com 27 anos) e vou direto pegar o notebook, que está para fora da minha bolsa como uma baguette se eu estivesse em um filme da Netflix que se passa em Paris. No entanto, não estou em Paris.

Nem em um filme.

Só estou escrevendo um.

Tem uma página em branco à minha frente, e tenho dificuldade de preenchê-la. Os dedos cansados do voo que passei trabalhando dobrado para produzir palavras: pequenas observações, ideiazinhas, milho que eu espero que vire uma pipoca digna de um filme. Tudo acerca de uma cidade que eu odeio. Uma cidade que tem um cheiro bem pior do que eu lembrava.

Na hora certa, meu celular toca, e respiro fundo antes de sufocar a irritação e dizer um meio agradável:

— Oi, Sarah.

— Elle! Um grande verão na cidade. Como está indo até agora?

Olho a hora no forno.

— Hã… estou aqui há apenas duas horas. E uma dessas horas passei em um Uber com cheiro de sanduíche se decompondo embaixo do banco.

Ela ri e dá um suspiro melancólico.

— Ainda assim, essa cidade cai bem como um moletom, né? Tão confortável, tão ajustada.

— Está fazendo 34 graus agora — respondo.

Sarah ri de novo, como se eu fosse a cliente mais engraçada que ela tem, e não uma roteirista que tem uma política rigorosa de comédia zero. Então ela vai direto ao ponto.

— E aí? Alguma ideia até agora?

Pisco e estou prestes a repetir que *só estou aqui há duas horas*, mas Sarah é uma das principais agentes da CAA, e, assim como a minha regra para comédia, também tenho uma política rigorosa que proíbe artistas de passarem fome.

— Ainda não — digo, me virando para olhar a cidade em questão pelas janelas gigantescas. — Mas… algo vai me ocorrer. Sempre acontece.

— *Sempre* — enfatiza Sarah, e isso me dá um frio na barriga.

Porque não escrevo nada importante há quase um ano, e ela nem tem ideia disso.

Porque só tenho mais três meses para escrever um roteiro que poderia mudar a minha vida.

Porque tenho que fazê-lo se passar em uma cidade que eu odeio. Uma cidade da qual achei que tivesse fugido.

Ela desliga, e café... preciso de café. Pelo motivo oposto pelo qual as pessoas em geral precisam.

Preciso de café para relaxar.

Eu me obrigo a levar o notebook, pensando que a inspiração pode bater no caminho entre onde estou e a cafeteria mais próxima, e saio do apartamento, apesar de saber que estou um lixo.

Sinceramente, em Nova York eu *prefiro* estar um lixo. Nunca andei nas ruas da cidade de moletom e ouvi assobios, ou tive que ouvir um barista falar sem parar, nem sequer fui *olhada*. E é assim que eu gosto. Nas poucas vezes que precisei passar em um bar arrumada depois de um jantar ou uma reunião, parecia que eu era uma dignitária, ou estrela de reality show, ou modelo do Instagram. Os mares de Nova York se abriam para mim: de repente, portas eram abertas. O cara na bancada da delicatessen, que tinha sido grosseiro comigo em todas as outras ocasiões, nem me *reconheceu* de saia, e precisei ficar tirando os fones de ouvido e dizendo "Hã?" porque ele estava tentando puxar conversa. Nem é por causa da aparência, concluí, porque tem milhares de garotas mais atraentes do que eu em Nova York. É quase como se os homens vissem uma mulher que decidiu se arrumar e na mesma hora pensassem que ela se arrumou para *eles*.

A cidade mudou em dois anos. Algumas lojas foram substituídas por cafeterias instagramáveis, pintadas em cores pastel. Mesas do lado de fora parecem ser moda agora. Não reconheço o nome de nenhum dos lugares saudáveis de comida rápida e casual que provavelmente serão substituídos por outro conceito em seis meses, depois por outro, e por outro, como uma reencarnação infinita de moda.

Sou chata com as minhas cafeterias.

Na maioria dos casos, não é por causa do café (embora um espresso bem-feito com certeza ajude). É por causa das coisas para as quais as pessoas provavelmente não ligam.

Os copos: gosto de uma cinta firme. Gosto que as tampas tenham aquela parte que cobre a beira do copo e pareça substancial, como se fossem um chapéu adequado para a minha bebida. Que não amassem na minha boca nem caiam.

O espaço: gosto de mesas pequenas para ninguém vir tentar se sentar comigo, mas que sejam grandes o suficiente para comportar meu notebook, a bebida e um docinho inevitável.

Os doces: gosto de coisas que venham de padarias que não forneçam para a rede Panera. Gosto de variedade. Um donut recheado de creme. Um muffin de sabor ambíguo. Um croissant grande e crocante que parece um caranguejo.

Os extras: inclua torradas. Bagels. Granola e iogurte.

Eu poderia passar a vida toda em uma boa cafeteria, só com a minha carteira e o meu notebook. Trabalhar em uma parece uma indulgência, uma experiência de faculdade que eu posso continuar tendo. Uma das melhores partes do meu trabalho é que uma porta giratória de café sempre pode ser meu escritório.

Não reconheço nenhum desses nomes de cafeterias, então julgo a essência delas com base nas pessoas que vejo do lado de dentro.

A cor-de-rosa do tom de roupa de balé que tem a palavra "matcha" no nome e uma fila de aspirantes a influenciadores esperando para tirar fotos na frente de um muralzinho que de alguma forma incorpora café *e* asas? Passo.

A estilo buraco na parede com tipos de terno de Wall Street e copos que eu já vi no mercado? Não, obrigada.

Por fim, vou parar na frente de uma porta de madeira de aparência meio capenga. As janelas são meio jateadas. Eu acharia que era um bar se não tivesse visto uma mulher muito parecida comigo, com um coque frouxo, moletom, fones de ouvido, um notebook embaixo do braço, saindo enquanto come o *crème de la crème* dos croissants de cafeteria: amêndoa com açúcar de confeiteiro.

Está sendo o tipo de dia que vou me esforçar bastante para esquecer, mas, assim que entro nesse lugar, me sinto… em paz. O cheiro é de café, creme, açúcar e chá perfeitamente preparado. Tem umas dez mesas espalhadas em um espaço com pé-direito alto e uma *claraboia*, e tem até sofás e uma vitrine de doces.

Estou em casa. Encontrei oficialmente a cafeteria que vou assombrar pelos próximos três meses e torcer para que não coloquem uma foto minha na porta com um X em cima por conta do tanto que vou monopolizar uma das mesas.

Por algumas horas, começo a pensar que talvez estar de volta a Nova York não seja tão ruim. *De fato, há* uma variedade infinita de cafeterias.

Não escrevo enquanto estou na minha nova mesa favorita, mas olho todos os meus e-mails e coisas a fazer. Basicamente tudo, *exceto* escrever. E as coisas começam a parecer realmente bem.

Até eu ir embora, cheia de café e doces, me sentindo um *latte*, e começar a chover.

No começo, é só um chuvisco. Eu me apresso. Não está tão ruim, só um pouco de umidade no coque, só umas gotas no meu moletom com capuz.

Contudo, sem aviso, o céu despenca, e sou encharcada sem a menor cerimônia.

Como uma mãe cujos pensamentos se dirigem na mesma hora para a prole, os meus vão para o meu amado notebook, e não demoro a enfiá-lo embaixo da roupa e protegê-lo com unhas e dentes.

Corro e quase perco um olho no mar de guarda-chuvas, os pingos batendo com tanta força na minha cabeça que meu laço de cabelo chique de seda se torna vítima da tempestade e cai, me deixando com o cabelo longo e molhado grudado no rosto.

Estou tão encharcada que, quando chego ao saguão, quase não me deixam entrar. Quando estou prestes a bater no vidro, o porteiro me reconhece, e desta vez ele *faz* uma careta quando ando pelo piso de mármore, fazendo barulho a cada passo.

Meu cabelo está na cara, o notebook está grudado na minha barriga e nem percebo que tem outra pessoa no elevador comigo, perfeitamente seca, até estendermos a mão para apertar o mesmo andar ao mesmo tempo e nossos dedos colidirem.

Nós nos viramos para nos olhar, e quase finalizo o processo de me tornar uma poça.

É ele.

O cara da revista. O cara das notícias.

O cara que eu beijei em uma escada não muito longe deste elevador.

O Solteirão Bilionário.

Parker Warren.

Afasto o olhar tão depressa que tenho certeza de que ele não viu meu rosto. Não que ele fosse me reconhecer se me encontrasse. É provável que tenha ficado com centenas de garotas depois daquela noite, se der para acreditar na imprensa. Ele praticamente vive nas páginas do *Daily Mail* com um sem-fim de histórias sobre ele e seus hábitos amorosos.

Ele aperta nosso botão, e o chão começa a se mover. Ou talvez seja eu, talvez eu esteja quase desmaiando.

O que ele está fazendo aqui, neste prédio?

Indo para o *meu* andar?

Com mais frequência do que gostaria de admitir, eu fantasiava em vê-lo de novo um dia. Em jogar na cara dele o quanto estava completamente errado sobre tudo que achou que eu fosse, talvez com um Oscar de Melhor Roteiro Original na mão.

Não comigo parecendo um *esfregão*.

O elevador para, e eu saio, de cabeça baixa, para o meu apartamento, tão depressa que já entrei antes mesmo de ele dar um passo até o corredor.

É encostada no outro lado da porta, a respiração pesada, pingando no chão de madeira importada, que ouço a porta do único outro apartamento do andar se abrir… e então se fechar.

Ele é meu vizinho de andar.

Isso sim é momento de filme, pensei.

Só que desta vez é um de terror.

4

— Eu devo ter jogado pedra na cruz numa vida passada — digo a Penelope ao telefone.

Ela está ocupada demais rindo para formular uma frase inteligível. Penelope continua tentando começar as frases, mas solta um som que alterna entre se afogar em terra seca e imitar uma bruxa, e eu fico na linha só porque não quero vivenciar esse tipo específico de pânico sozinha.

— Você... Ele estava... Mesmo *andar*... — Quando consegue se acalmar, ela suspira. — Uau, Elle. O carma não é nem um pouco seu namorado.

— Você acabou de citar Taylor Swift?

— Óbvio que sim. — Ela cantarola. — E aí? Ele continua absurdamente gostoso?

Sim. Ele ainda parece um modelo ou um atleta profissional, e não um gênio da tecnologia de 29 anos que quebrou uma indústria e acabou de fazer uma venda multibilionária. Não é de admirar que a imprensa esteja tão fascinada por ele, desde uma matéria de capa na *Forbes* a um mergulho profundo na *Cosmo* sobre por que ele nunca teve um relacionamento sério.

— Não muito — digo, torcendo para que talvez na próxima vez que eu o vir o carma *tenha* se tornado meu namorado, ou melhor, meu noivo, e ele tenha envelhecido quarenta anos e perdido todo o cabelo.

Penelope estala a língua em reprovação.

— Se eu não te conhecesse há quase uma década, talvez acreditasse.

— Se eu não te conhecesse há quase uma década, teria desligado depois de trinta segundos da sua risada de bruxa.

Isso a faz rir ainda mais. E ela parece mesmo uma bruxa.

Penelope foi a melhor coisa que eu ganhei em Columbia e é provável que tenha sido o único motivo para eu ter me formado. Depois de trancar um semestre por motivos pessoais, pensei em simplesmente... não voltar a Nova York. Foi ela quem pegou um avião até a Califórnia, fez as minhas malas e me obrigou a retornar com ela.

Então eu aguento as risadas. Não, eu *amo* as risadas, embora eu não admita isso nem morta na cara dela.

É interessante como o amor pinta no meu tom favorito as coisas que eu, em geral, odiaria.

— Penelope — digo com voz firme. Ela para de rir, sabendo muito bem que o uso do nome dela inteiro, com as quatro sílabas, significa que agora é hora de falar sério. — O que eu vou fazer?

Ela suspira.

— Nada, meu bem. Vocês moram no mesmo andar, mas nós duas sabemos que você é uma eremita. Você só vai sair para movimentar a cafeteria mais próxima, então é provável que nem interaja mais com ele. E, se acontecer... finja que não se lembra dele. — Há um momento de silêncio. — Posso ser sincera?

— Você sempre é. — *Às vezes, até brutal.*

— Elle, ele provavelmente nem se lembra de você.

Aí está: uma agulha perfurando meus pulmões, fazendo eu me sentir ainda mais ridícula por cultivar esse ódio bizarro por um desconhecido.

Se eu mergulhar nisso, coisa que eu já fiz com meu terapeuta, várias vezes, sei que é porque ele representa tudo que eu odeio. Ele me julgou pela minha aparência, como se eu não pudesse ser bem-sucedida por mim mesma. Como se eu *precisasse* contar com um homem, como se eu fosse uma interesseira devassa.

Passou pela cabeça dele que eu podia ser uma roteirista bem-sucedida que, na noite anterior à que ele me conheceu, assinou um contrato para escrever um filme que acabou faturando mais de meio bilhão de dólares?

Não. Ele me viu e supôs que eu estava atrás do dinheiro de outra pessoa.

Talvez não tivesse me incomodado tanto se minha mãe não tivesse me criado para ser ferozmente independente. Se ela não tivesse tido dois empregos enquanto fazia o mestrado para manter a mim e à minha irmã em uma boa escola depois que meu pai foi embora. Se ela não tivesse me dito, desde que eu era pequena, para nunca contar com outras pessoas ou deixar que me controlassem, sobretudo um homem.

Nós somos fortes, dizia ela. *Nós podemos superar qualquer coisa. Não precisamos de ninguém.*

E onde isso me deixa agora que ela se foi?

Pensar na minha mãe faz minha garganta apertar. Passo o polegar pelo colar, o pingente que ficava no braço dela, a única coisa que lhe pertencia que eu ainda tenho, além dos ensinamentos.

Desde aquele dia na escada, dediquei todo o meu ódio a ele. Eu pesquisava sobre ele em intervalos de semanas, como uma espécie de vício. Como se nós estivéssemos em um tipo de competição unilateral. Ver o rosto dele, lembrar daquela noite, me manteve focada. Foi a inspiração para eu me dedicar mais. Para ser melhor. Para provar a mim mesma (e a *ele*, caso eu voltasse a vê-lo um dia) que eu era a mulher que a minha mãe tinha criado. Porque isso a mantinha viva, de alguma forma.

— Você tem razão — digo, e ela tem mesmo. Apesar de eu tê-lo usado como alvo mental por dois anos, ele nem deve se lembrar de mim. Nosso encontro durou só cinco minutos. A maioria das pessoas tem muitas lembranças com muitos desconhecidos. A maioria das pessoas não *se lembra* de desconhecidos.

Penelope muda o rumo da conversa, a voz casual demais.

— E então! Mudando de assunto, você tem…

Escrito. Ela para a frase no meio porque essa palavra foi banida de nosso apartamento nos últimos meses enquanto eu lidava com… o que quer que seja esse bloqueio mental.

— Não. Mas tem só um dia que eu cheguei. Sei que a inspiração vai chegar logo.

Penelope concorda. E, se eu não a conhecesse há quase uma década, talvez acreditasse nela.

***

Procrastinar me deixou surpreendentemente produtiva. Dou todas as desculpas para não me sentar diante da página em branco, com o cursor debochando de mim do conforto da casa dele, piscando como quem diz: "É pra eu me mexer, lembra?" E agora isso quer dizer desfazer as malas.

O casal para quem estou cuidando do apartamento nunca morou aqui. O lugar está nos estágios finais de uma reforma, o que quer dizer que eu tenho que supervisionar de leve em troca de não pagar aluguel, e boa parte dele está habitável. A única parte inacabada inclui o segundo lavabo (que coisa de se ter), a suíte principal e um futuro escritório maior do que meu quarto em casa. Meu quarto é o único cômodo mobiliado e tem vista para uma torre de relógio, o Empire State Building e umas dez saídas de incêndio e caixas d'água. O andar é tão alto que eu vejo a cidade pelos telhados, como um gigante inclinando a cabeça para baixo, com nuvens nas orelhas e sol na nuca.

Quando Penelope me ajudou a fazer as malas, ela falou:

— Elle, você vai pra Nova York no *verão*.

— Penelope, você está tendo um derrame? — perguntei.

Ela segurou as laterais da minha mala e sacudiu o conteúdo.

— Aqui só tem suéter e moletom! — Ela suspirou. — Nós moramos em Los Angeles há anos, e eu ainda não te vi de vestido nem uma vez, nem com nada que caia bem no seu corpo. Você é alérgica a sol? Está com medo de eu te odiar por se alimentar de biscoitos, sorvete, bagels e *lattes* e ainda conseguir ter um corpinho de quem faz pilates?

Meu rosto se contraiu.

— Corpinho de quem faz pilates?

— Você sabe o que eu quero dizer!

Eu não sabia, mas agora entendo o que ela quis dizer quanto às roupas. Elas se resumem a peças desbotadas da Columbia, porque são macias como pijamas, mas razoavelmente aceitáveis de serem usadas fora da minha caverna de escrita, ou suéteres de lã com tantas bolinhas que daria para fazer um novo com todas elas, além de calças de ioga que nunca viram um estúdio de ioga e meias atoalhadas. Trabalhar em casa no notebook durante toda a minha vida adulta me levou a fazer escolhas de roupas com base puramente no conforto e nem um pouco na estética.

Só tem um vestido na pilha, e pertence à Penelope. Também é curto e apertado, e só faria sentido dentro de uma boate. Ela deve ter enfiado lá dentro junto da menor calcinha vermelha do mundo.

Reviro os olhos e enfio as duas peças no armário, sabendo com certeza absoluta que nenhuma delas vai ver Nova York fora destas prateleiras feitas sob medida.

Tomo um banho e uso três tipos dos meus sabonetes favoritos para limpar a chuva de Nova York e qualquer resquício da pessoa que vive do outro lado da parede. Quando saio, ainda está chovendo de leve, com nuvens pesadas pontilhando o céu. Ali do alto, estão na altura da minha cintura, como se eu pudesse abrir a janela e me arrastar por elas.

Comfort food. É disso que preciso. Nada resolve um dia ruim como um milkshake de cookies-and-cream e um sanduíche de frango frito no jantar. Como o banquete no chão, no mesmo lugar onde um sofá nuvem vai residir um dia, com *90 dias para casar* na tela do notebook diante de mim.

Até eu vejo que é uma imagem triste.

É minha primeira noite de volta a Nova York e é assim que eu a passo. Se eu fosse Penelope, estaria na boate mais cara, dançando com sapatos colados na sola dos pés. Se eu fosse a minha irmã mais nova, estaria em uma abertura de galeria de arte, usando termos como "pós-modernismo" e comendo comida em cubinhos. Se eu fosse a personagem principal do meu último roteiro, estaria no meio da agitada Times Square, o rosto virado para o céu, sorrindo, sem nenhuma preocupação na vida.

Entretanto, eu sou eu, e isto é o resumo de uma noite perfeita para mim há anos.

Vou para cama me perguntando como deixei a minha vida ficar tão chata... e quando comecei a reparar nisso.

5

Sou acordada por um som estridente e luzes piscando. Abro um dos olhos e me pergunto se estou em um sonho frenético antes de ouvir uma voz robótica moderna: *Vá para a saída mais próxima. Não pegue os elevadores. Isso é um alarme de incêndio.*

Eu me levanto na mesma hora e sinto uma dor no estômago. Acho que aquele milkshake e o sanduíche de frango frito não foram boa ideia. Entro em pânico, porque tenho ansiedade e esta é a pior situação que posso imaginar, e, inexplicavelmente, começo a tatear meu corpo para ver o que estou usando em vez de olhar para baixo. Uma regata e um short de pijama. Tudo bem. Deve estar uns quinhentos mil graus lá fora.

A voz robótica me manda sair do apartamento, e eu saio, mas volto correndo.

Meu bebê!

Pego o notebook na bancada da cozinha, enfio o celular embaixo do braço, calço um par de tênis velhos e corro para o corredor.

A voz está mais alta lá, junto da sirene. Encontro a porta da escada de emergência e a empurro com o ombro. A porta se choca em algo sólido…

Uma pessoa.

Não uma pessoa qualquer.

Fico paralisada na porta, segurando o notebook junto ao peito, o rosto iluminado pela indubitavelmente nada lisonjeira luz de emergência piscando.

É ele. Parker.

E nós estamos de novo numa escada.

Elle, ele provavelmente nem se lembra de você. A voz baixa e prática de Penelope surge na minha cabeça, e ela tem razão. Mesmo agora, sem estar encharcada de chuva, os olhos dele não se arregalam em reconhecimento. Ele não me pergunta se nós já nos conhecemos.

Parker só olha para o meu notebook e franze a testa.

— Você vai carregar isso por sessenta lances de escada?

Sessenta? Eu consegui esquecer completamente como estávamos no alto. Solto uma gargalhada que parece meio insana, sobretudo ecoando pela escada.

— Não — digo, empurrando a porta de novo para abri-la. — Vou correr o risco com o incêndio.

Ele estende a mão e segura a porta.

— Você não pode simplesmente voltar ao seu apartamento.

— Deve ser alarme falso.

— E se não for?

Cruzo os braços em volta do notebook, irritada.

— Você estava aí parado. Está na cara que estava analisando as opções antes de eu chegar.

Ele me olha de cara feia, e eu estaria mentindo se não admitisse que provoca certo embrulho no meu estômago. Os olhos dele são injustamente verdes, uma cor que não consigo imaginar ter no meu rosto.

— Agora que você está aqui, não vou ficar com a consciência tranquila se deixar você voltar, caso seja um incêndio de verdade.

— Que heroico. Você vai me carregar por sessenta lances de escada, por acaso? Porque não faço atividade física desde as aulas de educação física do segundo ano do ensino médio, então tem uma boa chance de a escada acabar comigo antes do incêndio.

Ele desliza o olhar pelo meu corpo só por um momento antes de me encarar de novo. E, *só por um momento*, parece que ele pode estar… me avaliando?

— Sério? — diz ele, meio entediado, meio sem acreditar.

Penso no que Penelope disse sobre o corpo de quem faz pilates e afasto o pensamento. Não, ele não está admirando meu corpo comum de regata que agora parece escandalosa demais para usar na rua e com esse short que eu tenho desde o primeiro ano da faculdade. Ele deve flertar com tudo o que respira, se todas aquelas fotos de *paparazzi* em frente a boates forem alguma indicação disso. Parker nunca foi fotografado com a mesma mulher duas vezes.

Não que eu leia aqueles artigos.

Eu me obrigo a fazer a cara mais amarrada da face da Terra e suspiro.

— Quer saber? Eu te avisei — digo e passo por ele para descer a escada.

Eu não estava mentindo. Meus exercícios físicos nos últimos anos consistiram basicamente em andar sete passos até a máquina de café, cinco até o banheiro ou quatro até a cama para tirar o cochilo da tarde. Penelope certa vez olhou meu aplicativo de saúde do celular e disse: "Elle! Sua média foi de *nove passos* esta semana? A Apple deve achar que você morreu!"

É descida. Não pode ser tão ruim.

Depois de três lances, estou curvada, respirando com dificuldade como se tivesse corrido uma maratona. Estou convencida de que ele passou por mim e desceu sozinho, mas, quando abro os olhos, eu o vejo ali, encostado com casualidade na parede, como se o alarme de incêndio não estivesse mais tocando.

— Você não estava brincando.

Balanço a cabeça, sem fôlego.

— Por que eu brincaria sobre ter um corpo totalmente desprovido de músculos?

Ele só me encara, dois olhos verdes penetrantes que me observam como se eu fosse uma linha de código à espera de ser decifrada. E aí, ele estende a mão.

Por um momento, acho que ele está se oferecendo para me dar a mão, ou para me deixar montar nas costas dele, ou algo nem um pouco atraente assim, mas ele fecha a cara para a minha expressão horrorizada e diz:

— Seu notebook.

Eu o agarro junto ao peito e me viro para longe, como se ele fosse um ladrão.

— Não.

Parker franze a testa.

— Não?

— Não. Eu posso carregar. — Óbvio que não posso. O peso está tornando a descida insuportável.

Ele me olha, incrédulo.

— Você acha que eu vou te *roubar*?

Dou de ombros.

— Eu não te conheço.

Ele solta uma gargalhada sobressaltada. Um momento depois, o rosto volta a fazer a expressão tempestuosa favorita.

— Eu tenho muitos notebooks. Então, por mais bonitos que esses adesivos sejam…

Na mesma hora, me arrependo das dez ilustrações diferentes de café que decoram a parte de cima do meu notebook.

— … eu não preciso do seu. — Ele estende a mão de novo.

— Tudo bem. — Entrego o notebook e acrescento: — Tem um bando de criptografias e tal, então, mesmo que quisesse, você não poderia usar.

Meu notebook não tem nada disso. Entretanto, pensando bem, deveria.

O notebook fica ridiculamente pequeno junto ao corpo dele, enquanto ocupava quase todo o meu tronco.

— Ah, é — diz ele devagar, como se não conseguisse quebrar todas as minhas criptografias imaginárias em cinco segundos, se elas realmente existissem. Ele se formou como primeiro da turma em Stanford e era tão bom em programação que o governo norte-americano o contratou quando ele estava no ensino médio.

Não que eu tenha olhado a página dele na Wikipédia nem nada.

Nós andamos em silêncio, e fico impressionada de percorrer mais dez lances de escada antes de parar encostada na parede, a mão na lateral do corpo.

— Vai sem mim — digo, falando sério. — Guarda meu notebook. Tem coisa importante aí.

Ele inclina a cabeça para mim.

— Então acho que é melhor você sair da escada, porque ninguém vai conseguir quebrar seu *bando de criptografias*.

Olho para ele de cara feia por causa daquele tom e solto um grunhido.

— Eunãodeviatercomidoaquelemilkshakecomsanduíchedefrangofrito.

— Que língua é essa?

— Eu disse — digo, fazendo uma careta — que não devia ter comido aquele milkshake com sanduíche de frango frito.

Há uma pausa. Então:

— Tenho quase certeza de que milkshake é uma coisa que se *bebe*, não que se come.

Eu balanço a cabeça, ainda curvada.

— Não. Eu como o meu de colher. É dez vezes mais saboroso e dura bem mais.

Quase sinto os olhos dele em mim, mas os meus estão apertados de dor. A dor que sinto na lateral do corpo é como ser esfaqueada por um bloco de facas inteiro.

— Vai — digo, gemendo. — Sério. Seria uma pena que a contagem de bilionários do mundo passasse de 2.668 para 2.667.

Um momento de silêncio. Dois.

— Você sabe quem eu sou?

— Óbvio que sei — digo, em um tom irritado ao ser lembrada de novo de que ele não se lembra de ter me conhecido. — Seu rosto está em todas as revistas. — Olho para ele por cima do ombro. — Desculpe, era pra eu fazer uma reverência na sua presença? Dar parabéns pela venda? Oferecer a minha startup? Eu não sei as regras.

Acho que vejo o canto da boca dele tremer, mas, não, deve ser ilusão, porque, um momento depois, ele está de testa franzida de novo.

— Qual é seu nome? — pergunta ele.

— Por quê?

— Você sabe o meu. É justo que eu saiba o nome da pessoa com quem vou morrer numa escada.

Reviro os olhos.

— A gente não vai morrer.

Não tem nada de fumaça, e há poucas pessoas na escada abaixo, o que quer dizer que a maioria dos moradores resolveu ficar nos apartamentos. Eles devem ser inteligentes do tipo que liga para o porteiro e pergunta se é alarme falso.

— É Elle.

— Tipo a revista?

Ergo a sobrancelha.

— Você conhece a *Elle*?

— Me botaram numa lista absurda.

Eu me lembro da lista agora, porque sou leitora da *Elle* e porque, *sim, eu leio todos os artigos que o mencionam*. Ele foi colocado numa lista dos Solteirões Bilionários Mais Desejados. Deve ter sido assim que ele conseguiu o apelido.

— Venha, Elle — diz ele, e meu corpo traidor parece se contorcer pelo jeito como ele pronuncia meu nome. — Faça isso pelo seu filho, quero dizer... notebook — acrescenta ele, segurando-o com uma das mãos. A outra ele estende para mim.

Por alguns momentos, só olho. Eu me lembro das palavras que ele me disse naquela noite; penso no fato de que ele nem *se lembra* daquela noite, uma noite que tem me assombrado há anos.

Eu posso comprar o que eu quiser.

Parker deu a entender que eu iria para casa com ele por causa do seu dinheiro, que eu ficaria impressionada em vez de repugnada pela arrogância e presunção dele.

Você o odeia, você o odeia, você o odeia...

Nesta hora, a sirene para.

— Obrigada, universo — digo, antes de seguir até a porta mais próxima. Eu a abro e fico feliz de sair da escada, de ir para longe dele.

— Não está esquecendo nada?

Eu me viro e o vejo estendendo o notebook. Eu o pego, provavelmente com mais força que o necessário, antes de murmurar um agradecimento meio morno.

Nós pegamos o elevador para o nosso andar, e eu nem olho para ele quando saio correndo até meu apartamento e me deito de volta no conforto da minha cama.

6

O verão é para ser quente, rejuvenescedor e convidativo, mas não tenho nada de quente, rejuvenescedor e convidativo em mim.

Guardo rancor como quem guarda lembranças de acontecimentos importantes. Trato todo mundo que conheço com desconfiança, como alguém que inevitavelmente vai me trair se eu for burra o bastante para permitir que a pessoa entre na minha casa. Resisto a mudanças como se, caso eu fique firme e deixe tudo ao meu redor imóvel, nada de novo seja capaz de passar pela rede que armei em volta da minha vidinha, e isso quer dizer que nada vai poder me machucar. Não mais.

Nunca mais.

Porque eu também sou fraca. Tenho essas regras e nenhum desejo de superá-las, porque a verdade é que eu também sou uma torre de Jenga esburacada, e tenho a desconfiança crescente de que estou o tempo todo a uma jogada de desmoronar.

A noite anterior foi um erro. Eu não deveria ter trocado uma palavra sequer com ele, menos ainda permitido que segurasse meu bem mais valioso. Suas palavras de anos atrás me *magoaram*; ele me fez questionar minha noção de quem eu era, fez suposições. Eu o *odeio*.

O ódio é tão intenso, tão saturado, que eu simplesmente começo a escrever. Não sei o que estou digitando nem se faz sentido. Não tenho esboço nem plano, mas é uma catarse, uma terapia, sou eu convertendo meus pensamentos nebulosos e doloridos em forças físicas numa página. É como prender uma emoção e a abrir, fazer uma autópsia nela, estudar o funcionamento interno, roubar a cor dela, drenar a dor e a essência, até ela se tornar inofensiva e morta.

Quando termino, tenho dez páginas e estou exausta, os sentimentos arrancados de mim e espalhados pela página. É um conteúdo inutilizável, mas ao menos é algo. Ao menos estou escrevendo.

E não penso demais no fato de que, depois de meses presa em uma seca criativa, foi ele quem enfim me tirou dela.

O café está uma barulheira. Costumo preferir um ambiente mais tranquilo, sem ninguém por perto para olhar o que estou escrevendo, sem conversas tão altas que sufocam meus pensamentos, mas, a menos que eu planeje comprar o lugar e me tornar a única cliente, vou ter que lidar com isso.

Nos últimos dias, vim logo cedo para cá e saí no meio da tarde sem conseguir fazer nada. Isso sem contar fazer compras on-line, ler meu horóscopo em todos os sites até encontrar um do meu agrado e olhar fotos da época da faculdade só para sentir algo.

Hoje, além do notebook, trouxe um caderno. Aqui tem wi-fi, e ao que parece sou incapaz de resistir à internet e aos vários buracos negros de distração que ela abriga, então parei em um lugar que vende cadernos caros com páginas macias como seda e canetas com nomes chiques. Comprei uma de cada e botei na conta da CAA.

Quando criança, todos os anos, quando eu era uma das melhores da turma (porque significava conseguir a bolsa de que precisávamos), minha mãe me levava junto da minha irmã à loja da Hello Kitty. Era cheia de papéis de carta, bichos de pelúcia e personagens com uma anatomia meio perturbadora, mas eu amava os cadernos: almofadados e cheios de páginas de adesivos e linhas nas cores do arco-íris. Cada uma podia escolher algo, então teve um ano em que eu escolhi um caderno e no seguinte comprei uma daquelas canetas com seis cores diferentes dentro, mas nunca usei nenhuma das duas coisas. Pegar um dos adesivos era desperdício. Desenhar em alguma daquelas páginas coloridas era estragá-la. Ao que parece, eu criei regras desde a infância.

Por um momento, com a caneta pairando acima da página deste caderno de luxo, penso em deixá-lo como está. Intacto. Perfeito. Inalterado.

Então penso que o caderno da Hello Kitty que eu me recusei a estragar deve estar no fundo de um lixão, com as páginas amareladas, os adesivos já sem cola há tempos, e desenho um X grandão na primeira página.

— Pronto. Estragado — digo a mim mesma e começo a escrever.

Não um roteiro. Eu escrevo uma lista.

— O filme do estúdio foi cancelado — disse Sarah naquele telefonema dois meses atrás. — Já investiram milhões em permissões e na logística para filmar em Nova York. Querem contratar você para escrever uma história envolvendo esses seis lugares.

De início, recusei. De jeito nenhum iria escrever um roteiro que se passasse em um lugar que odeio.

Só que aí Sarah me passou o valor. É dinheiro suficiente para eu ter o tipo de liberdade que minha mãe sempre quis para mim. Do tipo que garantiria que eu nunca mais precisaria depender de mais ninguém. Do tipo que me faria sentir que, se algo imprevisível (como centenas de milhares de dólares de cuidados médicos) acontecesse de novo, eu teria como resolver.

Era o tipo de dinheiro que eu queria ter quando minha mãe ficou sem ir ao médico por anos porque não tinha um bom plano de saúde. Do tipo que teria coberto qualquer tratamento de que ela precisasse quando enfim compareceu à consulta… e os remédios que custavam mais do que hipotecas.

Nós acabamos arranjando o dinheiro no fim. Minha mãe viveu o último ano dela sob os melhores cuidados. Contudo, isso só foi possível porque eu estava desesperada a ponto de cometer o maior erro da minha vida para conseguir.

Nunca mais.

Então, aceitei. O estúdio se ofereceu para alugar um apartamento na cidade para me ajudar a *me inspirar*. Recusei, pensando que poderia escrever um roteiro em Los Angeles. De fato, tentei, até Penelope gentilmente sugerir que talvez voltar fosse uma boa ideia.

As peças se encaixaram quando eu aceitei cuidar de uma casa, porque o dono do apartamento é uma pessoa para quem tudo indica que sou fisicamente incapaz de dizer não.

Então, estou aqui, passando o verão em uma cidade que desprezo.

Não me apresso para escrever a lista de locações do filme, deixando minha caligrafia, em geral questionável, o mais legível possível, porque, de novo, faço qualquer coisa que não seja efetivamente escrever o roteiro. Quando termino, encosto e olho para a lista. Espero o nome do primeiro local liberar algo no meu cérebro e que um bando de palavras venha num turbilhão do desenrolar disso.

Fico tanto tempo olhando que meus olhos ficam vidrados, e a minha lista se torna um monte de formas confusas.

— O que é isso? — diz uma voz, e levo um susto tão grande que quase derramo o *latte* no notebook fechado.

Esqueça o horror. A minha vida é uma desventura em série, que leva a um fim trágico, sem dúvida.

Parker Warren está parado com um espresso em um copo para viagem, usando uma camisa de botão e uma calça formal demais para uma tarde de sábado.

Uso as mãos para cobrir a lista como se ela fosse um compilado de códigos nucleares.

— O que você está fazendo aqui?

Ele ergue a sobrancelha.

— É uma cafeteria, Elle. O que você acha que estou fazendo aqui?

Olho para seu copo de espresso com desdém, e ele nota.

— Tem algo errado com a minha escolha de café?

— Tem.

Ele se senta, mesmo que sem sombra de dúvida eu não tenha convidado, e fecho o caderno.

— Explique.

— É a pior coisa que você poderia ter pedido.

Ele franze a testa.

— É?

Assinto.

— É melhor tomar logo um energético ou algo assim. Não tem leite nem espuma. Qual é o objetivo? — digo, e abro o notebook para fingir que de fato vou começar a escrever.

Ele puxa minha tela para trás devagar para poder me encarar, e meu peito fica inexplicavelmente apertado.

— Elle — diz ele muito devagar, os dedos calejados ainda no alto da tela do meu notebook. — Você é muito esnobe.

Eu me irrito.

— E você é uma total *ameaça*. O que você quer?

— Quem é você? — Os olhos dele estão límpidos. Sinceros.

— Eu sou a Elle, sua vizinha — resmungo —, infelizmente.

Ele aperta as mãos na mesa, mãos grandes. Encaro. Eu sou inacreditável. Ele assente.

— Isso eu sei. O que mais?

— Como assim, o que mais?

Ele dá de ombros.

— O que você faz? Por que está aqui? Por que tem três bebidas na sua frente?

Por entre dentes, respondo:

— Eu escrevo. Estou cuidando do apartamento este verão. E o *latte* é pra me dar energia, a água é pra me hidratar e o chocolate quente é por diversão.

Ele assente.

— Interessante. Me conta mais.

— Não.

— Por que não?

Respondo com total honestidade, porque que diferença faz o que essa pessoa sobre quem passei horas escrevendo palavras de ódio umas noites atrás pensa de mim?

— Porque eu não te conheço e tenho quase certeza de que não quero conhecer.

Ele se recosta à cadeira. Assente. Não parece nem um pouco abalado.

— Sabe, eu poderia descobrir tudo sobre você com alguns toques no teclado. Estou sendo educado em perguntar.

— Porque você é um stalker?

— Porque eu tenho acesso à internet.

Um sorriso lento se forma no meu rosto. O que ele não sabe é que ele está falando com uma pessoa que vive sob um codinome. Uma pessoa que apagou a própria presença da internet. Uma pessoa que não tem redes sociais.

— É mesmo? — digo. — Que bom. Joga no Google. Descubra tudo sobre mim.

Puxo a tela do notebook para cima de volta, tapando o rosto dele, e finjo começar a escrever. Só quando ouço a cadeira sendo empurrada e os passos é que sei que ele enfim me deixou em paz.

7

Seis dias depois, escrevi um total de dez palavras. Que inclusive apaguei. Escrevi de novo. E logo apaguei de novo.

Considerei por um breve instante jogar meu notebook do outro lado do apartamento, mas só o aninhei nos braços e fiz carinho na parte prateada exterior à beira das lágrimas, sussurrando "Me desculpa até por ter pensado em algo assim" para um objeto inanimado.

É por isso que escritores não podem viver sozinhos, argumento. Eu entrei no modo duende de escrita, sem Penelope para me lembrar de comer legumes, me hidratar e tomar sol. Isso não seria problema se houvesse *alguma escrita efetivamente acontecendo*.

Uma batida na porta me arranca do meu foco incrível na terceira página de opiniões sobre uma calça que eu planejo usar no conforto do meu sofá.

Podcasters de *true crime* me diriam que eu mereço ser assassinada e que eles mal podem esperar para cobrir meu caso, porque abro a porta sem nem olhar pelo olho mágico. É assim que me vejo diante de Parker Warren enquanto uso uma camiseta tão grande que poderia ser um vestido moderadamente conservador, uma calça de moletom que roubei de Penelope e um coque torto que parece sorvete derretido na casquinha que é a minha cabeça.

Ele me olha de cima a baixo de um jeito que só pode ser descrito como avaliador.

— *Casual friday*? — pergunta ele.

Olho para Parker de cara feia. Ele está de terno. Lógico que está. O verão mal começou, e, até onde sei, ele não tem mais um emprego.

— Felizmente, sou assim todos os dias da minha vida — digo, com um sorriso tão doce que só pode ser interpretado como venenoso. — Você veio debochar da minha escolha de roupa ou pedir a minha opinião sobre usar um terno num dia de 35 graus? Eu diria que não, porque até você chegar ao metrô já teria morrido de insolação. Mas, quer saber? — Eu repuxo os lábios. — Esse resultado não me incomodaria, e nós dois sabemos que você não vai pegar o metrô.

Ele ignora tudo o que acabou de sair da minha boca e diz:

— Qual é seu nome?

Franzo a testa.

— Eu já te falei.

— Seu nome completo.

— Por quê? Não conseguiu encontrar no Google?

— Qual é seu nome completo, Elle? — pergunta ele.

— Quem é você, Rumpelstiltskin?

Agora, é a vez dele de franzir a testa.

— O Rumpelstiltskin pede à filha do moleiro pra ela adivinhar o nome *dele*. É verdade isso?

— Eu não tinha ideia de que você sabia tanto sobre contos de fadas alemães — digo, começando a fechar a porta. — Deveriam incluir isso no próximo artigo sobre você na *Fortune*. Tchau.

— Espere.

Eu paro, no mínimo pela surpresa diante do traço de desespero na voz dele. Apesar de saber que não devo, abro a porta de novo.

— Eu preciso de você — diz ele.

Minha cabeça fica vazia de repente.

— Você precisa de mim?

— Pra ser meu par.

Quase caio no chão. Ele é tão sem vergonha assim?

— Como é que é? — Minha voz soa traiçoeira e frágil.

Parker se encosta na moldura da porta e, mesmo sendo uma moldura grande, ele a faz parecer uma miniatura.

— É uma perspectiva tão horrível?

É.

— É.

Ele suspira.

— Preciso de um par em quem eu possa *confiar*.

Dou uma risada.

— Você nem me conhece.

— Você venderia uma história sobre mim à *Page Six* ou ao *Daily Mail*?

Arregalo os olhos, fecho as mãos e abro a boca, pronta para iniciar um discurso começando com "Como você se atreve?" Ele acha mesmo que eu preciso *vender histórias sobre ele*...

Ele ri, e é um som irritantemente grave e agradável que arranha meus ossos.

— Exatamente. Você é perfeita.

Olho de cara feia para ele.

— Fala sério, Parker. Você deve ter centenas de mulheres dispostas a isso num raio de vinte quarteirões. Eu preferiria correr pelada no saguão a sair com você.

Ele me encara com uma intensidade que me faz entender por que aquelas centenas de mulheres estariam tão dispostas.

— Exatamente — repete ele. — Você é perfeita.

Algo inexplicável borbulha dentro de mim, champanhe nos meus vasos sanguíneos. Franzo a testa.

— Infelizmente, não tenho roupa, não tenho vontade de ir a lugar nenhum com você e tenho um monte de coisa pra fazer.

E bato a porta na cara dele.

— Penelope. Tem um vestido no corredor.

Uma hora depois, ainda estou com meu traje de *casual friday*, o telefone entre o ouvido e o ombro, olhando para o vestido colocado sobre o sofá decorativo em frente à minha porta, em um cabide coberto de seda que parece custar muito dinheiro, de uma marca francesa de alta-costura e...

— E tem uma sandália de salto.

Quando conto qual é a marca, Penelope solta um assobio baixo.

— Seu corredor tem gosto caro.

— Nem me fale.

Penelope suspira.

— Não me mate.

— Eu nunca faria isso. Nós duas sabemos que os testes de DNA são bons demais hoje em dia, jamais me safaria. — Obrigada, podcast de *true crime*.

— Eu acho que você deveria ir.

Passo o telefone para a outra orelha.

— Pensando bem, se não tem corpo, não tem crime, né?

— Estou falando sério — diz ela. — Elle, ele pode ser um horror, mas sair do apartamento não seria a pior ideia do mundo.

Sair do conforto da minha cama parece a *pior ideia do mundo todinho*.

E talvez seja essa a questão.

— Olha, eu sei que você gosta de ser independente. Sei que gosta de ficar sozinha. Só que isso já foi longe demais. Você virou uma ilha, Elle. Uma ilha deserta.

Eu me irrito. Talvez eu goste de ser uma ilha.

— Qual foi a última vez que você teve um *date*? Um ano atrás?

E foi desastroso.

— Isso não é um *date* — sussurro, só agora percebendo que estou falando em um corredor compartilhado. Corro para dentro de casa. — É um *date* falso.

— Exatamente. Mais motivo pra ir. Sabe, pode ser que morar ao lado dele acabe sendo uma coisa boa se isso significa que ele vai te levar pra fazer algo que exija que você ultrapasse os limites do seu raio de cinco quarteirões de apoio emocional.

Suspiro.

— Quer saber a pior parte?

— Sempre.

— Eu estou escrevendo de novo. — Bem... não é exatamente o roteiro. Entretanto, pelo menos estou escrevendo *algo*. — Mais ou menos.

Penelope inspira como um vórtex.

— Elle! — exclama ela. — Eu estava começando a me preocupar. Por que isso é ruim?

— Porque *foi ele quem motivou* — digo, andando em círculos pela cozinha.

— Ah, meu deus. O cara que você odeia... é *seu muso*.

Emito um ruído de nojo.

— Não chama ele assim.

— Não, não, espera — diz ela, e percebo que está andando. — Ele *sempre foi seu muso*. Me escute! Depois daquela noite na escada, você ficou com tanta raiva que escreveu aquele roteiro. O que ganhou todos os prêmios. Cada vez que saía uma notícia sobre ele, você se trancava no quarto por dias e escrevia.

— Eu fazia isso antes — argumento.

— Sim, você escreveu *muito*, e é o motivo de eu ter que ouvir ASMR de teclas de computador pra pegar no sono anos após termos parado de dividir o quarto, mas nunca com tanta paixão. Você precisa admitir que escreveu seus melhores trabalhos depois daquela noite. De um jeito estranho, ele te forçou a ser melhor.

— É lógico que escrevi meus melhores trabalhos depois daquela noite! — exclamo. — Eu cresci! Minha escrita melhorou! Você vai mesmo atribuir cada sucesso que eu tive a partir dos 25 anos a *ele*?

— Não — diz Penelope com calma. — Mas você usou seu ódio por ele como combustível. Ele foi seu pseudomuso.

Pseudomuso. Faço um som irritado.

— Você não ficaria zangada assim se não tivesse um quê de verdade.

Essa é a parte ruim de ser amiga de alguém há tanto tempo. A pessoa começa a fazer parte da família, e os familiares podem falar com você com todas as letras sem medo de que você os abandone para sempre.

— Escute, gata — diz ela. — Que diferença faz? O que fizer você escrever está valendo, né? Sinceramente, eu não ficaria surpresa se a CAA descobrisse que ele era meio que seu muso e deu um jeito de torná-lo seu vizinho.

Dou uma risada sem humor e digo:

— Sinceramente? Eu também não ficaria surpresa.

***

Havia um bilhete no saco do cabide, preso ao vestido. *Te vejo às 20h*. Estou olhando para o celular, então sei que ele bate no horário certinho.

Um lado meu não quer abrir a porta. Isso tudo não é nem um pouco a minha cara. Quero cancelar, me esconder debaixo da coberta e só sair do apartamento em horários estranhos, tipo quatro da madrugada, para a gente nunca mais se encontrar sem querer.

Outro lado diz que isso é uma coisa boa. Penelope tem razão. Parker é meu *pseudomuso*. Talvez a noite inspire algo. Talvez eu até me divirta.

Abro a porta.

Ele está usando um terno diferente. Esse é mais elegante, moderno e perfeitamente ajustado, como se tivesse sido feito sob medida para ele. Nesse caso, acho que não é uma figura de linguagem.

De última hora, entrei em um dilema se deveria mesmo me arrumar. Um vestido é uma coisa, mas fazer o cabelo? Maquiagem? Aí já é outra. Eu tenho o cabelo castanho-escuro brilhoso e as maçãs do rosto proeminentes de minha mãe, mas não tenho seus lábios vermelhos, suas sobrancelhas grossas e seu brilho permanente nem muita cor no rosto, então, sem maquiagem, fico simples. De maquiagem, pareço uma pessoa diferente. Talvez seja por isso que odeio tanto me maquiar. Se só gostam de mim quando não estou com a minha cara natural, qual é o sentido?

No fim das contas, decidi passar maquiagem, mais para ocupar as mãos. Porque, apesar de eu não gostar de usar, gosto do *preparo*. Por algum motivo, conquistei a capacidade de fazer um delineado de gatinho quase perfeito, então pratiquei em Penelope centenas de vezes. *Ela* aparentemente me deu de presente um conjunto completo de maquiagem, que eu tive o prazer de descobrir escondido na minha segunda mala, então brinquei com as cores variadas. Antes que eu soubesse, tinha me maquiado toda, e era hora de ir.

O vestido é curto e elegante, com mangas compridas e um decote modesto. Os saltos não são baixos, mas também não são os mais altos que já usei.

Quando abro a porta, Parker Warren me olha como se eu estivesse usando bem menos roupa. O olhar dele é intenso, como naquela noite na escada, conforme ele me examina centímetro a centímetro.

— Perfeito — diz ele pela terceira vez naquele dia e me oferece a mão. — Não entre em desespero, mas nós vamos entrar numa toca de leão.

— *Toca de leão?*

Os olhos dele cintilam com malícia.

— Só o pior da sociedade. Alpinistas sociais. Destruidores sociais. Herdeiras sem nada melhor pra fazer do que se meter na vida dos outros.

Empalideço.

— O quê?

— Relaxa — diz, olhando-me de cima. A voz grave dele está me levando a fazer o oposto. — Eu sei que você dá conta.

Meu rosto inexplicavelmente esquenta, apesar de eu manter qualquer espaço em que esteja por mais do que umas poucas horas em vinte graus.

Ele me oferece a mão de novo.

Desta vez, eu a pego.

Estamos no banco de trás de um SUV com os vidros tão escuros que só consigo ver um leve brilho das luzes de Nova York do lado de fora. Algo me diz que Parker não pediu um Uber. O homem ao volante tem um fone no ouvido e parece capaz de matar alguém com um cadarço.

Meu último motorista de Uber tinha um aplique dois tons mais claro do que o restante do cabelo e certa tendência a cantar gritando ao som de músicas pop dos anos 1970.

— Então você costuma levar as vizinhas pra sair? — pergunto, olhando para Parker de modo casual. Cada um está em uma ponta à janela, e tem um bom espaço entre nós, mas o banco parece pequeno demais. Ele ocupa grande parte.

Ele assente, a expressão séria.

— Eu levei a sra. Andrews pra sair no fim de semana passado.

A sra. Andrews tem 84 anos e empurra os gatos por aí em carrinhos.

Eu sorrio, apesar de tentar não sorrir, e me viro para a janela para que ele não veja. Não funciona.

— Você sorriu — diz ele, com o espanto de quem descobre um novo produto para patentear.

— Não sorri.

— Sorriu. E agora eu vou ter que arrumar algo mais engraçado para dizer, porque quero fazer você sorrir de novo.

Olho para ele de cara feia, porque estou convencida de que ele deve estar debochando de mim.

— E pra onde a gente está indo? Por que você não poderia ir sem companhia?

O olhar dele perde um pouco da luz anterior.

— Você já ouviu falar de Edith Adelaide?

— A herdeira?

Ele assente.

— Ela tem um apartamento na Park Avenue com o maior terraço de Nova York, com vista para o Central Park.

Franzo as sobrancelhas.

— E você quer muito conhecer?

Ele solta uma gargalhada.

— Não — diz ele, os olhos cintilando de novo. — Eu queria que fosse simples assim. Edith Adelaide conhece todas as pessoas no mundo dos investimentos, e foi por isso que consegui patrocínio pra um protótipo que construí quando era calouro. Ela foi uma das primeiras pessoas a acreditar em mim. — Ele dá de ombros. — De tempos em tempos, ela faz uma reunião importante, e, desta vez, disse que eu não poderia ir sem companhia.

— Não entendo. Por que é tão importante? Você não acabou de vender sua empresa?

— A aquisição não foi tão direta quanto esperado. Há algumas… pontas soltas pra resolver. Hoje.

Então o jantar é crítico, por algum motivo profissional. Ele precisa de uma companhia, preferivelmente alguém que não vá revelar todos os segredos dele, nem os de outra pessoa, para o tabloide mais próximo. Faz sentido.

Eu sou uma companhia de conveniência. Talvez isso devesse fazer com que eu me sentisse sem importância, mas não ligo. Porque hoje pode ser a inspiração de que preciso para o meu roteiro.

Nós paramos em frente a um prédio com um toldo comprido. Um porteiro me ajuda a sair. Ele está de chapéu e terno, como se trabalhasse no Plaza.

Parker diz seu nome, e somos levados a um saguão dourado e decorado no estilo de uma Nova York antiga. Para a minha surpresa, o porteiro entra no elevador conosco e começa a girar uma manivela, como se tivéssemos voltado no tempo. Nós subimos e subimos, até que uma campainha toca e a porta se abre como uma cortina, direto para um apartamento que deixa no chinelo até aquele onde estou morando.

Sou recebida por um Picasso acima de um piano Steinway.

Em seguida, por um poodle do tamanho de uma xícara, que pula e cumprimenta Parker como se ele fosse a pessoa favorita dele. Parker se ajoelha e brinca com o cachorrinho, e uma parte de mim dói de um jeito estranho. Outra parte chuta minhas canelas e me lembra de que temos que odiar aquele homem. Aquele homem que brinca com cachorrinhos e preenche ternos como se tivesse sido o modelo deles e diz coisas como "Relaxa, eu sei que você dá conta".

Ele se levanta quando o poodle sai correndo e se inclina para sussurrar:

— Ela tem cinco. Clonados. Cada um em uma das casas dela.

E então, antes que eu possa me recuperar dessa informação, ele pega a minha mão.

Minha primeira reação é puxar a mão de volta, mas Parker parece sentir isso, porque ele a segura com mais firmeza e passa o polegar pelos meus dedos, e por algum motivo esse gesto simples causa arrepios pela minha coluna.

Penelope tem razão. Preciso mesmo sair mais.

— Parker! — diz uma voz estrondosa. Pertence a uma mulher frágil que é ainda mais baixa do que eu. Ela está usando uma roupa que não tem nenhuma etiqueta nem nome, mas pela qualidade dá para saber que custou uma fortuna. A calça com o caimento perfeito. A camisa de seda sem um único vinco. Ela está descalça. O cabelo forma uma auréola branca elegante em volta da cabeça. Oitenta e sete anos e com mais energia do que eu.

O sorriso dela é tão radiante quanto as esmeraldas nas minas da família dela na África do Sul. Uma pesquisa no Google, no carro que não era um Uber, revelou que a mãe dela se casou com um norte-americano, John Adelaide, que teve casos escandalosos e pouco talento para os negócios suficientes para quase deixá-los falidos. Quando os pais morreram em um acidente de avião no rio Amazonas, o que gerou pelo menos mil teorias da conspiração, Edith assumiu o que restava dos fundos e começou a investir em pessoas em quem acreditava. Ela sozinha fez outra fortuna a partir da herança quase inexistente, embora seja eternamente rotulada como *herdeira*. Eu me pergunto sobre a vida dela, sobre as histórias dela que eu poderia desenvolver e explorar e talvez transportar para a tela.

Edith arregala os olhos quando me vê.

— E você trouxe mesmo companhia!

— Você disse que não me deixaria entrar sem uma.

Edith ri, o som intenso e nem um pouco aparentando ter 87 anos.

— Você sabe muito bem que eu teria te deixado vir de qualquer jeito.

Eu me viro para olhar para Parker, incrédula, mas já tem outra pessoa ao lado dele, um homem com trinta e tantos ou quarenta e poucos anos. É essa pessoa que ele precisa encontrar?

Edith se vira para mim e diz:

— Bem-vinda à minha casa. Eu sou Edith.

— Eu sou Elle.

Ela aperta a minha mão.

— Quer ver minhas maravilhas?

— Maravilhas?

Ela abre um sorriso conspiratório e faz sinal para eu acompanhá-la.

— Eu coleciono coisas — diz ela. — Coisas que me fazem feliz, que me deixam *maravilhada*.

Ela aponta para uma tigela de 500 a.C. que está em cima de uma mesa, sem cobertura de vidro nem nada. Vejo um quadro impressionista que estudei em uma aula de história da arte. Uma sala inteira daquele apartamento foi tirada de um castelo na França.

Edith me olha.

— Antes que você me julgue, não tenho herdeiros e deixei toda a minha fortuna por testamento, incluindo todas essas obras de arte, pra dez instituições de caridade que eu conheço e em que confio. — Ela dá de ombros. — Acho que tenho mais cinco anos neste planeta, mais ou menos. É egoísmo demais aproveitar meu dinheiro de forma tão frívola nesse meio-tempo antes de eu doar tudo?

Fico feliz de ela não parecer esperar resposta, porque não tenho ideia do que dizer.

Enquanto Edith está me mostrando outro cômodo, uma biblioteca cheia de livros que parecem que só deveriam ser tocados com luvas, sinto a mão de alguém na minha lombar.

— Você não está tentando incluir Elle nas suas maravilhas, está, Edith? — pergunta Parker com casualidade.

Não tem nada de casual nas batidas erráticas do meu coração com o calor da mão dele em mim. Eu poderia me afastar. Poderia fingir querer muito inspecionar o manuscrito iluminado no canto. No entanto, não faço isso porque, por mais que eu odeie admitir, *gosto* da sensação dele me tocando.

Devo estar enlouquecendo.

Edith ri.

— Eu não me atreveria. Você já tentou comprar este lugar vezes suficientes. Envolver sua namorada só tornaria sua obsessão pior.

Abro a boca para dizer para Edith que *não sou namorada de Parker Warren nem neste universo, nem em nenhum universo cinematográfico da Marvel*, mas Parker começa a fazer círculos lentos e baixos na base da minha coluna, e o que estou fazendo? Por que estou deixando?

Por que me inclino mais para perto do toque dele, só um pouquinho?

Olho para o lado e vejo que ele já está me olhando, observando-me como se de fato achasse que sou uma maravilha, e...

— E como vocês se conheceram?

O calor vibrando embaixo da minha pele se transforma em raiva quando me lembro daquela noite na escada, e de como ela terminou.

Parker abre a boca para responder, mas respondo primeiro:

— Nós somos vizinhos.

— Em São Francisco?

Espere, Parker nem sequer mora em Nova York? Ele está ali só por uma temporada curta, como eu?

— Não. Aqui, na cidade — diz Parker.

Edith olha para mim com expectativa, como se eu devesse babar sobre aquele homem incrível que desprezo, então abro meu sorriso mais doce e digo:

— Ele foi tão sociável e acolhedor. Nem um pouco invasivo.

Ele imita minha expressão.

— E ela foi tão tranquila e simpática. Nem um pouco obcecada pelo notebook.

O olhar de Edith vai de um para o outro, parecendo um pouco interessada demais, mas aí o elevador apita em algum lugar do labirinto dourado que é o apartamento dela.

— Deve ser o restante do pessoal — diz ela. — Com licença.

Eu me viro para Parker e digo através do sorriso ainda grudado na cara, porque tem convidados andando ao nosso redor.

— Eu não sou obcecada pelo meu notebook.

— Certo. É por isso que você o trata como uma criancinha ou um bichinho especial. Você deveria comprar um carrinho e passear com ele pelo Gramercy Park, como a sra. Andrews.

Eu o encaro, os olhos arregalados e a raiva temporariamente esquecida.

— A sra. Andrews tem uma chave do Gramercy Park?

É o único parque particular em Nova York. Só existem um pouco mais de cem chaves, e elas são dadas aos que vivem diretamente no parque (e nós não vivemos) ou aos membros dos clubes exclusivos que ficam em volta. Eu sempre quis entrar, uma vez que fosse, mas é rigorosamente fechado ao público, exceto na véspera de Natal. A casa dos meus sonhos fica por lá. Eu dava aula para uma criança que morava lá quando estava na Columbia.

— *Eu* tenho uma chave do parque — diz ele.

Na mesma hora, começo a planejar roubar a chave dele.

Quando estou prestes a perguntar como ele conseguiu obter uma delas, uma mulher anda até nós. Bem, não até *nós*. Ela parece estar supondo que eu sou incorpórea, porque entra sem a menor vergonha na minha frente e começa a falar com Parker.

O cabelo dela é tão loiro que quase chega a ser prateado. Ela é alta e magra e está com um vestido que parece desafiar a física por não ter costas nem qualquer alça visível e ter bem pouco tecido, mas mesmo assim ficar no lugar. Quando ela se vira de leve, vejo que são seus seios impressionantes que a mantêm vestida.

Olho para baixo e franzo a testa para o meu peito. Definitivamente, não é suficiente para funcionar como cabide.

Meio segundo se passou, e todas as ansiedades se desenvolveram na minha mente. Vou ficar aqui plantada como uma tonta. Ninguém vai dizer nada. A mulher vai continuar conversando com Parker, e eu vou ficar esperando aqui, como um capacho de salto alto, ou vou sair andando fingindo analisar as maravilhas e me perguntar por que estou nesta festa, e talvez eu deva ir embora, porque aqui não é meu lugar e…

— Carissa. Essa é a Elle — diz Parker. Ele chega para o lado da loira e coloca a mão de volta à base da minha coluna.

O olhar dela vai de um a outro, e ela nem tenta esconder o desdém. Os olhos são grandes e azuis, como pedras preciosas no rosto. O tom de pele dela é meio rosado.

— Elle — diz ela num tom seco. — Eu conheço você de algum lugar?

Pisco.

— Eu… não, nós não nos conhecemos.

Ela revira os olhos.

— Você faz parte de que família? Qual é seu Instagram? Onde você veraneia?

Tenho o hábito de categorizar as pessoas que conheço como temas. Ela está fazendo o papel de socialite sem empatia bem demais. Será que devo botar uma assim no meu roteiro?

Parte de mim a admira por ser tão direta. O que foi que Parker disse? Que nós entraríamos numa toca de leões cheia de alpinistas sociais e destruidores sociais (um termo que eu tenho 99% de certeza que ele inventou)?

— Não tenho redes sociais — digo — nem uso o verbo "veranear".

Carissa não quer mais saber desta conversa. Ela só olha para Parker e diz:

— Foi bom te ver, como sempre.

A parte de baixo do vestido Oitava Maravilha do Mundo vai balançando quando ela sai andando até uma mulher que eu tenho quase certeza de que foi a estrela de um dos meus filmes.

Parker me olha, os olhos verdes cintilando com humor.

— Eu avisei.

— Ela até que não foi ruim. — Até uma eremita como eu já encontrou mil pessoas como ela em Los Angeles.

A mão dele nas minhas costas paralisa.

— Você tem razão. Agora vem o pior.

Desta vez, é o oposto extremo. O homem que se aproxima de nós ignora Parker, o que é difícil, considerando que Parker é bem maior do que ele, e se aproxima de mim.

— Eu achei que conhecia todas as mulheres mais bonitas de Nova York — diz ele, olhando por tempo demais para um lugar que não é o meu rosto. — Pelo visto, estava errado. — Ele estende a mão. — Walter Dresden.

— Walter parece ter uns quarenta e poucos anos. A testa dele é uma paisagem de linhas profundas. Seu apetite por mulheres parece ter congelado no tempo, enquanto ele não.

Troco um aperto de mãos protocolar com ele.

— Elle.

— Elle — diz Walter, pronunciando meu nome de um modo arrastado como se o estivesse saboreando. Que nojo. — Por que eu nunca te vi?

— Cheguei à cidade na semana passada.

— Você trabalha? — pergunta ele, e preciso me impedir fisicamente de mostrar a repulsa no rosto.

— Trabalho.

Walter sorri, e é tão grudento quanto o cabelo exageradamente emplastrado com gel.

— Que maravilha — diz ele, como se eu fosse uma garota de dez anos que acabou de declarar que quer ser astronauta quando crescer. — O que você faz?

— Eu sou escritora.

Ele assente solenemente.

— Bem, isso não dá dinheiro, né? Mas é uma carreira honrada. Um hobby legal.

— Existem muitas escritoras de sucesso — digo entre dentes. *E você está diante de uma.*

Ele ri como se eu tivesse contado a piada mais engraçada do mundo.

— Não existe escritor de sucesso — diz ele. E enfim reconhece a presença de Parker com a testa franzida. — Mas acho que não importa quando se tem Parker Warren.

Pronto. Estou furiosa. Eu nunca quis tanto usar meu conhecimento profundo de *How to Get Away with Murder* na vida. Nunca quis tanto abrir a minha página da Wikipédia ou gritar minhas realizações em um longo monólogo até aquele momento, só para provar que ele está errado.

Parker está olhando para Walter como se fosse o chiclete colado na sola do sapato dele, mas não diz nada. Fico feliz. Walter Dresden já acha que Parker, que não é meu namorado em nenhum contínuo do espaço-tempo, sustenta a minha vida toda. Também não preciso dele indo ao meu resgate.

Antes que eu possa dizer algo de que acabe me arrependendo, Edith entra na sala e anuncia que o jantar está servido.

O chef particular de Edith serve os melhores pratos que já provei, acompanhados de vinhos.

O lugar de Parker é à minha direita. Assim que nos sentamos, ele sussurra:

— Se você quiser ver uma coisa ainda melhor do que as maravilhas da Edith, olhe para Walter daqui a uns cinco minutos.

Nunca mais quero olhar para aquele homem pelo resto da vida, mas exatamente cinco minutos depois vejo Walter Dresden olhar para o telefone e deixá-lo cair na sopa. A cor some do rosto dele. Walter emite um som confuso, limpa o telefone com guardanapos e sai correndo da sala.

— O que você fez? — sussurro para Parker, que está encostado na cadeira, a expressão impassível.

Ele pega a taça de vinho e a vira um pouco.

— Acabei de tornar o processo de divórcio dele um pouco mais interessante.

— Não entendi.

Ele me olha. Inclina-se para perto.

— Em certo nível, informação passa a ser mais importante do que dinheiro. Eu obtive algumas que vão facilitar muito para Portia, a ex-mulher dele, aplicar a cláusula de infidelidade no contrato pré-nupcial.

Pisco.

— Eu quero saber como você fez isso?

— Provavelmente não — diz ele e toma um gole da bebida.

A mulher do meu outro lado é um amor. Ela é curadora de arte no Metropolitan Museum of Art, e aprendi o suficiente com a minha irmã, que sonhava em ser curadora, para puxar conversa. Ela me conta com animação sobre as últimas exposições em que trabalhou e as tendências do momento.

Entre o jantar e a sobremesa, Edith anuncia que quer iniciar um debate saudável sobre o futuro das criptomoedas. Enquanto a maioria a segue para uma das muitas salas, saio do grupo para ir ao banheiro. As torneiras parecem chafarizes, e a privada tenta falar comigo.

No caminho de volta, vejo uma porta que leva a uma área externa. Tem risadas e algumas vozes mais altas do que as outras, vindo da outra direção.

Saio para o terraço.

Tem a metragem de um apartamento amplo. Há mobília para todo lado e uma amurada que não é tão alta quanto eu gostaria, mas testo a força dela e me inclino para a frente para olhar o parque lá embaixo.

Tudo parece muito geométrico: o retângulo de parque infinito, os prédios altos como uma moldura feita de torres de Jenga. Um deles sozinho é bem mais alto do que o restante ao redor. Parece que a cidade está mostrando o dedo do meio para mim.

— Aposto que as estrelas odeiam a gente.

Fico paralisada. Ainda observando o parque. Pareço um manequim numa loja qualquer da Quinta Avenida, porque não mexo um músculo sequer.

A voz atrás de mim continua:

— Aposto que elas estão com raiva daquela vez que falei que o universo parece sem graça agora que eu te vi.

Meus ossos de repente revelam que são feitos de massinha, e tenho a sensação de que vou derreter na varanda. Depois do momento mais longo da minha vida, eu me viro e sussurro:

— O que você está fazendo?

Parker Warren está encostado na parede oposta sem nenhuma preocupação no mundo. Ele ergue um ombro.

— Só citando meu filme favorito.

Engulo em seco.

— Seu filme favorito é uma história de amor alienígena?

Os olhos dele estão cintilando.

— Só se você o tiver escrito.

Fecho os olhos. Não. Isso não pode estar acontecendo.

— Como? — acabo perguntando e me obrigo a olhar para ele.

Ele enfia a mão no paletó e tira dois envelopes. Tenta me dar um, mas não o pego, então ele dá de ombros e fica com os dois.

— Nós dois fomos convidados pra festa 30 Under 30. Nossas cartas devem ter ficado coladas — explica ele com calma.

Meu mundo vira uma fechadura. A ansiedade e o pânico se apertam ao meu redor.

— Como você sabe, só quem tem menos de trinta é convidado. Isso reduziu minha busca de forma significativa. — Ele inclina a cabeça. — Você é escritora, o que encolheu ainda mais o grupo. Nenhuma se parecia com você nem remotamente, então concluí que você devia escrever usando um pseudônimo ou que fosse completamente anônima. E há poucas homenageadas sem foto. — O sorriso dele se abre aos poucos pelo rosto. — Quem poderia imaginar que a minha vizinha era uma das roteiristas mais bem-sucedidas do mundo?

Ele sabe. Ele soube a noite toda.

Ouvi-lo dizer aquelas palavras deveria me deixar triunfante. *Uma das roteiristas mais bem-sucedidas do mundo* é bem diferente da aproveitadora que ele me acusou de ser. É bem longe da visão de Walter Dresden de uma carreira de escrita.

Contudo, não sinto nada disso. Eu só sinto raiva. E medo.

Minha voz treme quando digo:

— Quem poderia imaginar que *o meu vizinho* era um dos stalkers mais ricos do mundo?

Ele ri.

— Você me mandou descobrir, Elle — diz Parker. — Na verdade, você me encorajou a isso.

E é verdade, não é? Foi só porque de fato acreditei que ele nunca descobriria. Sem a conexão dos 30 Under 30, não sei se ele teria conseguido. Nada fora aquela lista me conecta à carreira de roteirista. Sou paga por uma empresa do tipo S Corp. Nem os estúdios sabem a minha identidade.

Fui arrogante, e sou uma estúpida.

Minhas mãos estão tremendo.

— Por favor, não conta pra ninguém.

Ele franze a testa.

— Não sei por que você insiste em fazer segredo sobre ser um gênio, mas a escolha é sua. Eu jamais falaria.

— Que bom — digo, descartando a sensação calorosa que se espalha no meu peito por ele me chamar de gênio. Não sou, mas é o maior elogio que já recebi, e odeio que tenha vindo dele.

8

Nós não falamos no trajeto de carro para casa. Minha ansiedade está fazendo hora extra. Ele descobriu. Quem mais poderia descobrir?

Ninguém liga, tento dizer a mim mesma. Mesmo que outra pessoa fizesse a conexão, não sou exatamente a Hannah Montana. A população geral não liga para a identidade de roteiristas.

Ainda assim... eu guardei esse segredo por tanto tempo. É como uma manta de segurança em volta de mim, protegendo-me de situações como encontrar executivos de estúdio pessoalmente, ter que manter presença nas redes sociais, receber cartas raivosas de fãs que odiaram o fim da franquia favorita ou sofrer cyberbullying por causa do fim dessa tal franquia favorita.

Isso me impediu de crescer. Meu estilo de vida é quase o mesmo da época da faculdade, quando escrevi e vendi meu primeiro roteiro. Exatamente como eu gosto. Nada precisou mudar.

Quando chegamos ao nosso corredor, abro o melhor dos meus sorrisos falsos, a ansiedade causando uma tempestade no meu estômago, e me viro para a minha porta. Antes que eu a destranque, Parker me para.

— Saia comigo de novo — diz ele.

Eu me viro. Semicerro os olhos.

— No próximo jantar?

Ele dá de ombros.

— Eu ia dizer pelo verão todo.

Suspiro.

— Boa noite, Parker. — Pego o celular. O aplicativo tosco para abrir a porta está travado. Óbvio que está.

— Por quê? — pergunta ele enquanto aperto a tela com irritação.

— Por que o quê?

— Por que você me odeia?

Isso me faz erguer os olhos da tela. Eu não tento negar. Sobretudo agora que ainda estou furiosa por ele saber quem sou.

Eu quero contar. Quero jogar na cara dele o que ele me disse naquela boate. Contudo, isso significaria revelar que nós já nos conhecemos e que ele nem *se lembra*, e isso é uma vergonha que não estou disposta a encarar hoje. Então digo:

— Porque você é nitidamente um babaca arrogante que acha que pode conseguir o que quer e quem quer por causa do dinheiro.

Parker recua um pouco, como se não estivesse esperando que eu fosse tão grosseira. No entanto, ele se recupera rápido. O sorriso dele é pura malícia quando diz:

— Você acha mesmo que me conhece, né?

— Eu sei o que preciso saber.

Fico imóvel quando ele tira o paletó e o coloca no sofá do corredor. Aquela camisa branca de botão por baixo... fica bonita demais nele. Parker começa a enrolar as mangas, e quando é que antebraços se tornaram tão atraentes? Ele aponta para si.

— Manda ver.

Eu engulo em seco.

— Como é?

O sorriso dele é malicioso até demais.

— Jogue todas as suas suposições na minha cara. Tudo que você acha que sabe sobre mim.

Eu me empertigo. Isso vai ser divertido. Gosto de pensar em mim como uma boa avaliadora de caráter, considerando o fato de que escrevo personagens como meio de vida.

— Você estudou em Stanford. Se formou em ciência da computação. Abriu sua empresa quando ainda era calouro.

— Me conte as coisas que não consegue encontrar no meu perfil do LinkedIn.

Minhas bochechas ficam quentes. Tudo bem.

— Você cresceu rico, ou pelo menos como parte da classe média-alta. Estudou em uma escola cara. Abriu uma empresa porque queria ser um cara de tecnologia cheio de dinheiro. Você dorme com modelos todo fim de semana. Tem o que quer quando quer.

Ele sorri. Os olhos verdes estão me prendendo no lugar.

— Errado.

— Qual parte?

— Tudo.

Dou uma risada sem humor. Não acredito nisso nem por um segundo.

— Tudo bem. Jogue suas suposições pra mim.

Ele me olha. Dá um passo à frente. *Este corredor*, penso, *é estreito demais para o preço desses apartamentos.*

— Você estudou artes. Seus pais te mandavam pra acampamentos de escrita criativa e te diziam pra seguir seu sonho. Você não sai com ninguém porque acha que ninguém é bom o suficiente pra você.

Eu quase engasgo com a risada.

— Errado — digo.

Ele está tão errado que é quase absurdo.

— Qual parte?

— Tudo.

Não sei quando ficamos tão próximos, mas estamos a centímetros de distância, encarando um ao outro de cara feia. Estou respirando um pouco rápido demais. Os olhos dele descem para a minha boca. Eu engulo em seco, e ele olha para o meu pescoço com interesse demais. Dou um passo para trás e me encosto à parede. Não consigo pensar direito com ele tão perto assim e não confio em mim mesma para não fazer alguma estupidez, como repetir o que aconteceu naquela noite na escada, mas agora encostada a esta parede...

— Olha — digo. — Eu sei que você deve estar acostumado com mulheres se jogando em você, mas eu não sou uma dessas. Vou te poupar do trabalho de ter que fingir que está interessado em mim, porque não vou dormir com você sob hipótese alguma. — Digo isso com a expressão séria, apesar de, inexplicavelmente, ser tudo que meu corpo quer neste momento.

Eu me pergunto se essa atração é unilateral. Talvez ele nem queira dormir comigo. Talvez aquela noite na escada tenha sido um acaso, daqueles que não são nem um pouco memoráveis.

Eu espero que ele se afaste, que decida que não valho a pena.

Entretanto, Parker só me olha com uma expressão de quem está achando muita graça.

— Saia comigo — diz ele. — Só durante o verão.

Eu o encaro, incrédula.

— Por favor.

Eu pisco, me perguntando quando ele teve que usar essa expressão pela última vez.

— Você não ouviu uma palavra do que eu acabei de dizer?

— Eu falei sobre sair. Não trepar.

Minha boca fica seca demais de repente.

— Por quê?

— É tão difícil acreditar que alguém queira passar tempo com você?

É.

— É difícil acreditar que você queira passar tempo com uma pessoa só, seja quem for, considerando seu histórico.

Ele aperta os olhos.

— Em geral, eu não tenho tempo para sair com alguém, isso é verdade. Não tenho tempo pra relacionamento. Ainda mais depois que essa venda acontecer.

Não que eu tenha algum interesse em ser namorada de Parker Warren, mas a declaração dele não faz nenhum sentido.

— Sua empresa vai pertencer a outra pessoa. Você não vai ter todo o tempo do mundo?

Ele balança a cabeça.

— Uma condição da aquisição é que eu seja o CEO da Virion.

Ah. Eu nem sei se isso é de conhecimento público. Não sei por que ele está me contando.

— Eu vou ter ainda menos tempo do que antes. Mas, neste verão, enquanto o acordo ainda estiver em andamento, tenho tempo. Pela primeira vez na minha vida adulta. E quero passá-lo com alguém que não se importa com o meu dinheiro. Quero passá-lo com alguém de quem eu realmente *goste*.

Eu não digo nada, e ele continua:

— Você tem razão. Eu sou um babaca. Perdi o tato sobre como agir como um ser humano decente. Sabia que nos últimos cinco anos eu tive quatro seguranças comigo o tempo todo?

Franzo a testa.

— Você é tão importante assim?

Ele abre um sorriso pesaroso.

— O comitê me obrigou. A empresa botou seguro em mim. Eu inventei a tecnologia. Minha vida era um bem. O único motivo pra eu não ter segurança agora é porque negociei isso no acordo de compra. Eu queria um descanso. Um verão de liberdade. — Ele me olha de novo. — Saia comigo, Elle.

Balanço a cabeça. Eu o desprezo. Não deveria nem ter ido com ele ao jantar de hoje. Parker só me causou problemas.

— Me dá um bom motivo pra dizer não.

Eu tenho um milhão, mas, em vez de listá-los, digo:

— Me dá um bom motivo pra *você* querer isso.

— Eu já te dei dois.

— Eu disse um *bom* motivo. Um motivo *real*.

Ele me olha por muito tempo antes de dizer:

— Os próximos meses vão ser tensos pra aquisição. Um relacionamento afastaria as notícias negativas pra garantir que aconteça.

Eu dou uma risada sem humor. Pronto. Esse é o verdadeiro motivo.

— Então é isso? Uma coisa de relações públicas?

— Não é, mas se quiser um motivo em que possa de fato acreditar, já que ao que tudo indica é incapaz de acreditar que alguém possa simplesmente gostar de passar tempo com você, aí está.

As palavras dele ferem. As palavras de Penelope voltam a mim. *Você não ficaria zangada assim se não tivesse um quê de verdade*. Ele tem razão? Eu sou assim tão desconfiada? Acho que sou, porque digo “Não, obrigada” e me viro para destrancar a porta. Felizmente, a tela decidiu destravar. Estou com um pé dentro de casa quando ele diz algo que eu não esperaria nem em um milhão de anos.

— Você não está escrevendo, está? Você está com... bloqueio criativo?

Eu paro. Então me viro, devagar. Ele fica na minha porta, mantendo-a aberta, mas sem atravessar a soleira.

— Não sei do que você está falando. Eu estou escrevendo normalmente. Estou escrevendo *pra caramba*, na verdade. — Martelo na questão com a frase infeliz: — Eu estou completamente... desbloqueada.

— Ah, é? — diz ele, apoiando-se na moldura da porta, ainda bem mais alto do que eu, e a visão infelizmente é atraente.

— *É* — digo, em tons muito menos casuais do que ele.

— Sei. Porque andar de um lado para o outro às quatro da madrugada é sinal de produtividade. — Ele dá de ombros para o olhar incrédulo que direciono a ele. — Por mais caros que esses apartamentos sejam, as paredes são mais finas do que você pode imaginar.

Nós nos encaramos por tanto tempo que começo a ver os pontinhos dourados nos olhos verdes. As sobrancelhas dele são naturalmente retas, sem arco visível. Começo a me perguntar como ele arrumou a pequena cicatriz na da direita, que a divide no meio. Tenho quase certeza de que aquela cicatriz tem uma conta criada por fãs nas redes sociais.

— Tudo bem. Não estou escrevendo — admito. — Que diferença faz pra você?

Ele sorri, e odeio o que vejo, porque, infelizmente, também é atraente.

— Porque, Elle, você acabou de nos dar a outra metade do nosso acordo de comédia romântica.

Estou perplexa de ter ouvido a expressão "comédia romântica" sair dos lábios dele.

— Como é que é?

Ele me olha de um jeito estranho.

— Elle. Você é a roteirista. Me diga que sabe o que quero dizer.

— Óbvio que sei o que você quer dizer — sussurro alto, porque a última coisa de que precisamos é que outro morador faça uma reclamação de barulho e que Richard, o porteiro, pense mal de mim, mais do que já pensa. Faço sinal para ele entrar no meu apartamento e fecho a porta em seguida.

Eu o vejo observar depressa o local pela primeira vez, os olhos se prolongando nos três tipos diferentes de cacto na bancada da cozinha. Eu os comprei alguns dias atrás na feira da Union Square. Amo plantas, mas odeio quando morrem (por que dar flores de presente se elas não duram mais do que alguns dias?). Os cactos com as pontas vermelhas com espinhos que parecem flores foram a minha solução.

Estalo os dedos para trazer a atenção dele de volta a mim.

— Mas nós não estamos em uma comédia romântica, *Parker Warren*. Não tem nada romântico nem *engraçado* nisto — digo, balançando os braços freneticamente entre nós.

— Eu diria que é engraçado eu ter vindo morar no mesmo andar que uma mulher que me odeia. E não necessariamente chamaria a mim mesmo de romântico, mas, se você mudar de ideia sobre não dormir comigo, eu...

— Pare — digo. — Eu entendi. Você precisa de uma companhia para o verão, por causa da imprensa. Precisa de alguém pra sair que não esteja alucinada pra ficar com seu dinheiro. O que eu poderia obter com esse acordo?

— Eu vi sua lista na cafeteria. Locações em Nova York. Você está escrevendo um roteiro baseado nelas? Baseado na cidade?

— Entre outros lugares — digo entre dentes, zangada comigo mesma por não ter feito um trabalho melhor em proteger o que escrevi.

— Eu vou te ajudar. Vou te acompanhar a todas as locações. Vou discutir ideias com você. Vou te ajudar a desenvolver qualquer coisa com que esteja tendo dificuldade...

Em geral, a ideia desse playboy bilionário me ajudar com o roteiro teria sido risível. Absurda.

No entanto, Penelope tem razão. Ele é meu pseudomuso. Toda vez que estou com ele, começo a *sentir*, mesmo que na maior parte do tempo o sentimento seja ódio, e é a única coisa que me fez escrever.

Eu preciso escrever esse roteiro, e rápido.

Ele talvez seja a única pessoa que pode me ajudar a botar as palavras para fora.

— *Se* nós fizéssemos isso — digo, e não consigo acreditar que isso saiu da minha boca —, seria só pelo verão. Quando setembro chegasse... acabaria.

— Quando setembro chegar, vou voltar a São Francisco — diz ele, confirmando minha desconfiança anterior. Ele não mora em Nova York.

— E eu vou voltar a Los Angeles — digo.

Ele assente.

Eu vou mesmo fazer isso, não vou?

— Então... como vai ser isso exatamente?

Parker pisca. Ele parece quase surpreso. Empolgado? Faz eu perceber a gravidade do que acabei de aceitar, mas, antes que eu possa pensar melhor, ele diz:

— Eu tenho alguns eventos profissionais e sociais pra ir. O último é um fim de semana nos Hamptons em comemoração ao Dia do Trabalho. Isso pode marcar o fim deste... acordo.

Em geral, meu sangue gelaria com a ideia de passar um fim de semana inteiro em um lugar fechado. Contudo, há uma chance de eu ter terminado o roteiro até lá, e é provável que já tenhamos cancelado tudo de qualquer modo.

Ele continua.

— Entre agora e essa data, vamos percorrer sua lista de locações. Qual é a primeira?

— Central Park. Perto do grande chafariz.

— Perfeito. Podemos ir correr lá amanhã de manhã. Sete horas pra você está bom?

— O quê? Parker, eu não corro, eu...

Ele dá de ombros.

— A gente vai devagar.

Antes que eu possa protestar, ele sai do meu apartamento.

E vou oficialmente sair de mentirinha com o Solteirão Bilionário por todo o verão.

9

— Acho que vou vomitar.

Penelope inspira fundo.

— Você comeu cinco cupcakes *red velvet* de uma vez de novo?

Agradeço temporariamente por não estar com o viva-voz ligado, afinal Parker tem razão sobre as paredes serem absurdamente finas.

— Não — sussurro ao telefone. — Você sabe que eu não consigo mais olhar pra comida vermelha do mesmo jeito. — Suspiro e conto a ela sobre o acordo que fiz com Parker.

A risada de bruxa vem.

Eu mereço, de verdade.

Ela nem deveria estar acordada agora, mas eu fui a beneficiária sortuda de uma mensagem de texto carregada de emojis uns poucos minutos antes que, depois de muito tempo decifrando, descobri que significava que ela tinha voltado do date com o médico.

Ela me conta os detalhes, garante que trancou todas as fechaduras do nosso apartamento, e eu digo:

— Tenho que ir. Ele vai chegar aqui em cinco minutos.

— Não seja tão rígida, Elle — diz ela em tom cantarolado. — Depois de hoje, quem sabe? Talvez seu roteiro esteja no primeiro trimestre.

Certa vez cometi o erro de comparar a escrita do roteiro a dar à luz, e Penelope nunca me deixa esquecer.

— Eca, Penelope.

— Será que o roteiro vai ter os olhos verdes do pai? Ou um fundo de tecnologia?

— Vou desligar agora.

Desligo, e uma batida soa na porta, espero mesmo que não seja tão fina nem que Penelope fale tão alto a ponto de ele ter ouvido qualquer parte da conversa.

— Última chance. — É isso que eu digo em cumprimento quando abro a porta.

Parker só ergue a sobrancelha para mim. Ele está de camisa de mangas curtas, e na mesma hora faço contato visual com os braços dele.

— Você pode desistir — digo, dando de ombros como se não tivesse passado quinze minutos tentando fazer meu cabelo ficar esticadinho. — É sua última chance.

Ele semicerra os olhos para mim.

— Você gostaria disso, né?

É, penso, e acho que esse é o problema. Sou o tipo de pessoa que fica *feliz* quando cancelam planos comigo.

Mais tempo com a minha cama!

Fazer isso mil vezes seguidas equivale a anos passados em casa, quando toda vida está acontecendo do lado de fora do meu apartamento.

Ele passa os olhos pelo meu corpo.

— Azar.

— O quê?

— Que azar. Você fez um acordo. Eu também. E pretendo cumpri-lo.

Olho para ele de cara feia.

— Eu não me lembro de ter consultado meu advogado nem de redigir um contrato.

Ele parece surpreso.

— Você tem advogado?

— Eu já vendi oito roteiros pra estúdios, seu babaca. É lógico que tenho um advogado.

O rosto dele se ilumina tanto quando o chamo de babaca que tenho quase certeza de que é a reação oposta à que eu deveria ter presenciado.

— Bem, eu posso redigir um, se você se sentir melhor com isso — diz Parker com tranquilidade, e seus olhos estão cheios de malícia. Ele está debochando de mim. — Vou pedir aos meus advogados pra fazerem contato com o seu e garantir que aquele detalhe que você quis seja incluído. O que era? Nada de sexo?

Olho de cara feia para ele uma última vez e suspiro, porque não acredito que estou prestes a sair do meu conforto.

Parker olha para o tênis que escolhi e franze a testa.

— Isso aí não vai ser confortável pra correr.

Eu tinha esperanças de que ele tivesse esquecido sobre a coisa toda de correr.

— Olha, você me viu na escada. Não sou bem uma pessoa que faz cardio.

Parker está encostado na moldura da porta de novo. Ele precisa parar de fazer isso. Eu preciso parar de observar com tanta atenção.

— E é exatamente por isso que a gente deveria ir correr — diz ele. — Caso haja outro incêndio e eu não esteja por perto pra carregar seu notebook.

Reviro os olhos.

— Aquilo nem foi um incêndio de verdade.

— Coloca o tênis de corrida, Elle. — Ele está olhando para dentro do apartamento. Um par de tênis que é usado exclusivamente para andar em lugares num raio de até três quarteirões está encostado na parede. Que ótimo.

— Tudo bem — digo, e ele segura a porta aberta enquanto calço os tênis. — Mas estou avisando. Sou pior em corrida do que em descer escadas.

— Eu sei ser paciente — diz ele.

— Que ótimo — respondo, encontrando-o à porta. — Porque eu vou trabalhar antes de corrermos.

Parker Warren está tentando ler por cima do meu ombro, e tenho vontade de furar o olho dele com a minha caneta.

— Você pode não fazer isso? — digo, apertando o papel contra o peito. Ele recua alguns passos.

— Desculpe — diz ele. — Eu não sabia que você era tão fresca com o que escrevia.

— Não. É só com meu espaço pessoal.

Mal-humorada. É como fui descrita na maior parte da vida, por homens, pelo menos. Provavelmente porque meu primeiro instinto, ao ser abordada romanticamente, costuma ser eriçar os espinhos. Penelope (carinhosamente?) me chama de cacto quando não me chama de ilha.

Culpo o fato de ter uma mãe bonita. Ainda me lembro de como os homens olhavam para ela no mercado, no banco, no correio. Eu me lembro de achar nojento, de ficar tão furiosa quando um tentou falar com ela uma vez, quando eu tinha oito anos, que falei "Ela é mãe!", apesar de o meu pai já não estar mais presente naquele momento, como se ter filhos a impedisse automaticamente de receber qualquer atenção romântica.

Não ajudou em nada o fato de a minha mãe também desprezar atenção masculina. Certa vez, perguntei por que ela se arrumava e usava saltos se odiava quando as pessoas olhavam, e ela respondeu:

— Isso é pra mim. E pra mais ninguém.

Minha presença de modo geral pode ser resumida como *inacessível*, e é por isso que estou tão surpresa por Parker ter se aproximado de mim naquela boate, e por ele ainda não ter encerrado nosso tênue acordo.

Estou então sentada na beirada de um chafariz onde os personagens do meu roteiro vão se conhecer, e ele ainda está me rondando.

— Bethesda — diz Parker, e semicerro os olhos para ele.

— O quê?

— Esse é o nome do chafariz. — Ele franze a testa. — Quem escolhe o nome de Bethesda para um chafariz? Que tipo de nome é esse?

Olho para ele sem entender direito.

— Seu nome deriva de parque, literalmente, Parker — digo. — Eu não sairia por aí criticando os nomes alheios.

Volto às minhas anotações.

Parker já me perguntou o que eu estava fazendo, e consegui ignorá-lo por tempo suficiente para não precisar explicar que gosto de visitar locais que vão estar nos meus roteiros, quando possível. Não sou autora, não preciso me preocupar muito com situar a cena além de algumas descrições, mas sempre tenho a sensação de que um lugar fala comigo, de certa forma. Independentemente do que eu pensar que vou escrever, ver o lugar pessoalmente sempre inspira outra coisa.

Sei que os personagens precisam se encontrar aqui. No entanto, como?

Olho ao redor buscando alguma inspiração.

Parker está me encarando.

— O quê?

— *Seu* nome deriva de quê?

Dou uma risada.

— Por quê? Você quer descobrir meu número de identidade também?

Ele franze a testa para mim.

— Eu não posso nem saber seu nome completo?

— Não.

— Você é minha namorada.

Minha pele arrepia de um jeito inexplicável.

— Namorada *falsa* — digo.

— A gente compartilha uma parede.

Dou de ombros.

— Por um verão.

— Eu já te vi encharcada de chuva, de suéter sem nada além de um notebook embaixo, e...

Eu o faço parar com uma expressão insana. Olho em volta; um bebê com aparência entediada em um carrinho me olha. Eu me levanto bem devagar em uma tentativa lamentável de chegar perto da altura dele.

— Você perdeu a cabeça? — sussurro entre dentes.

— Talvez — ele parece me avaliar —, levando em conta que eu estou em um parque agora debaixo de quase trinta graus, vendo você desenhar no caderno, sendo que eu nem sei seu nome completo.

Semicerro os olhos.

— Não estou *desenhando*. Se você quer saber, já que você está tão curioso, estou escrevendo. Estou tentando organizar a cena na minha mente.

— Você está deixando o local ditar o enredo — diz ele.

— Exatamente. Mais ou menos.

Ele assente. Senta-se ao lado do lugar de onde me levantei, e me convenço de que não tenho alternativa além de me juntar a ele.

Parker enfim cala a boca. Só fica observando as pessoas no parque, do mesmo jeito que eu estava fazendo, só que sem um caderninho rosa coberto de flores.

Nós assistimos a uma família tirar uma foto com um tripé que desafia a física para ser dobrado depois e guardado em uma bolsa. Vemos o sorriso tenso de uma noiva posando na frente do chafariz. Um fotógrafo profissional está fazendo poses de ioga para conseguir os melhores ângulos. A alguns metros deles, um homem está tirando uma foto de um labrador preto.

— Ela parece infeliz — digo. É o tipo de pensamento que eu costumo guardar comigo.

— O quê?

— A noiva. Olha pra ela. Ela parece querer fugir.

Parker encara por alguns segundos.

Então assente.

— Parece.

Estou com o olhar fixo. Fico me perguntando por que ela iria adiante com isso. Ela nem encosta no marido. Os olhos estão vidrados, ela...

— Se você não vai escrever o que está pensando, pode pelo menos me contar — diz Parker.

Tudo bem.

— Eu só estou pensando por que ela se casaria com uma pessoa de quem nitidamente nem gosta.

Ele dá de ombros.

— Talvez ela goste dele. Talvez só não goste — ele balança a mão — de tudo isto.

As famílias estão fazendo movimentos insanos atrás do fotógrafo. Alguém está segurando uma luz que parece extraterrestre. Alguns turistas param para tirar fotos do casal.

— É, bem, isso parece meu inferno pessoal — admito. — Mas... eles não estão nem se olhando. Nem mesmo em solidariedade a esse momento caótico.

Eu me pergunto *por que* com muita frequência. É de onde vêm as melhores ideias de histórias.

Noiva que parece infeliz, escrevo no caderno. *Por que se casar?*

— Dinheiro, talvez — diz Parker. A frase sai num murmuro. É uma declaração casual.

Olho para ele.

— É isso que você vai pensar, né? Sobre a pessoa com quem você se casar, seja quem for. Você vai pensar que é por causa do seu dinheiro.

O olhar de Parker desliza até o meu por um momento, mas ele olha de novo para a noiva.

— É — diz. Ele parece triste. — Acho que vou.

É triste, mas não digo nenhuma palavra útil nem tento dizer que não é verdade. A menos que ele vá a um daqueles programas aos quais minha avó assistia quando eu era criança, em que as mulheres saem com um príncipe secreto, o dinheiro dele sempre vai ser uma questão nos relacionamentos, quer ele queira, quer não.

— Você quer casar? — pergunta.

Olho para ele com irritação.

— Não comigo.

— Obviamente — digo, rápido demais. Contudo, paro um momento para considerar a pergunta. — A ideia é legal. Mas, na prática, não. Acho que não quero. Eu gosto muito de ficar sozinha. A minha independência é importante pra mim.

Minha mãe tratava o fato de ter sido casada como um fracasso pessoal. *A única coisa boa que tirei do casamento foi você e sua irmã*, dizia.

Quando minha irmã enrolava as Barbies em lenços de papel, dando várias voltas para fazer um tipo de vestido de noiva, a minha mãe nos lembrava de que nossa bisavó tinha tido um casamento arranjado e que a bisavó *dela* tinha se casado com um marido que a trancava em casa e a proibia de falar com todo mundo, menos ele.

Era meio deprimente.

O melhor presente que posso dar a vocês é a liberdade de viver do jeito que quiserem. Não deixem que ninguém tire isso de vocês. Ela estava falando por experiência.

Parker assente, como se entendesse.

— E você? — pergunto.

— Nunca — diz ele. E ri. — O casamento é o contrato menos benéfico do mundo.

Contrato. Eu me pergunto se passar a vida adulta toda construindo uma das maiores marcas de tecnologia do mundo o fez pensar em tudo como se fosse negócios. Acho que ele precisa pensar assim, considerando que se casar pode significar dar metade da empresa no divórcio.

Nós observamos os noivos por mais alguns minutos, até o equipamento ser guardado, a noiva se afastar, apertando o tecido nas mãos, e os lugares deles serem tomados com alegria por um grupo de artistas de rua pintados de prateado. Uma criancinha tentou entregar o cachorro de pelúcia a uma noiva cadáver pintada de prateado como pagamento, e ela aceitou.

— Tem um casal no seu roteiro? — pergunta Parker.

— É pra ter. É... é uma história de amor.

Ele pensa nisso.

— E você quer que eles se conheçam no Central Park? É... o encontro fofo deles?

Eu me viro devagar para ele.

— Essas palavras saíram mesmo da sua boca?

Ele me olha de cara feia.

— Eu tenho uma mãe que ama comédias românticas.

— Sei.

Ele balança a cabeça.

— E se eles forem desconhecidos? — diz ele. — E se estiverem aqui por motivos diferentes, mas acabarem assistindo a uma sessão de fotos de casamento juntos?

Olho para ele.

— Tipo o que a gente estava fazendo?

Ele dá de ombros.

— Mas eles estão em um filme. Então eles combinam que, se não encontrarem ninguém em cinco anos, vão se casar um com o outro. No Central Park.

Inclino a cabeça.

— Sabe, estou começando a pensar que essa sua mãe não existe.

— Tem razão. Você descobriu meu segredo. Eu não tenho mãe.

Reviro os olhos.

— Então a história de amor continua anos depois, quando eles não encontram ninguém?

Ele parece pensar nisso.

— Não. Eu não gosto de filmes com saltos temporais.

— Nem eu.

— Pode ser que eles vivam se esbarrando.

— Como? Nova York é enorme. Eles nunca tinham se visto antes daquele momento.

— Verdade. Mas, nesses filmes, sempre tem algo que muda e os faz sempre se encontrarem. Tipo, ele é o cara novo no trabalho dela. Ou é o irmão da amiga, desconhecido até então.

Ou é vizinho dela, penso, mas na mesma hora afasto o pensamento.

Minha primeira reação é dizer que eu sou a escritora, e não ele, e que um cara do ramo de tecnologia não vai escrever meu roteiro para mim, mas as ideias dele destravaram outras.

Não gosto da ideia dele sobre a promessa de casamento, mas gosto do fato de eles se juntarem ao assistir a um casamento.

Ela pode odiar casamentos?

Por quê?

Talvez não acredite no amor?

Por quê? O que no passado dela a deixou assim? Como são os relacionamentos em volta dela?

O que ele pensa? Ele concorda? Ou *ele* é o romântico incurável secreto na situação?

Também concordo meio contrariada que a proximidade forçada *é* um tema necessário nesse tipo de filme. Eles precisam ter um motivo para continuar se esbarrando. Eu também preciso de um motivo para usar todas as locações para as quais o estúdio conseguiu licença...

Ela pode ser a chefe de figurino de um filme e ele o ator principal? Ela pode estar falando mal do ator com quem precisa trabalhar depois de ouvir que ele é um cretino, mas aí *ele* acaba sendo o ator?

Droga. A Penelope tinha razão.

Parker Warren é o meu pseudomuso.

Dou de ombros como se não tivesse acabado de criar uma parte enorme do filme.

— É uma ideia.

— Vamos lá, Arielle — diz ele. — Pode admitir que é uma boa ideia.

Olho para ele.

— Meu nome *não é* Arielle.

Ele dá de ombros.

— Se você diz. — Ele se levanta, pega o caderno em miniatura e a caneta pequenininha na minha mão e os coloca no bolso da calça de moletom. — Hora de correr.

É tão horrível quanto imaginei.

10

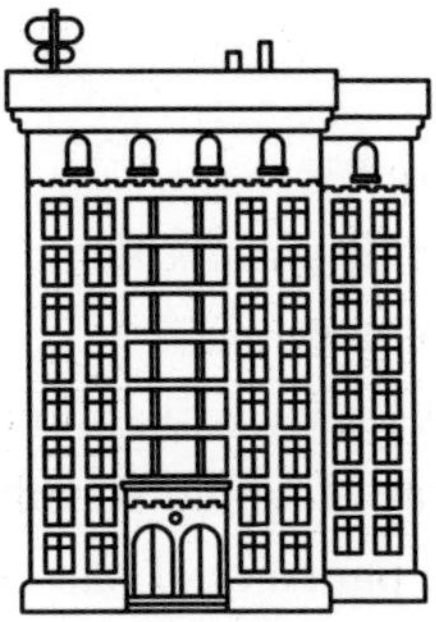

Tem um homem de 1,93 metro com olhos penetrantes e um sorriso com covinhas parado na minha porta. E não é Parker Warren.

Quantos desses podem existir em um único quarteirão de Manhattan? Tem cota, por acaso?

Abri a porta sem olhar pelo olho mágico porque achei que seria Parker, pronto para nosso próximo passeio. Esse é o motivo nº 207 pelo qual eu não sobreviveria a um encontro com um *serial killer*, de acordo com meu podcast favorito de *true crime*.

Talvez eu pareça estar prestes a borrifar nele meu spray de pimenta inexistente (motivo nº 208 pelo qual eu não sobreviveria a um encontro com um *serial killer*), porque ele ergue as mãos e sorri.

— Sou Luke, o empreiteiro — diz ele. Como franzo a testa, ele explica: — Da reforma do apartamento.

Certo. O motivo principal para eu estar neste apartamento para início de conversa.

— Só preciso de mais algumas fotos do interior, se não houver problema — diz ele. Luke ainda está com as mãos erguidas.

E eu tenho quase certeza de que os apresentadores dos podcasts de *true crime* estão gritando para mim de onde quer que eles gravem, porque só dou de ombros e o deixo entrar, sem exigir um documento nem nenhuma outra explicação.

Ele está fazendo mais do que eu para me proteger de um homicídio hipotético, porque deixa a porta escancarada, com um prendedor de porta que, ao que parece, ele mesmo trouxe.

— Preciso de fotos do banheiro da suíte. Tudo bem pra outra pessoa aqui se eu for lá?

Franzo a testa.

— Sou a única pessoa aqui.

Eu sou mesmo uma pata de *serial killer*.

Ele semicerra os olhos para mim.

— Achei que tivesse ouvido você falando com alguém.

Engulo em seco. Eu estava falando sozinha havia meia hora, tentando me motivar para outra corrida para a qual não estou nada pronta, porque, de acordo com Parker, essa é a melhor forma de visitar o High Line, o segundo local da minha lista. Ao que parece, falei sozinha mais alto do que pensava. A desculpa sai sem eu pensar:

— Ah, você deve ter ouvido a televisão.

Nós dois nos viramos devagar para a televisão, que ainda está na caixa.

— Que eu vejo pelo notebook.

Nós dois olhamos para o meu computador, que está fechado na bancada.

— Certo — diz ele.

Faço um gesto para ele ficar à vontade e tirar as fotos de que precisa enquanto fico perto da porta e me pergunto se tem alguma chance de o piso não ter sido instalado direito e de acabar me fazendo o favor de me engolir.

Pisco, e lá está ele. O empreiteiro gostoso.

Vejo muitos programas de reforma de casa. Sei que empreiteiros gostosos existem. Entretanto, meio que sempre achei que eles eram basicamente atores e que outras pessoas faziam o trabalho de verdade.

— Aposto que você está cobrando bem caro, né? — digo quando ele termina e se prepara para ir embora. — Sabe, acho que você poderia até cobrar mais. Eles nem reparariam. Soube que eles têm *muito* dinheiro.

Ele só me olha e diz:

— Foi um prazer te conhecer. — E dá as costas.

E quase se choca com um homem que é só um fio de cabelo mais alto. Parker está de cara amarrada.

— Desculpe — diz o empreiteiro com um sorriso largo. Parker só olha para ele sem dizer nada, até que o empreiteiro se curva, pega o prendedor de porta e sai.

Parker se vira para mim.

— Quem era aquele?

— O empreiteiro — digo. — Os donos daqui estão fazendo uma reforma.

Ele assente. Ainda está com a testa franzida quando diz:

— Está pronta?

— Nem um pouco.

Na nossa última corrida, durei três minutos até minhas pernas parecerem que iam se dobrar.

— Vamos tentar cinco minutos hoje — diz Parker.

Faço que não.

— Eu não quero ser dramática, mas isso me mataria.

Nós andamos pelo saguão, e Richard, o porteiro xereta, espia por cima do celular no balcão da recepção e depois olha de novo. A ideia de dois moradores saindo juntos deve ser bem interessante para ele.

— Quatro minutos? — diz Parker enquanto andamos pelo quarteirão.

— Eu de verdade acho que três minutos foi sorte de principiante — digo. — E as minhas pernas ainda estão doendo. — Ele franze ainda mais a testa, mas desdenho da preocupação dele. — Está tudo bem. Eu tenho massagem amanhã.

— Está doendo tanto assim?

Faço que não.

— Não, eu faço uma por mês. A CAA paga. — Quando tenho prazo chegando, pelo menos. Sarah é fã de massagem e acha que uma escritora sem estresse é mais produtiva.

Parker me olha. Ele repete as minhas palavras de alguns dias atrás.

— Você é mesmo tão importante assim?

Quase dou uma risada.

— Não. O filme é. — Minha voz está leve, mas a tensão nos meus ombros, não. — Sem pressão.

Nós corremos em tiros. Um quarteirão correndo, outro andando. Parker é surpreendentemente paciente. Eu o estou fazendo ir mais devagar. Se quisesse se exercitar, seria melhor correr sem mim.

Contudo, Parker não faz isso. Ele olha para os prédios no quarteirão, enquanto eu nunca os observei direito. Nós passamos por um cinema.

— Você vê os seus filmes? — pergunta ele.

Acho que ele está tentando me distrair do fato de que eu já estou com uma dor na lateral do corpo. Faço que não.

— Não. Eu nunca vou às estreias. Bem, primeiro porque eu sou anônima. Mas, mesmo se não fosse, eu não iria.

— Por quê?

— Prefiro ver sozinha. É... pessoal demais pra assistir com outras pessoas.

Isso parece interessá-lo.

— Seus filmes costumam ser pessoais?

Eu sinto a onda defensiva com a previsibilidade da maré. Parte de mim quer ignorá-lo. Outra parte percebe que, se vamos passar o verão juntos, conversar é necessário. Nós vamos conversar. Eu vou ter que aprender a parar de agir como se todas as perguntas fossem uma espécie de ataque pessoal.

— De certa forma — digo. — Escrever... é como decifro o mundo. Como *me* decifro. — Olho para ele, me preparando para algum tipo de resposta. Para de alguma forma ele me diminuir ou me fazer me arrepender de compartilhar.

No entanto, ele não fala nada. Só parece intrigado.

— Você usa diário?

A pergunta dele me surpreende. Faço que não.

— Não. Eu não consigo... eu não consigo escrever nada em primeira pessoa.

— É mesmo? Por que não?

Sinto a irritação voltando como uma segunda pele. Perguntas demais. Minha voz sai um pouco mais irritada do que pretendo.

— Escrever outros personagens é o mais perto que consigo chegar de expressar as minhas emoções. Eu me vejo pelos outros. É a única forma de suportar olhar as partes feias sem me encolher. É como olhar para o sol com óculos escuros.

Ele assente. Parece entender, apesar de eu não ter ideia de como ele poderia.

— A gente deveria ver um filme juntos — diz ele. — Não um dos seus — acrescenta em reação à minha cara.

Ah, mas isso não vai acontecer. Nosso acordo é explícito. Não envolve ver filmes, a menos que as aparições vagas de Parker aconteçam em um cinema.

— Você não iria querer ver um filme comigo — digo. — A minha melhor amiga, Penelope, parou uns três anos atrás.

— Por quê? — Ele me olha. — Você vê legendado, né?

— É pior. Eu pego o roteiro e fico com ele na mão enquanto assisto. Faço anotações. Paro e volto toda hora.

Ele faz uma careta.

— E eu também vejo legendado.

Acho que não preciso ter medo de Parker Warren me pedir para ver um filme com ele de novo, nunca mais.

O sol está ardendo forte quando chegamos ao High Line, e estou encharcada de suor. Parker irritantemente *não está*. Ele me entrega meu caderninho, que estava no bolso dele, e desta vez me deixa em paz enquanto faço anotações.

O High Line era um trilho de trem. Agora, é tipo uma ponte infinita, uma estrada elevada encantada que percorre o lado oeste de Manhattan, no meio de arranha-céus prateados e por cima do trânsito.

Tecnicamente, é um parque público. Há plantas por toda parte, exceto na pista. Tem algo quase distópico aqui, na grama que cresce entre trilhos de trem abandonados.

Em intervalos de minutos, eu paro e faço anotações. Parker fica ao meu lado, mas não tenta ler por cima do meu ombro. Andamos por terminais velhos que abrigam barracas de sorvete e café gelado vendidos em sacos plásticos que parecem os de suco que eu e a minha irmã implorávamos para a minha mãe comprar no supermercado.

Nós temos licença para filmar por alguns dias. Isso significa que aqui pode haver uma cena noturna. A essa altura no meu roteiro, a protagonista ainda está negando a atração pelo cara. Ele está tentando ganhá-la, mas ela está firme. Precisa ceder um pouco. Precisa relaxar e se divertir um pouco.

Poderia haver uma festa de estreia de filme no High Line?

O ator poderia convidá-la, para ela conhecer a figurinista que idolatra, mas as coisas dão errado?

Parker só se aproxima quando largo a caneta, e, para minha frustração, algo na minha essência fica em euforia pelo fato de ele ter aprendido algo sobre mim, como se eu fosse um jogo de tabuleiro com regras rigorosas e confusas.

Minha essência precisa subir essa régua. Precisa lembrar que esse homem achou que podia *comprar* meu afeto.

Parker estende a mão, e eu entrego o caderno e a caneta a ele, que em seguida enfia tudo no bolso.

— Vamos correndo pra casa? — sugere ele.

— Eu prefiro morrer.

De alguma forma, nos dias seguintes, uma rotina se estabelece sem minha permissão. Parker aparece quase todas as manhãs para uma corrida. Com frequência, ele está com um *latte* da minha nova cafeteria favorita, então não bato a porta na cara dele na hora.

Não... aos poucos, começo a acordar mais cedo; a me arrumar; a calçar os tênis de corrida antes de ouvir duas batidas firmes na porta.

Esqueça a risada de bruxa. Penelope precisaria ser reanimada pelo médico gato com quem está saindo se descobrisse que eu estou me exercitando com regularidade.

Depois, vamos cada um para um lado, e estou *pensando no chuveiro de novo*. Correndo para o computador para escrever, ainda enrolada na toalha.

Parece a época da faculdade, quando eu não conseguia escrever tudo com rapidez suficiente. Em uma semana, tenho ideias mais do que suficientes.

Agora, preciso moldá-las como a cinta da escrita de um roteiro: a estrutura de roteiro *Save the Cat*.

Tem post-its cobrindo o chão, como um tapete neon. Eu pareço estar tentando resolver um caso arquivado no piso frio de madeira.

Sou uma pessoa visual, e botar as cenas em fichas costuma me ajudar a visualizar a história. A papelaria da esquina não tem mais fichas em estoque, então aqui estou com um monstro de Frankenstein feito do que havia lá: post-its rosa-neon e verde-neon e blocos pautados amarelos desbotados.

É óbvio que é nessa hora que o empreiteiro decide fazer a segunda visita. Ele olha no mesmo instante para o mosaico de papel na sala, e seu sorriso alegre fica tenso. Considerando isso e eu falar sozinha, ele deve achar que enlouqueci.

Isso é bom, penso. *Talvez ele ache que eu sou doida demais para ele assassinar.*

Talvez ache que *eu* vou assassiná-lo.

Continuo trabalhando, sentada majestosamente no chão, enquanto ele e dois funcionários começam a pintar o cômodo que um dia vai ser um escritório. Estou engatinhando até o incidente incitante do meu roteiro quando o telefone toca.

É a minha irmã.

— Ellie! — grita ela. É a única pessoa que me chama assim. — Como está o meu apartamento?

11

Minha irmã está em um hotel não revelado na Costa Amalfitana. Não revelado porque ela não sabe onde está, pois não fez a própria reserva. Ela tenta encontrar o nome que está no quarto, mas não consegue, já que o lugar é do tipo que tem mordomo, então não há nada tão mundano quanto cardápio de serviço de quarto ou bloquinho de papéis com a logo do hotel. Só tem um telefone moderno sem botões que chama num passe de mágica qualquer coisa de que ela precise. Eu, inclusive. Fico lisonjeada de ela ter se lembrado do meu número de telefone para conseguir me ligar.

— Você está parecendo estressada, Ellie — diz ela. — Deveria tirar férias durante o verão.

Para a minha irmã, o verão não é estação do ano nem sinônimo de verbo, como veranear. É sua vida. Ela pula de local em local, tirando tantas férias que não faz sentido ter um lar-base. Ela não tinha até adquirir este apartamento, em fevereiro, depois de descobrir que estava grávida. Foi a versão dela de sossegar, embora fisicamente estivesse sossegando em uma cabine de primeira classe a caminho da Europa dias depois de fechar a compra. *Ficar em um mesmo lugar me deixa ansiosa*, diria ela. *Ansiedade faz mal para o bebê.*

Meses depois disso veio o telefonema choroso. "A governanta pediu demissão. A reforma está me estressando. Estresse é ruim para o bebê. Você ficaria lá até a reforma acabar? Você é a única pessoa em quem confio pra garantir que tudo corra bem. Quero que fique perfeito."

Eu gostaria de pensar que foi preciso mais do que um único telefonema para eu ceder, mas viro um tapetinho fofinho quando o assunto é minha irmã. Quando a ligação terminou, as lágrimas dela tinham virado misteriosamente um gritinho de "Viva, eu sabia que podia contar com você!" E eu estava reservando uma passagem só de ida para a cidade que odeio.

Penelope diz que preciso começar a criar limites saudáveis, mas prometi à minha mãe que cuidaria da minha irmã. A qualquer custo.

"Quando eu morrer, vocês só vão ter uma à outra."

Lembro a mim mesma dessa promessa enquanto trinco os dentes.

— Eu não posso tirar férias no verão. Tenho um trabalho, lembra?

Consigo imaginá-la franzindo a testa enquanto pequenas linhas se formam onde o botox preventivo não fixou.

— Não podem encontrar outra pessoa pra fazer as críticas dos filmes?

Minha irmã acha que escrevo *sobre* filmes. Foi o jeito mais fácil de explicar por que eu estava sempre lendo roteiros e digitando no notebook. Não que ela se importasse a ponto de fazer uma busca rápida no Google para descobrir que eu, Elle Leon, não sou uma crítica de cinema.

Não que eu queira mentir para a minha irmã sobre minha carreira, ou que ela fosse se importar, a menos que eu escrevesse um filme juntando todos os universos de *Real Housewives*. A questão é que ela tem o hábito infeliz de não conseguir manter a boca fechada, somado ao fato de falar com frequência com a pessoa que me fez querer ser anônima.

— Não! — digo com alegria, com um sorriso largo para a parede como um personagem de filme de terror, porque a aula de psicologia que fiz no primeiro ano da faculdade me ensinou que esse artifício me enganaria e melhoraria meu humor. E, antes que ela possa dizer qualquer outra coisa, mudo o rumo e pergunto: — Como está Pierre?

— Pergunte a ele você mesma — diz ela. — Está no viva-voz.

Meu sorriso fica tenso. Que ótimo. Só pedi umas quinhentas vezes para ela não fazer isso.

— Oi, Pierre — digo, tentando conjurar um pouquinho de animação.

Ele murmura uma resposta com o mesmo nível de entusiasmo. Não é que tenha algo *tão* errado com ele. É só que, antes de conhecê-lo (em uma de suas férias, lógico), a minha irmã estava a semanas de começar o mestrado em história da arte. Ela sonhava em ser curadora. Tudo mudou quando Pierre entrou em cena. Então as férias deles não terminaram.

Às vezes, me pergunto se é por isso que eles viajam o tempo todo. Talvez tenham medo de que, se ficarem no mesmo lugar por muito tempo, percebam que só dão certo no paraíso, e não no mundo real. Como as participantes de *The Bachelor*, que ficam chocadas ao descobrir que o amor que floresceu durante semanas em uma praia com coquetéis sem fim não se sustenta quando impostos, filhos, empregos e distância entram em jogo.

Minha mãe odiaria Pierre. Odiaria a diversão e a brincadeira ininterruptas que a vida da minha irmã se tornou.

Isabella Leon valorizava o trabalho árduo e a independência, sem depender jamais de outra pessoa para assegurar sua estabilidade financeira. Ela descobriu isso da maneira mais difícil e cuidou para que suas duas filhas aprendessem com seus erros.

Amo minha irmã mais do que qualquer pessoa, mas, às vezes, me pergunto como nós duas fomos criadas pela mesma mulher e nos tornamos tão diferentes.

Pergunto a Pierre se ele sabe em qual hotel estão. Ele não sabe. Eu insistiria para que a minha irmã compartilhasse a localização comigo, mas ela deixou o celular no último resort, quando decidiu que redes sociais e mensagens eram tóxicas. E toxicidade faz mal para o bebê.

— Não se preocupe, Ellie — diz ela em tom cantado. — Você se preocupa demais.

Lógico que me preocupo. Eu me preocupo tanto que parece que meu estômago está permanentemente embrulhado.

— Além disso, nós vamos para o próximo destino amanhã de manhã.

— Qual é?

— Sicília.

— Imagino que você não saiba o hotel…?

Eles não sabem.

— Acho que é uma vila — diz Pierre, sem ajudar em nada.

Pergunto o nome da agência de viagens que eles usaram para reservar tudo, mas ele também não sabe.

— Pergunte a Paola — diz ele.

Paola é a assistente deles. Não sei com o que exatamente ela os assiste, porque nenhum dos dois tem emprego. Além disso, tenho quase certeza de que Paola bloqueou meu número.

— Você tem certeza de que viajar tanto assim não tem problema? — pergunto, tentando manter a voz leve, porque negatividade, obviamente, é ruim para o bebê.

— Tenho! O dr. Connors diz que tudo bem, desde que eu evite barcos.

Faço uma careta. Eles estão viajando em intervalos de dias até a data do parto. A minha irmã diz que é como uma roleta para ver em que parte do mundo o filho deles vai nascer. Ela acha engraçado.

Eu tenho até coceira sempre que penso.

— E aí — diz ela. — Como está com o empreiteiro?

— Luke está ótimo — digo. — Eu já te falei que a reforma está...

— Não — diz ela, e eu a conheço muito bem para ouvir o sorriso em volta da palavra. — Quero dizer como *ele* está.

E, como eu conheço minha irmã, fecho os olhos e grito em tom sussurrado para o telefone.

— Cali. Você não o contratou e me pediu pra vir morar aqui e supervisionar só pra tentar nos juntar. *Né?*

— Não! Óbvio que não!

Um alívio se espalha pelos meus ossos.

— Que bom, porque...

— Se bem que, você sabe, Pierre e eu estávamos conversando... e a gente achou que seria tão romântico e tão *bom pra você* se...

— Ah, meu deus, Cali! — digo e olho ao redor só para ver se Luke não está atrás de mim. — Isso é tão *arrogante*, tão *invasivo*, tão *antiprofissional*... — Faço uma pausa. — Você ao menos *precisa mesmo* da reforma? — Eu não acharia impossível que a minha irmã arrancasse o papel de parede e o piso só como desculpa para inventar uma história de amor pra mim.

Tenho quase certeza de que ela está revirando os olhos agora.

— *Sim*, Elle — diz ela com um tom de voz que faz meu sangue ferver. — O apartamento todo estava *brega* demais. Não combinaria com o Calder que a gente comprou em Amsterdã.

Você fez uma promessa à sua mãe no leito de morte dela, você fez uma promessa à sua mãe no leito de morte dela, você fez uma promessa...

— Eu vou desligar agora. Por favor, mande a Paola me enviar o restante do seu itinerário. Te amo.

Respirar fundo. Estou fazendo uma postura da criança na frente do meu primeiro ato quando ouço um pigarro.

É lógico que Luke está bem ali, me observando como se eu pudesse me contorcer como um fantasma e subir pela parede.

— Nós vamos almoçar — diz ele.

Apenas assinto e observo os três homens saírem do apartamento.

Minha irmã tentou mesmo criar uma situação de proximidade forçada comigo e o empreiteiro que ela contratou para reformar o apartamento. Óbvio. A vida dela é um verão sem fim, uma volta contínua na roda-gigante; ela faz coisas só porque são *divertidas*, sem pensar nas consequências nem em mais ninguém além dela mesma. Pensa mesmo em mim e em todo mundo em volta como peões de um jogo de tabuleiro que pode mover por onde quiser para sua diversão.

Volto à postura da criança e suspiro contra as coxas. Eu não consigo nem ficar chateada com ela.

Cali tinha ambições. Ela se importava com as pessoas. Seguia a orientação da minha mãe. Nós éramos *próximas*. Ela nunca teria mudado se não fosse por mim e minhas decisões ruins.

Tudo desceu ladeira abaixo quando fui contra o desejo da minha mãe.

— E então, como vai nosso casal?

Estou na minha mesa favorita na minha cafeteria favorita e quase deixei cair no chão um *scone* de mirtilo pelo qual venderia um órgão.

— Pra sua sorte, eu peguei isso — digo, balançando o doce em forma de lágrima na cara dele. Dou outra mordidinha e agradeço às forças celestiais pela manteiga e a cobertura de açúcar.

— Eu teria comprado outro — diz ele, olhando para o doce como se tentasse entender o que há de tão especial nele.

Eu o coloco no prato com delicadeza, ao lado do garfo e da faca que o barista me deu, mas que decidi não usar porque sou um goblin e não quero perder nenhuma migalha na hora de cortar.

— Este era o último — digo devagar. — Eles só fazem no fim de semana. Sempre acaba às 8h15, então fico na fila na porta antes de abrir só pra conseguir um.

Ele pisca. Olha para o doce e depois para mim.

— É bom assim?

— É melhor do que você poderia imaginar. E, não, eu não vou deixar você experimentar. Apareça às 7h45 amanhã se quiser um.

Com isso, ele se levanta e me deixa sozinha com o meu doce.

Com alegria, eu o pego de volta e dou outra mordida. Fecho os olhos e me concentro na crostinha de açúcar em cima, na casca crocante e na parte macia de dentro. O sabor arranca um gemido que me constrangeria se a cafeteria não estivesse vazia e eu não estivesse sentada no canto, na minha cadeira favorita perto da janela e de uma tomada.

— Então é esse o som.

Levo um susto e desta vez eu deixo o doce cair. Cai no meu prato e se parte em pedaços como um quebra-cabeça.

Parker Warren está sentado na minha frente, com um olhar tão intenso que deixa minha garganta apertada.

— Você… você *foi embora* — digo, sentindo o rosto ficar vermelho.

— Pra pedir *o pior dos cafés* — responde. Ele estende a mão e pega um dos pedaços menores do *scone*.

Ele não interrompe o contato visual quando o coloca devagar na boca. E mastiga.

— É bom — diz ele.

Eu ainda estou paralisada de vergonha quando ouço o barista chamar o nome dele e o observo andar de maneira casual até lá, pegar a bebida e se sentar de volta.

— Então. — Ele toma um gole. — Como está nosso casal?

Enfim consigo falar.

— *Nosso* casal não está nada.

— Tudo bem. *Seu* casal.

Eles acabaram de ser apresentados no set e estão prestes a ir à primeira locação de filmagem, mas não lhe dou essa informação. Apenas digo:

— Você não tem emprego, não?

— Você está convocada.

— Como é?

— Eu andei pelo Central Park e fui ao High Line. Hoje à noite, preciso da minha namorada.

Arqueio a sobrancelha para ele.

— Namorada *falsa*.

— Pra quê?

— Eu e uns amigos temos um jogo mensal de basquete quando estamos todos na cidade. As namoradas costumam ir junto.

— Você tem amigos? — digo na cara de pau.

— Surpreendente, eu sei. — Ele pega outro pedaço do meu doce, e eu quase enfio o garfo nele. — Eles não são meus amigos mais próximos — admite ele. — Desconfio que um ou mais deles vendam histórias sobre mim pra imprensa, na verdade.

Meu queixo cai.

— E você ainda sai com eles?

Ele dá de ombros.

— Amigos meus já fizeram coisa pior — diz ele, e por algum motivo isso me deixa triste.

Entretanto, me repreendo mentalmente. Bilionário coitadinho? De jeito nenhum.

— Se eu quero que a imprensa acredite nisso — ele faz um gesto entre nós dois, de um para o outro —, as pessoas ao meu redor precisam acreditar também.

Faz sentido.

Jogo de basquete? Eu dou conta de um jogo de basquete.

Ele me passa a hora e o endereço e me deixa sozinha com meu doce.

12

Na mesma hora, percebo que cometi um erro.

É tarde demais. Eles me viram. E eu os vi.

Uma mulher vem até mim com um sorriso largo no rosto. Ela tem cabelo loiro curto imune a frizz e está usando um vestido de náilon que não tem como ser confortável, e é bem mais alta do que eu nos seus saltos cobertos de cristais.

Estou usando meus tênis de corrida, um short que ainda tenho do ensino fundamental e uma camiseta que foi tão lavada que parece uma lixa e está assando minhas axilas. Meu rosto está com o brilho visível de um protetor solar que não foi absorvido mesmo depois de dez minutos espalhando. Não que fosse necessário usar protetor solar, pelo visto.

Nós estamos em um apartamento. Um dos amigos de Parker tem uma quadra de basquete *no meio do apartamento*. Devo ter passado de amante a inimiga do carma, porque as paredes da quadra são de vidro, e, assim que vejo Parker e os amigos, eles também me veem.

Um começa a rir.

A mulher ainda está sorrindo para mim, mas arregala os olhos. As bochechas ficam rosadas.

— Ah! Eles… nós normalmente não jogamos. Eles são bem competitivos… nunca nos chamaram…

Tem uma mulher de calça jeans e *cropped* no sofá na nossa frente. Ela tem pele negra e tranças, e está usando sombra roxa vibrante.

— Eu jogaria se eles deixassem. — Ela dá de ombros. — Eles não são tão bons mesmo.

Parker e os amigos saíram da quadra de basquete. Estão vindo na minha direção, e estou pensando em dar uns passos para trás e me jogar no vão do elevador.

— Elle — diz Parker, e, por algum motivo, só o som do meu nome saindo de sua boca faz um arrepio percorrer minha espinha. Ele parece feliz de me ver e um pouco confuso com a minha roupa. Pelo menos não está rindo de mim, como o cara ao lado dele com o cabelo empapado de gel. — Quer jogar?

— Ela não pode jogar — diz o cara do gel antes que eu possa dizer não e fingir que esqueci que preciso ir a outro lugar. Talvez outro país. — Um dos times vai ficar com um a mais.

— Então de repente você pode fazer um favor pra todo mundo e ficar de fora dessa, Charles — diz a mulher do sofá sem nem tirar os olhos do celular.

Tem outra mulher sentada em um banco da cozinha. Ela tem cabelo preto, pele clara e pernas longas. Parece que ganha a vida andando por passarelas, e não olhou para nós uma vez sequer.

— Que engraçado, Taryn — diz Charles e olha para mim. — É, ela não pode jogar.

Parker nem dá atenção a ele. Só me olha com expectativa, esperando minha resposta.

Charles está com uma expressão mais ácida agora, olhando para meus tênis como se eu tivesse manchado o que só posso supor que seja o apartamento dele. Então curva os lábios em repugnância.

— Quer saber? — digo, surpreendendo a mim mesma e aparentemente todo mundo ao meu redor. — Eu adoraria jogar.

— Um dos times vai ficar com um a mais — repete Charles.

A mulher no sofá, Taryn, se levanta.

— Eu jogo — diz ela. — Em, você tem uns tênis pra me emprestar, né?

A mulher sentada no banco faz um movimento de cabeça para o que deve ser o quarto dela.

A loira que me cumprimentou parece animada. Ela corre atrás de Taryn, os saltos estalando.

Charles está furioso.

— Elas ficam no seu time — resmunga ele para Parker antes de voltar emburrado à quadra.

— Elle — diz Parker quando estamos sozinhos —, não precisamos jogar. Podemos ir embora.

— Não — digo, com olhos nas costas de Charles enquanto ele entra no cômodo de vidro. Encaro Parker. — Eu sou… bizarramente boa no basquete.

Agora ele parece confuso. Deve estar lembrando quando eu falei que não faço exercícios desde as aulas de educação física, o que é verdade.

— Você… jogava na escola?

— Mais ou menos. A minha mãe tinha vários empregos quando eu estava no ensino fundamental, e ela sempre se atrasava pra me buscar. Os professores nos botavam no ginásio pra esperar… e a gente jogava. Eu fiquei boa.

Isso foi uns quinze anos atrás, mas Penelope e eu somos voluntárias em centros comunitários com ginásio, e de vez em quando a gente joga. Ainda sou bizarramente boa.

Parker me olha por um segundo longo demais, e percebo que deixei escapar uma coisa sobre minha mãe, e sobre minha infância.

Taryn volta. Ela prendeu as tranças e está usando um par de tênis de marca que parece novinho.

— Pronta? — pergunta ela, e em seguida se inclina para perto. — Eu sou péssima, aliás. Espero que você não seja.

Sorrio para ela. Eu me pergunto se isso expressa a gratidão enorme que sinto. Ela nem me *conhece* e me defendeu.

— Não sou.

— Então vai ser muito divertido.

Taryn tinha razão. Eles são mesmo ruins. *Sobretudo* Charles. Parker é, irritantemente, o melhor do grupo, mas até ele erra algumas cestas.

Eu não. Talvez seja a mera força de vontade de vencer Charles que faça a diferença, mas é como se eu tivesse doze anos de novo, outra vez de frente para a cesta, sabendo estranhamente que vou acertar antes de lançar.

Os amigos de Parker são melhores na defesa, mas Taryn tem mais talento do que deixou transparecer. Nós formamos uma espécie de rotina entre nossos colegas de time, um ritmo. Eles passam para mim no fim, e eu nunca erro.

Parker está sorrindo de orgulho quando nós ganhamos.

Charles está me olhando de cara feia. Abro um sorrisão para ele, que desdenha.

— É um jogo de basquete. Não é nada de mais. Eu nem jogo muito.

— Você literalmente tem uma quadra no meio do seu apartamento — digo.

— É provável que seu apartamento caiba dentro dela — diz ele entre dentes.

Para falar a verdade, ele está certo. Meu apartamento em Los Angeles não é nem metade deste.

— Cuidado, Charles — diz Parker. O tom dele é casual, mas tem rispidez. — Você aluga. Eu posso comprar este lugar a hora que eu quiser.

Charles cala a boca, mas carrega nos olhos um ódio em ebulição. Não é preciso ser detetive para saber que é ele quem vende histórias sobre o amigo.

É por isso que eu passo os braços pelo pescoço do Parker e digo:

— Deixa ele ficar com o apartamento. Tá na cara que a maior parte do valor que Charles acha que tem está associado a ele.

Taryn ri. Eu sorrio.

O corpo de Parker enrijece. No começo, acho que posso ter ido longe demais ao insultar o amigo dele de modo tão descarado, mas ele está olhando para a minha boca, e tenho quase certeza de que não ouviu nada do que acabou de sair dela. Olho para ele. Se Parker não parar de parecer tão surpreso ou afetado, todo mundo ao nosso redor vai saber que tudo isso é mentira. Ele engole em seco.

Por fim, diz:

— Que atencioso da sua parte.

Qualquer réplica adicional que eu tinha planejado evapora da minha cabeça quando as mãos de Parker descem devagar pelas minhas costas. Tento ignorar o calor que corre por todos os lugares em que ele toca. Estou suada. Nós acabamos de jogar. É só isso.

Ele fecha os dedos na minha cintura, e eu não tinha notado até então como são compridos. Os polegares vão para minha barriga e fico arrepiada. De repente, minha respiração fica mais travada do que ficou durante o jogo.

Um dos amigos dele pigarreia, e Parker se afasta. Sinto o rosto ficar corado quando me viro para Taryn. Nós trocamos números, e, quando estou saindo, me despeço da mulher loira (que agora sei que se chama Gwen) e de Emily (que me parabeniza antes de perguntar com calma a Charles se ele vai deixar a derrota estragar o dia como no mês anterior).

Parker me encara no elevador. Ele está o mais longe possível de mim.

— Aquilo… foi convincente — diz ele por fim.

— Que bom. — Eu me encosto na parede oposta, lutando contra o rubor que sinto esquentando minhas bochechas. — Se os computadores começarem a escrever roteiros, vou ficar feliz de poder acrescentar "namorada falsa incrível" no meu currículo.

Ele não parece achar tanta graça.

— O Charles é um babaca — diz ele, a voz mais sombria do que eu já tinha ouvido.

— É mesmo.

— Tenho quase certeza de que é ele quem está vendendo histórias sobre mim.

Faço que sim.

— Ele é basicamente um vilão de desenho animado com um apartamento muito bonito e uma namorada que parece só tolerá-lo de leve.

Parker faz um barulho que parece uma risada, mas ainda está com a testa franzida, como se não conseguisse aceitar o jeito como Charles me tratou. Fico feliz de ele não ter dito mais nada. Eu sei me cuidar.

— Por que você anda com eles? — pergunto, questionando-me se estou indo longe demais.

A porta do elevador se abre, e ele espera que eu passe primeiro, algo que só percebi que apreciava quando ele o fez.

— Nós nos conhecemos na faculdade — diz ele.

— Em Stanford?

Ele assente.

— Meus melhores amigos estão todos ainda para os lados de São Francisco. Esses são só os que acabaram ficando na cidade. Charles sempre foi ridículo, mas o restante da turma é legal. — Ele dá de ombros. — Eles me conheciam antes de eu abrir minha empresa.

— E o que tem? — pergunto. — Todo mundo que você conhecer depois disso vai sempre te fazer desconfiar secretamente que só quer ser seu amigo por causa do seu sucesso?

— Provavelmente. — Ele parece achar certa graça. — Todo mundo, menos você. Você talvez seja a única pessoa que eu conheci que talvez gostasse mais de mim sem ele.

— Não — digo. — Eu não gosto de você de nenhuma forma.

Ele sorri.

— Certo. Que burrice minha esquecer.

Nós estamos na frente do prédio agora. O SUV de Parker está esperando junto ao meio-fio. Ele abre a porta para mim, mas faço que não.

— Eu tenho uma ligação com a minha agente. Vou falar com ela durante a caminhada de volta para casa.

Sarah me ligou todos os dias na última semana. Só agora decidi que tenho força mental para ligar para ela e dar uma atualização.

Só agora de fato *há* uma atualização.

O que não digo é que agora a distância vai me fazer bem. Minha pele ainda está quente onde ele me tocou. Meu peito começou a se apertar de um jeito estranho na presença dele.

É irritante. Meu corpo traiçoeiro está esquecendo por *quem* está sentindo isso.

Parker assente e faz que vai entrar no carro, mas digo de repente:

— Minha próxima locação.

Ele olha para trás.

— Você está pronta pra ir?

Faço que sim. Estou com o primeiro ato montado. É para o segundo ato que planejei a maior parte das locações.

É tudo coisa profissional. É praticamente um acordo de negócios.

— Onde é?

Eu conto, e ele semicerra os olhos de leve. É um movimento pequeno, uma coisa que eu jamais notaria no rosto de outra pessoa. Contudo, percebo com um toque de inquietação que estou começando a conhecê-lo.

— Tem algum problema?

Ele balança a cabeça depressa.

— Quando abre?

— Às nove. — Pesquisei o horário de funcionamento na noite anterior.

— Funciona pra você?

Dou de ombros. Em geral, eu estaria tendo um encontro muito importante com meu travesseiro, mas as corridas com Parker antes de o sol ficar quente demais nos dias de semana e ir à cafeteria comprar o doce dos meus sonhos nos fins de semana nitidamente tirou isso da minha agenda.

— Com certeza. A gente se vê então.

Sinto os olhos dele em mim quando entro na rua lateral, dou a volta no quarteirão e saio da sombra. Volto à Quinta Avenida e ando no meio da multidão de novo, todos nós torrando embaixo dos arranha-céus.

13

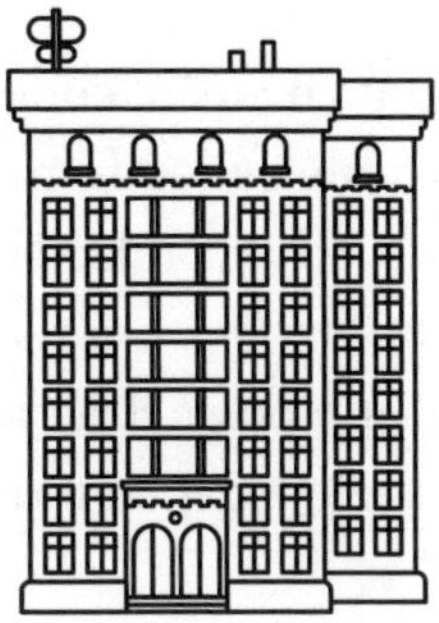

— Qual é seu problema? — pergunto, olhando para Parker. Ele está mais calado do que o normal. No caminho, não parava de se mexer. Quando entramos no prédio, ele olhou quase com pesar para a entrada. — Tirando o óbvio — digo, só para ver se consigo que ele me olhe com raiva.

Parker não faz isso. Só engole em seco. As mãos estão agora rígidas ao lado do corpo.

Nós estamos entre os primeiros da fila e logo entramos no elevador. Parker olha para o ar acima da minha cabeça pelos quarenta e poucos segundos que levamos para chegar ao andar noventa e tantos. Não sei se ele está respirando.

Nós estamos no Summit One Vanderbilt, uma atração mais recente de Nova York. Foi uma conquista para o estúdio, de acordo com Sarah, que ficou tão feliz de eu ter terminado de delinear um terço do roteiro que me mandou tirar um dia no spa pago pela agência. Ela também pediu meu endereço de Nova York, e uma garrafa de champanhe comemorativa e uma caixa de chocolate foram entregues uma hora depois. Comi tudo ao telefone com Penelope. Agora, conforme somos levados para o céu, meu estômago se contrai e começo a me arrepender das minhas escolhas.

A primeira parada se chama Transcendence. É um andar que me faz sentir como se estivesse no interior de um diamante lapidado. Vidraças infinitas cortam o mundo em pedaços geométricos. Eu aperto os olhos depois de alguns minutos, desejando ter trazido óculos escuros. O sol está refletido por toda parte, assim como nós. Olho para cima, e ali estamos, de cabeça para baixo.

Encosto de leve no braço de Parker com as costas da mão, para que ele também possa ver, e o vejo direcionar o olhar para o teto devagar. Ele grunhe em resposta e volta a um estado que parece ser *fingir que está em qualquer lugar, menos aqui*.

Azar o dele. Com o caderno na mão, começo a escrever, furiosa.

Às vezes, as locações nos filmes são formas de mostrar com um toque de sutileza o desenvolvimento de um relacionamento. Se os personagens estão ali, parados, eles ficam refletidos em toda parte, expostos, sem nada escondido entre eles. Talvez o ator possa dizer à protagonista o que sente ali? Talvez ela o rejeite? Talvez aquele lugar se torne a versão dele de uma casa espelhada dos horrores?

Nós entramos em Affinity, uma exposição de dezenas de balões prateados flutuando para todos os lados.

— Parece que eu estou em um banho mágico de espuma — digo a Parker e chuto os balões em volta de nós. Um bate na lateral da cabeça dele sem querer, mas ele nem parece perceber. Parker está odiando o lugar. Eu me pergunto, para início de conversa, por que ele aceitou vir a esta locação. — Olha, você podia ter dito que estava ocupado.

Ele aproveita a oportunidade para empurrar com delicadeza um dos balões contra a minha cabeça. Está se movendo a 0,3 quilômetros por hora, então desvio a tempo. Ele sorri um pouco, mas o sorriso não chega aos olhos. Meu peito se aperta e vou da irritação à preocupação. Aconteceu algo? Algo com a aquisição?

Que diferença faz para mim?

Quero perguntar, mas não faço isso. Se ele quisesse contar, contaria. Talvez não tenha nada errado. Talvez ele de fato *preferisse* estar em qualquer outro lugar que não fosse em um arranha-céu comigo, por causa do meu roteiro, às nove da manhã. Talvez ele esteja se arrependendo do acordo.

Tudo bem. Não é como se estivesse sendo um prazer total e absoluto para mim passar tanto tempo com ele. Se houvesse alguma indicação de que poderia continuar escrevendo sem ele, eu seria a primeira a cancelar tudo.

O vidro reflexivo multiplica os balões por dez. É como se pudéssemos nos afogar neles. Entretanto, a minha empolgação murchou.

— Vamos pra última parte — murmuro.

Levitation, o mais perto que vou chegar de me sentir voando. É uma plataforma de observação de vidro, um pedaço de chão transparente projetado na lateral do prédio. Mesmo com o mau humor de Parker, não consigo deixar de sorrir. Estou andando acima de Nova York. Os táxis parecem brinquedos; as pessoas são pontinhos pequenos. Os prédios parecem conjuntos de Lego.

Eu me viro e vejo Parker encostado na parede. A postura dele está rígida. O rosto está mais pálido do que o normal. É nessa hora que tudo faz sentido.

— Ah, meu deus. Você tem medo de altura.

Ele nem tenta negar. Só fica lá parado, como se fosse fisicamente incapaz de se mover um centímetro que seja em qualquer direção. Ele inclina a cabeça para trás, os olhos no teto.

Eu balanço a cabeça sem acreditar.

— Mas... você é tão *alto*.

Ao ouvir isso, ele me olha com incredulidade.

— Elle, eu tenho um metro e noventa e três. Não trezentos metros.

Os olhos dele recobram o foco, e ele olha para algum lugar atrás de mim. Um erro. Ele os fecha. Engole em seco. Parker olhou para além do meu rosto, para as profundezas de Nova York.

— A gente pode ir embora — digo de imediato, apesar de querer passar mais tempo na plataforma de vidro. Poderia ser o local perfeito para os meus personagens principais terem a primeira grande briga.

As minhas palavras me surpreendem. Eu deveria estar curtindo o desconforto dele. Não é?

Não estou. As mãos dele estão apertadas, as veias visíveis, e tenho a estranha vontade de abrir cada dedo, de o ver arrogante e relaxado de novo.

Qual é o meu problema?

Ele balança a cabeça.

— Eu estou bem.

— Não está.

— Vou ficar.

Parker faz que vai dar um passo, como se quisesse provar, abrindo os olhos só um pouco. Assim que o pé dele toca o vidro de novo, todas as partes do seu corpo ficam tensas, como se em preparação para o impacto. Ele estremece.

Não sei o que me leva a segurar a mão dele, mas é o que faço. Eu pego uma, depois a outra.

Ele enrijece de novo, como se meu toque fosse pior até do que seu medo de altura. No entanto, um momento depois, os dedos dele envolvem os meus. As mãos de Parker são enormes e quase engolem as minhas.

— Não olhe pra baixo — digo. — Olhe pra mim. A gente vai fazer isso juntos.

O olhar dele encontra o meu.

Verdes. Seus olhos são como um labirinto no qual quero me perder. Ele segue minha ordem e encara com atenção, meu coração dispara de forma inexplicável.

Abro a boca, e o olhar dele desce para os meus lábios. Parker passa o polegar pelo centro da palma da minha mão, e inspiro rápido demais.

É um esforço chegar para trás, para longe dele, mas é o que faço.

E, sem tirar os olhos dos meus, ele dá um passo para a frente.

— Viu? Nós estamos bem. É firme.

Dou outro passo. O olhar dele desce pelo meu corpo e para trezentos metros abaixo. Ele fica tenso de novo, mas paralisado. Continua se movendo.

— Eu estou com você — digo, e algo na expressão dele muda. Relaxa um pouco. O Parker Warren da revista derrete, e vejo um vislumbre de vulnerabilidade. De confiança.

Ele assente. Dá outro passo.

Minhas costas batem contra a parede, e dou um pulo, me assustando por um momento, mas as mãos dele seguram as minhas. *Eu estou com você também*, ele parece dizer enquanto aperta meus dedos.

Quero pegar meu caderno mais que tudo, para anotar todos esses pensamentos, mas não pego. Eu os guardo no fundo da mente e torço para lembrar depois. Não vou largar as mãos de Parker, não com o peito dele ainda se movendo tão depressa quanto durante uma corrida.

Contudo, ele não está mais olhando para baixo. Só está olhando para mim.

— Eu já consegui o que preciso. Vamos — digo.

— Tem certeza?

Faço que sim.

De mãos dadas, voltamos por onde viemos.

— O que leva alguém que tem medo de altura a morar no sexagésimo andar? — pergunto. Paramos em uma lanchonete na esquina. Parker estava com cara de quem ia desmaiar, e meu primeiro pensamento foi: *milkshake*. Açúcar no sangue dele.

Não sei se isso é verdade, mas quando tomar milkshake é uma ideia ruim? Eu estava pronta para julgá-lo em silêncio enquanto ele avaliava as opções de sabores, mas aí ele escolheu cookies and cream, e não tive alternativa além de respeitá-la.

— Eu passei no seu teste? — pergunta ele. — Ou escolhi o pior dos sabores de milkshake?

Fico irritada porque ele está começando a me conhecer.

— Obviamente, não — digo. — Eu pedi a mesma coisa.

Ele toma um gole do milkshake antes de responder à minha pergunta.

— Eu achei que era um dos melhores jeitos de esquecer a coisa toda de hoje.

Estendo a mão para pegar uma batata do prato dele porque já acabei com as minhas. Batata frita também pareceu uma boa ideia. Para a náusea.

— Você não gosta de ter fraquezas, né?

Parker empurra o prato de batata frita para mim.

— Não. Eu me esforço pra vencê-las. — Ele me olha. — Em geral, não com plateia.

Parece muito atípico de Parker se colocar em uma situação na qual uma fraqueza ficasse totalmente exposta. É a primeira vez que o vejo não estar plenamente no controle.

— Você podia ter cancelado — digo.

— Você teria ficado sozinha — responde ele.

Eu não tenho nada a dizer quanto a isso.

Ele me vê enfiar uma batata roubada no milkshake antes de colocá-la na boca.

— É assim que você *come* seu milkshake? — pergunta ele. — Usando a batata?

O fato de ele se lembrar desse pequeno detalhe da nossa conversa na escada durante o alarme de incêndio me surpreende.

— Às vezes. Eu costumo usar o canudo, se não tiver colher, mas não pareceu educado chupá-lo na sua frente.

Parker pisca diante da minha escolha de palavras. Eu me pergunto quando o universo vai me permitir ter uma tecla de apagar para conversas da vida real. Ele está olhando para a minha boca de novo. Meus lábios se abrem.

O telefone dele toca.

Parker só o pega no quarto toque. E diz:

— Já volto. — E sai da mesa.

Ele não leva mais de um minuto lá fora e já está de volta. Então franze a testa para a notinha na mesa.

— Você pagou a conta?

Abro um sorriso venenoso.

— Pode parecer surpreendente, mas eu consigo pagar dois milkshakes e duas batatas.

Ele franze mais a testa.

— Eu não quis dizer...

— Está tudo bem?

Ele parece confuso.

— A ligação.

Nas semanas desde que eu o conheci, o telefone dele não tocou uma vez sequer. Tenho a sensação de que ele mandou que todo mundo o deixasse em paz durante o verão.

— Só um probleminha — diz ele. — Eu tenho que voltar a São Francisco.

— Quando?

— Agora.

Minhas emoções devem estar tão transparentes quanto a plataforma que nós conquistamos um pouco antes, porque ele parece perceber que fico chateada.

— Você precisa de mim? Eu posso ver se...

Balanço a cabeça depressa.

— Não, não se preocupe. Eu não preciso de você.

Eu me pergunto quem estou tentando convencer: a ele ou a mim mesma.

— Certo. — Os olhos dele perderam um pouco do calor. Ele se empertiga e volta a ser o cara da revista: o CEO de tecnologia indiferente. — A gente se vê quando eu voltar, então.

Nós seguimos caminhos opostos: ele para casa, eu para comprar mais post-its para o meu monstro do enredo. E tento não avaliar o aperto no peito, que murcha na ausência dele.

14

Estou em um closet com Luke, o empreiteiro. Acabei de pisar no pé dele sem querer. A lâmpada daqui não foi instalada, e a janela mais próxima está coberta para a pintura. Nós estamos usando a lanterna que pelo visto ele sempre carrega.

— Todas essas cores me parecem a mesma — digo diante das amostras na parede.

A risada dele é cansada, mas educada. Esse homem está de saco cheio de mim.

— Posso garantir que são bem diferentes. Essa aqui tem um pouco de prateado. A outra tem um tom mais esverdeado, está vendo? Essa é mais azulada.

É tudo cinza.

Em geral, eu faria uma videochamada com a Cali para mandar que ela escolhesse a porcaria da cor do closet dela, mas ela não tem celular e não me ligou do último paradeiro. Eu não conseguiria falar com ela nem se tentasse (e *tentei*), o que faz meu estômago ser tomado de medo.

— Estou percebendo agora. — Não estou. — Esta — digo, apontando para a segunda amostra de cor. — A mais azulada.

Luke franze a testa.

— Essa é…

Saio do closet.

— Trabalho incrível. Obrigada. Vou estar no chão da sala se você precisar de mim de novo.

Estou mexendo nos post-its que englobam meu segundo ato quando Penelope liga.

— Seu namorado está no noticiário.

Reviro os olhos.

— Ele *não* é meu… — Entretanto, eu me sento ereta. — Espera. Em qual canal?

Pergunto isso como se tivesse TV a cabo, ou uma televisão ligada, e planejasse mudar de canal pelo controle remoto. Por sorte, Penelope me manda um link de transmissão ao vivo. Eu o abro no notebook, equilibrando o telefone entre a orelha e o ombro.

Parker ocupa a tela. É uma foto dele de terno, o rosto ilegível. Os olhos verdes estão intensos, como sempre.

A mensagem na parte de baixo da tela diz: "Aquisição da Atomic em risco. Ações da Virion caem dez pontos".

— Espere, isso quer dizer que a venda não vai acontecer?

— Não — diz Penelope. — É só uma informação vazada. Deve ter tido algum problema, mas nenhuma das duas empresas confirmou.

Não entendo.

— Quem vazaria algo que pode abalar a aquisição?

— Concorrentes, talvez — diz ela. — A mídia sobre isso não é boa, sobretudo porque qualquer coisa sobre ele sempre viraliza.

Eu me vejo sendo estranhamente defensiva a respeito. Com raiva de quem poderia tentar lhe fazer mal. Parte de mim espera que Charles vaze a notícia do nosso "relacionamento" para desviar a atenção da imprensa, como Parker pretendia.

Contudo, isso não faz sentido. A gente mal se conhece. Tudo isto é fingimento.

O âncora do noticiário passa um vídeo dele falando na frente de um comitê do Congresso uns meses atrás, manifestando-se contra a venda de dados de clientes. A voz de Parker está límpida, o argumento firme.

— Isso é meio sexy — diz Penelope.

Minhas bochechas ficam quentes.

— Penelope.

— O quê? Ele não é seu namorado de verdade, certo? — Ela diz essa última palavra como quem espera que eu admita que, secretamente, ele é.

No entanto, isso não é verdade.

— Certo — digo com rigidez e peço para ela fazer silêncio para eu poder ouvir o restante.

As teclas do meu computador estão mais altas do que o habitual e parecem um cavalo correndo na rua no meio da cafeteria. Algumas pessoas me olham, mas eu as ignoro. Estou no segundo ato do meu roteiro, mas digito as palavras como se estivesse escrevendo uma carta contundente para o comitê do prédio sobre o vizinho de baixo que não para de fazer recitais de piano no meio da noite.

O som das minhas teclas afasta o mundo. Eu só reparo que tem uma pessoa na minha frente quando ele diz:

— Só uma bebida? Os *lattes* estão em falta no mundo e eu não sei?

Sinto eletricidade correr pelo peito.

Dou um descanso às teclas e me recosto na cadeira. Parker está apoiado na parede diante de mim.

— Você voltou — digo baixinho.

Ele passou uma semana fora. Eu só percebi o quanto tinha passado a esperar nossas corridas matinais e nossos encontros no corredor quando fiquei sozinha no andar.

— Voltei — diz ele, também baixinho.

Algumas pessoas estão nos olhando. Não, não nos olhando. Olhando para *ele*. Parker se senta como se nem notasse.

— Eu vi o noticiário — sussurro. — Tem algo errado com a aquisição?

Ele olha ao redor. Inclina-se para a frente. Eu também me inclino.

— A Virion quer vender nossos dados — diz ele no meu ouvido. — O plano deles foi revelado no meio da diligência prévia. Eu recusei.

Faz sentido. Passei a noite sem a menor vergonha na cara assistindo à apresentação dele na frente do comitê do Congresso, revendo certos trechos.

— Nunca vendi os dados dos meus clientes, nem quando os investidores queriam. Nós valeríamos bem mais se fizéssemos isso.

Volto o olhar ao dele e vejo que nosso rosto está a centímetros de distância. Engulo em seco e me inclino para a orelha dele. Meu lábio inferior encosta na sua pele quente quando digo bem baixinho:

— Você acha que vai ser o fim disso, então?

Ele balança a cabeça.

— Não — diz ele, a respiração na minha têmpora, fazendo minha coluna se contorcer. — Eles ainda estão interessados. Vamos ver como vai se desenrolar.

Nós nos viramos para nos olhar ao mesmo tempo e quase colidimos. Ele para perto da minha boca. Estamos perto demais, os dois inclinados por cima da mesa do café. Compartilhando a respiração. Os olhares grudados, como se estivéssemos no andar de vidro. Um segundo se passa. Dois.

Sou a primeira a me afastar. Ele faz o mesmo.

E ele semicerra os olhos. Ou Parker me conhece melhor do que eu pensava, ou meus sentimentos são mesmo tão transparentes quanto a plataforma que nós visitamos, porque ele diz:

— Elle, o que houve?

— O quê?

— Você parece chateada. Eu percebi assim que entrei na cafeteria.

Eu me pergunto quanto tempo ele ficou me olhando até eu perceber sua presença.

— Além disso, estou surpreso de nenhuma das suas teclas ter caído.

Não adianta negar, apesar de eu saber que ele vai pensar que sou a pessoa mais ridícula do mundo. Ainda mais por ele estar passando por problemas reais agora.

— Pararam de fazer o *scone*.

Ele franze a testa.

— O de mirtilo?

Assinto, revigorada pela raiva solidária dele.

— Eu cheguei hoje de manhã e não tinha nenhum na vitrine. Quando perguntei, disseram que não vão fazer mais. Algo sobre o custo dos ingredientes, sei lá.

Parker assente.

— Ah. E você não comprou um *latte* em solidariedade ao doce que saiu de linha?

Foi exatamente isso que fiz.

— Como você sabia?

Ele dá de ombros.

— Parece algo que você faria.

Talvez eu seja uma plataforma transparente.

Afundo mais na cadeira.

— Não quero ser dramática — digo, me preparando para a fala mais dramática da minha vida. — Mas aquele doce me tirava da cama nos fins de semana. Eu esperava ansiosamente a semana toda. Era minha alegria de viver. Sei que é estupidez.

— Não é estupidez — diz ele. E eu vejo que ele está falando sério.

O que é uma mera gentileza, porque, objetivamente, é uma estupidez.

Estico os dedos na beirada meio grudenta da mesa. Descontar meus sentimentos nas teclas me deixou com dor.

— E aí, você vai procurar outra cafeteria? — pergunta ele. — Uma que tenha *scones*?

Faço que não.

— Não. Apesar de eles não serem recíprocos, eu sou leal quando o assunto são cafeterias. E esta era perfeita...

Meu celular emite um ruído, e eu franzo a testa. A única pessoa que me manda mensagem de texto é Penelope, e ela em teoria está em outro encontro com o médico.

A confusão só aumenta quando leio.

— Algum problema? — pergunta Parker. — Fora o *scone*?

— Não... — digo. Entretanto, talvez sim. — É Taryn. Ela me convidou pra jantar com Emily e Gwen.

Quando olho para ele, Parker parece estar achando um pouco de graça.

— O quê? — pergunto.

— Você está tentando pensar em uma desculpa lógica pra não ir, né?

Ainda estou de cara feia quando retruco:

— Na verdade, não. — Eu estava, óbvio.

— Então por que você não vai?

— Eu não disse que não vou.

Ele inclina a cabeça para mim.

— Você vai?

— Não — digo, e a expressão dele é de uma grande satisfação. — Mas só porque eu não acho que ela esteja sendo sincera. Ela... ela é bem legal. Deve só estar sendo simpática.

A diversão no rosto de Parker some.

— Elle — diz ele —, por que é tão difícil pra você acreditar que as pessoas podem gostar de você?

Porque nem eu *gosto de mim.* Isso é o que não digo.

Ele consegue ler algo assim no meu rosto, porque avalia meus olhos com um olhar semicerrado.

— Você não sabe mesmo, né?

— Sei o quê?

— Que você é divertida, Elle. Você é uma companhia divertida.

O chocolate quente que estou bebendo ameaça sair pelo meu nariz com a quase risada que dou. A palavra "divertida" e eu nunca estivemos na mesma frase.

— Por que você acha que eu estou passando o verão com você? — pergunta ele.

— Pela sua imagem — digo. — Pela aquisição. Pra disfarçar pra imprensa.

Ele parece irritado, mas deixa para lá, e fico grata. Começo a digitar uma desculpa no grupo quando mensagens animadas começam a aparecer com uma quantidade impressionante de emojis. *Elas* parecem divertidas.

Paro de digitar.

Penelope me diria para ir. Parker nitidamente também acha que eu deveria. Sinto seu olhar sobre mim, apesar de ele não dizer mais uma palavra sequer.

Este verão se trata de explorar os limites além da minha vida hermética, né?

Apago a mensagem e mando uma nova resposta antes que eu me arrependa.

— Eu vou — digo antes de abrir o notebook e voltar a trabalhar na cena. Não vejo a expressão dele, mas acho que fica satisfeito.

Desta vez, sou mais gentil com as teclas.

***

Nós nos encontramos para comer dim sum em um lugar chamado Unicórnio Dourado, em Chinatown. Foi a vez de Emily escolher o lugar. Ao que parece, elas saem para jantar com frequência.

— Os meninos nunca são convidados — diz Taryn enquanto andamos pelos quarteirões movimentados. — Charles tentou aparecer uma vez, e nós chamamos um Uber pra ele voltar pra casa.

Antes de eu dar uma risada, olho para Emily. Ela me olha e balança a mão.

— Eu terminei com o Charles uns dias atrás — diz ela num tom casual.

— É o motivo da nossa comemoração — diz Taryn.

Emily não parece muito abalada pelo término. Não parece muito *nada*, na verdade. Ela é a definição da tranquilidade, e não deixa nenhuma emoção superar o restante.

Eu me esforço para ser tranquila no nível da Emily. Nada parece abalá-la.

O restaurante está cheio, mas não demora para nos sentarmos. Os carrinhos passam, e nós enchemos todo o espaço da mesa com uma variedade de bolinhos e estendemos os braços para pegar os que queremos. Ficamos dizendo que estamos cheias, que não dá para comer mais, mas continuamos lotando o prato. Eu experimento onigiri. Pastel de nata. Bolinhos em forma de cisne. Bolinhos de legumes. Gelatina de café, com a qual tenho um caso de amor à primeira mordida. A conversa diminui enquanto comemos. Estamos todas tão absortas na comida que só voltamos a conversar depois que saímos de lá e andamos alguns quarteirões até um bar.

Gwen, ao que parece, supervisiona as bebidas.

— Nós temos uma brincadeira — diz ela —, em que eu peço os drinques e cada uma tenta adivinhar o que tem no próprio copo. Você não precisa beber, lógico. Só se quiser.

Em geral, não bebo. No entanto, também não costumo sair. Penelope e eu costumamos pedir comida e comer nas almofadas diante da televisão porque não cabe uma mesa de jantar no nosso apartamento.

Nós moramos no mesmo apartamento desde que nos mudamos para Los Angeles, ainda que nossa situação tenha mudado. Poderíamos ir para um maior, melhor, mas odeio me mudar. É a maior mudança de vida.

Nós nos mudávamos toda hora quando eu era criança, antes de a minha mãe voltar a estudar e conseguir um emprego melhor. Nada parecia permanente, até ser. Precisamos passar um ano na nossa casa para eu acabar desfazendo as malas, mas, depois que fiz isso, fiquei grudada lá. Eu me agarrei àquela casa com unhas e dentes, até o banco a tomar.

Gwen está esperando a minha resposta. Ela está sorrindo. Acho que eu nunca a vi sem sorrir.

— Eu vou beber — diz ela, voltando a olhar o cardápio, batendo com os dedos na lateral da mesa. Ela pede falando baixinho, e nós temos que nos esforçar para não ouvir.

As bebidas chegam, e Taryn fala primeiro. O dela é meio dourado. Turvo.

— Lichia?

Gwen assente com empolgação.

Emily toma um gole. Outro.

— Eu não tenho a menor ideia, mas é bom pra caralho — diz ela, e toma o restante.

É a minha vez. Tomo um golinho e faço uma careta. Só sinto gosto de álcool. Tento deixar a bebida um pouco na língua. Tem uma nota floral, fragrante.

— Rosa?

— Quase. Lavanda.

— Como isso pode ser quase? — diz Taryn. Gwen a ignora.

Gwen toma um gole do drinque não misterioso dela. Parece café.

— Espresso martini — diz ela. — Sempre.

Alguns goles da minha bebida me deixam ousada. Olho para Emily, que está sentada, assistindo a Gwen e Taryn debaterem qual casal vai para casa em um reality show de verão.

— Posso perguntar por que você e Charles terminaram? — pergunto, mas me arrependo na mesma hora. Nós não nos conhecemos direito. É invasivo demais.

Contudo, Emily só me encara com o brilho de sempre e diz:

— Você pode perguntar o que quiser, Elle. — Ela toma um gole do chá que pediu depois do drinque. Não baixa a voz quando diz: — Eu descobri que ele anda vendendo histórias sobre Parker pra imprensa.

Taryn e Gwen param de falar. Elas me olham.

Eu me pergunto se deveria parecer surpresa, mas estar com aquelas mulheres me faz não querer fingir nada.

Taryn semicerra os olhos para mim e para a minha falta de choque.

— Você desconfiava?

Assinto.

— Parker também.

Emily emite um ruído de desdém.

— Bem, Parker pode não ter problema em andar com Charles sabendo disso, mas eu tenho. — Ela toma um gole de chá. — Se ele faz isso com um dos amigos, o que faria comigo, entende?

Todas assentimos. Nós entendemos.

Franzo a testa.

— Mas... se ele está vendendo histórias sobre Parker, por que ele não contou à imprensa sobre nós? — O Solteirão Milionário tendo uma namorada já deveria estar na página inicial do Page Six a essa altura.

Emily se encosta na cadeira.

— Porque eu falei para ele que, se ele vender alguma história envolvendo você, vou encaminhar para o chefe dele os e-mails que ele enviou à imprensa. — Ela repuxa os lábios. — Eu diria que ter um dedo-duro na equipe executiva de uma empresa de segurança de internet seria muito malvisto.

Encaro Emily, impressionada.

— Obrigada — digo, apesar de que fazer meu relacionamento com Parker chegar à imprensa seja o objetivo desde o começo. Entretanto, ela não sabe que o relacionamento é falso. Não sabe sobre o meu acordo com Parker.

Nós nem conversamos direito no jogo de basquete, mas, mesmo assim, ela queria me proteger.

Fico me sentindo culpada por mentir para elas. Contudo, como eu poderia explicar por que fingi ser namorada de Parker sem revelar meu segredo?

Emily só dá de ombros.

— Se nós mulheres não cuidarmos umas das outras, mais ninguém vai fazer isso.

Taryn faz um brinde a isso.

E todas tomamos drinques demais.

***

Nós estamos em uma plataforma que pode muito bem ser uma mesa glorificada, cantando alto uma música do começo dos anos 2000 como se aquele fosse o nosso trabalho. A plateia não deve conseguir ouvir nada em meio às nossas gargalhadas e a Gwen errando a letra, mas estamos com braços entrelaçados enquanto seguramos umas às outras para não cair do palco que nem merecia ter esse nome.

Bebidas desencadearam mais bebidas em um karaokê em K-Town. Nós entramos em um táxi que deveria me levar para casa, mas Taryn insistiu para que parássemos ali porque ficava *no caminho*. Era na direção oposta, mas nós demos gritinhos de empolgação, e o que eu achei que seria uma noite vendo outras pessoas cantarem músicas que não tocam mais no rádio se transformou em *nós* no palco, apertando os olhos para a letra pequena demais no teleprompter, na dúvida se precisávamos de óculos, unidas como a corrente de uma pulseira.

Se Penelope estivesse aqui, ela estaria na plateia, nos incentivando, fazendo o assovio que exige enfiar uma boa parte da mão dentro da boca.

Quando nossa música acaba, descemos da plataforma e damos um abraço cheio de cotovelos, cabelo, xampu seco e risadas. Assim como na tradição do restaurante, nós nos revezamos escolhendo músicas para as outras, que só são reveladas quando a cantora está no palco.

— Eu não sei esta! — insiste Gwen.

— Boa sorte! — diz Taryn.

Emily sobe na plataforma para ajudar, e elas transformam a música pop dançante em um dueto.

Isto é divertido. É uma coisa que os personagens do meu roteiro fariam. Pela primeira vez em algum tempo, estou vivendo a vida em vez de escrever sobre ela.

É bom. Não consigo acreditar que quase dei uma desculpa e perdi isso. Tem momentos na vida, eu acho, que nos fazem sentir gratidão por não termos ficado no quarto.

Quando estou saindo do elevador para o apartamento, estou cantarolando sozinha, sorrindo e meio cambaleante, e meu celular está sem bateria.

Espera. Meu celular está sem bateria.

Aperto depressa os botões na lateral como se fossem um desfibrilador que vai devolver vida ao meu celular como num passe de mágica. Por mais que eu aperte quantas vezes forem, o telefone só mostra um símbolo que me diz, em termos bem explícitos: *Sim, eu estou sem bateria.*

Eu sabia que essa fechadura tecnológica estúpida seria a minha ruína. Tem uma chave de emergência, mas, óbvio, ela está dentro de casa.

E a portaria não tem uma cópia, porque Cali a deu a Luke.

Ele vai chegar logo cedo. Olho o celular para ver a hora e falo um palavrão quando vejo que, sim, ele continua totalmente sem bateria.

Deve ser mais de meia-noite. Nós ficamos no karaokê até fechar. Duas da manhã. Penso em bater na porta de Parker e pedir um carregador, mas aí lembro que o modelo do celular dele é novinho, diferente.

Nunca fiquei tão feliz por ver o sofá de decoração, antes inútil. Caio nele, encolho as pernas embaixo do corpo e espero por Luke.

Tem um homem alto na minha frente. Ele está dizendo meu nome, eu acho. Está borrado, até que pisco algumas vezes e identifico uma calça de moletom cinza e uma camiseta grudada em músculos.

Meu primeiro pensamento é Luke, mas, não, eu conheço esse corpo... um pouco mais intimamente do que deveria.

Deve ser sonho. Ou uma miragem alcoólica.

Não posso estar sonhando com Parker com essa aparência: suado e musculoso inclinado sobre mim. Não é saudável.

— Vai embora — digo, torcendo para que meu sonho, ou minha alucinação, ou o que quer que seja desapareça.

A miragem franze a testa.

— Tem certeza? Isso não parece confortável.

Não é. Meu pescoço está virado em uma posição que alertou o exorcista mais próximo.

Eu me mexo, e uma pontada de dor me leva de volta à realidade. Não estou sonhando. Não, em um sonho as minhas costas não doeriam tanto. E os meus pés não arderiam. E a minha cabeça não teria batimentos cardíacos próprios.

Eu me sento no sofá e descubro que estou descalça. Meus saltos estão caídos no tapete.

Certo. Eu decidi me arrumar. Estou de saia e camisa de botão que é um pouco mais transparente do que eu esperava. O tecido dela pinica a pele. Definitivamente, não é uma roupa de dormir. Vou ter que dar esse feedback a Penelope na próxima vez que ela tentar enfiar coisas na minha mala.

— Você ficou trancada do lado de fora, né?

Bocejo.

— Não, eu prefiro mesmo dormir como uma contorcionista. Você deveria experimentar.

O cabelo dele está desgrenhado. Ele parece cansado. Eu nunca o vi tão maltrapilho ou casual, nem quando está correndo.

— Você acabou... de treinar?

Ele assente.

— Na academia lá embaixo.

Franzo a testa.

— Tem academia aqui? — Não que seja útil para mim. — Espera... já amanheceu? — Eu me viro para a janela no corredor e vejo que ainda está escuro lá fora.

— Não. É que... eu não estava conseguindo dormir — diz ele. — Eu treino pra diminuir o estresse. — Ele parece confuso. — Você não estava aqui uma hora atrás...

Estranho. A mera ideia de treinar me causa estresse.

— Que horas são?

— Umas três.

Solto um grunhido. Mais seis horas neste sofá. Que delícia.

— Você não tem esse carregador, tem? — pergunto, mostrando o celular.

Ele faz que não.

Dou um suspiro e deito de novo.

Alguns momentos de silêncio se passam. Ele fica parado me olhando enquanto me transformo em um pretzel humano. Por fim, diz:

— Você pode dormir na minha casa.

Olho para ele.

— Eu tenho quatro quartos.

Certo. É uma proposta legal… mas ser namorada falsa dele é uma coisa. Dormir pertinho é outra.

— Não, obrigada — digo. — Nem é tão desconfortável assim. — Espero para ver se vou explodir em chamas por causa da minha mentira descarada.

— Sei — diz ele.

— O Luke vai chegar daqui a algumas horas mesmo.

O corpo dele se contrai.

— O empreiteiro?

Assinto.

— Ele vai abrir a porta pra mim.

Ele balança a cabeça.

— Eu não vou te deixar aqui. Eu vou pra um hotel se for um incômodo pra você dormir no mesmo lugar que eu. Pode ficar com o meu apartamento.

Olho para ele, aturdida.

— Não vou te expulsar da sua casa.

— Eu não me importo — diz ele. — Não seria problema.

Isso é ridículo. Desdenho da sugestão.

— Não se preocupe comigo. Eu estou bem.

Nós nos encaramos por um tempo, e ele acaba suspirando. Parker anda até a porta do apartamento dele. Destranca e se vira para mim.

— Entra, Elle — diz ele.

A voz está atipicamente sincera. Algo se revira dentro de mim.

Ele está tentando ajudar. Guardar os espinhos por uma noite não vai me matar.

— Tudo bem. — Quase perco o equilíbrio nos poucos passos até a porta dele, apesar de eu estar com os saltos na mão, e não nos pés.

Ele me firma e tira os sapatos de Penelope da minha mão, como se tivesse medo de eu me perfurar por acidente com eles. Coloca-os com cuidado ao lado da porta, por dentro, na frente do que, no apartamento da minha irmã, é um armário para casacos.

— Você… bebeu? — pergunta ele, que é a forma mais educada de perguntar "Você está bêbada?".

Assinto.

— Bebi. Eu estou bem. Não se preocupe. — Tomei dois drinques e meio ao longo da noite, o que em geral me faria vomitar no apartamento de Parker inteiro, mas felizmente comi o suficiente para segurar o estômago.

Passo por ele e paro. O apartamento de Parker é surpreendentemente... caloroso. Não é apático, como eu achei que seria.

Eu o ouço parar ao meu lado. Ele deve sentir meu choque, porque diz:

— O quê? Você estava esperando um monte de monitores pra todo lado?

Era exatamente o que eu estava esperando.

Ele faz um som de quem achou graça pela expressão no meu rosto.

— Eu sou o CEO de uma empresa de tecnologia, Elle. Não um hacker.

Olho para ele.

— Então você não conseguiria hackear os satélites do governo, se quisesse?

— Eu não disse isso — diz ele antes de andar de modo casual pela sala e entrar no que deve ser o quarto dele. Alguns segundos depois, volta segurando uma camiseta dobradinha e uma calça de algodão. Ele entrega ambos a mim.

Desdobro a calça na minha frente.

— Obrigada — digo. — Se eu decidir crescer espontaneamente 35 centímetros, vai ficar ótima.

Em vez de sorrir por causa da minha piada, ele parece genuinamente decepcionado com ele mesmo, como se devesse ter previsto que a namorada falsa poderia ficar presa fora do apartamento sem querer de minissaia e precisando de algo para dormir.

— Desculpe, eu não tenho nada do seu tamanho — diz ele. — Eu só achei que... se você quisesse trocar de roupa... mas você não precisa se não quiser...

— Obrigada — digo, com sinceridade agora, porque foi um gesto atencioso. Ele parece surpreso com a suavidade do meu tom, e percebo que nunca o agradeci de verdade antes, apesar de ele ter feito coisas legais para mim nas últimas semanas.

Ele faz sinal para que eu o siga, e é o que faço, sentindo as bolhas em desenvolvimento arderem com o toque no piso frio de madeira. Ele abre uma porta no corredor e acende a luz. O quarto é maior do que o meu e o de Penelope lá em casa e parece nunca ter sido usado. O lençol está impecável.

— Tem toalha no banheiro se você quiser tomar banho — diz ele, hesitante. Parker está olhando como estou encostada na parede, como se não confiasse em mim mesma para ficar de pé sem perder o equilíbrio (e não confio mesmo). — Mas... eu não aconselharia. — A testa dele se franze de preocupação. — Você precisa de algo, Elle? Posso ajudar?

— Eu estou bem — digo, e estou falando sério, embora precise muito de um Advil e de um burrito de café da manhã ao acordar, quando a ressaca e o arrependimento baterem.

Ele não parece convencido, mas não insiste.

— Vou tomar banho — diz ele. — Estou ali, se você precisar de mim.

Assinto e me esforço para fazer a melhor imitação possível de alguém que não parece que está vendo o mundo girar, e o expulso do meu quarto, apesar de o apartamento ser dele.

Assim que ele vai para o corredor, desço até o chão. Sim, o mundo parece estar bem menos no meio de uma tempestade no mar quando estou no chão. Fico sentada por um tempo, olhando ao redor, me perguntando se ele comprou o apartamento assim ou contratou um decorador e por que estou pensando na decoração quando estou a minutos de potencialmente vomitar em todo o lugar, e então decido tirar o top. O tecido pinica, e suspiro de alívio quando o tiro. Suspiro ainda mais quando coloco a camiseta de Parker. O tecido é macio como um lençol. Tem cheiro de sabão em pó. Tem cheiro *dele*.

Quando me levanto, vejo que a camiseta fica um pouco mais comprida do que a minha saia. Por mais que eu enrole a calça, ela fica caindo até os quadris, então eu a tiro e a jogo no canto.

Dou um gemido com as costas da mão na testa como a minha mãe fazia quando eu estava doente em casa. Entretanto, essa náusea foi bem autoinduzida. O dia seguinte vai ser horrível. Preciso tomar água. Preciso injetá-la nas veias como aquelas estrelas de reality shows depois de uma noitada na cidade.

A porta range de leve quando eu a abro um pouquinho.

— Parker? — digo com hesitação.

Não há resposta. Ele ainda deve estar no banho. Sigo pelo corredor até a cozinha, que parece usada demais para alguém que provavelmente tem chef particular.

Se bem que, agora que estou pensando no assunto, não vi nem ouvi mais ninguém entrar no apartamento nas semanas em que estou morando por aqui.

A cozinha tem uma ilha de mármore em cascata (obrigada, programas da HGTV que sempre caem bem com café e ansiedade matinal), eletrodomésticos modernos e armários azul-escuro. A casa mental que construí sempre que via aqueles programas, como se eu também fosse um dia no futuro breve passar por uma reforma grande, tem armários *brancos*. Contudo, esses são... bonitos. Masculinos. Sexy?

Franzo a testa. Tudo, exceto um vaso horrendo, cheio até a borda com cinco tipos diferentes de massa seca. Está meio deslocado, na beirada da ilha, como se soubesse que não combina.

Por que mesmo estou aqui?

Água. Certo. Em geral, eu tomaria água da torneira, mas tem uma máquina moderna que solta um zumbido leve que parece chique demais para eu não experimentar. Só preciso de um copo. Começo a abrir um armário atrás do outro e acabo encontrando um depósito impressionante de lanchinhos. Tudo é irritantemente meio saudável (chips de couve devia ser um oxímoro), mas tem um sacão de pipoca, uns pretzels e amêndoas cobertas de chocolate. Encho os braços sem a menor vergonha como se fosse black friday e eu tivesse esquecido o carrinho, sorrindo feito um ladrão cujo objetivo principal é a indigestão, tão feliz comigo mesma que me viro rápido demais e derrubo o vaso horrendo.

Ele se espatifa no chão e espalha macarrão para todos os lados.

Uma porta é aberta, e Parker corre até a cozinha, o cabelo molhado ainda pingando na testa, só de calça de moletom.

Tento olhar para qualquer lugar, menos para o torso que é ainda mais musculoso do que eu poderia ter imaginado. Os ombros são largos, ele tem todos os músculos, como se fizesse coleção, e aquele *abdômen*...

— Desculpe! — digo. — Eu estava procurando por um copo de água.

Ele olha para os sacos de comida que ainda estou segurando junto ao peito.

— Na gaveta de lanches?

Assinto como se isso fizesse sentido.

Então me lembro do monte de vidro espatifado na minha frente. Faço que vou dar um passo para procurar uma vassoura, mas estou descalça e meio desequilibrada...

Antes que eu pise no vidro ou faça algo estúpido como tentar limpar com as mãos, Parker segura meus quadris. Fico tensa, mas ele só me levanta sem esforço do meio dos cacos e me coloca em cima da bancada da cozinha.

Todas as minhas terminações nervosas parecem se acender. O mármore está frio nas minhas coxas, e lembro de repente que estou só de camiseta.

A camiseta *dele*.

E não estou usando nada além de uma calcinha por baixo.

Parker parece se dar conta da mesma coisa quando me olha. Meu cabelo está caindo nos ombros, e vejo o olhar dele descer para o meu seio, o mamilo arrepiado pelo frio e visível na camiseta branca. Ele parece ficar imóvel de uma forma nada natural. Eu me pergunto se deveria ficar constrangida ou me cobrir, mas não quero. Ele logo desvia o olhar e fica de joelhos na minha frente.

De repente, este apartamento perfeitamente climatizado parece ter virado uma fornalha. Tem um calor descendo diretamente entre as minhas pernas. Contudo, ele só está limpando os cacos do vaso quebrado. Eu olho, hipnotizada, enquanto ele recolhe com cuidado os pedaços grandes, sem se cortar, como acontece comigo em todas as vezes que deixo algo frágil cair. Ele pega um aspirador e se livra do resto, inclusive todo o macarrão. O tempo todo, os ombros e braços dele se contraem, e eu não tinha nada que observar com tanta atenção, mas também tenho a sensação de que não conseguiria parar. Ele tem músculos que eu nem sabia que existiam.

Quando Parker se levanta e fica de pé na minha frente de novo, acho que esqueci como respirar. O álcool me deixou ousada.

Ele engole em seco enquanto estendo a mão devagar na sua direção, mas não se mexe para procurar uma camiseta nem para ir a outro lugar.

— Eu achava que pessoas reais não tinham tanquinho — digo, passando a unha de leve nele.

A voz de Parker está tensa.

— Só as geradas por computador?

— Só as geradas por Hollywood.

— Ah — diz ele, e volto com a mão ao mármore.

— Desculpe pelo seu... pote de macarrão?

Ele parece achar uma leve graça.

— Era um vaso.

Meu rosto de plataforma transparente deve ficar ainda pior quando bebo, porque ele diz:

— Que foi?

Eu dou de ombros.

— Sei lá. Não combinava com o restante. Parecia meio deslocado.

— Deslocado?

A verdade sai por vontade própria.

— Era... muito feio.

Ele ainda está achando graça.

— Minha mãe que me deu.

Finjo que vou pular da bancada.

— Entendi. Eu devo me jogar no vão do elevador? Ou você quer me empurrar?

Ele ri e coloca a mão com gentileza no meu quadril para me manter no lugar. O calor dentro de mim vira um incêndio. Os dedos dele são tão compridos, arqueados tão perto do lugar exato onde os quero.

— Você está descalça — diz ele. — Pode haver caquinhos que eu não catei.

Faço que não. Engulo em seco.

— Não, você foi cuidadoso. Eu estava olhando.

Ele me encara.

— Eu queria ter certeza de que você não iria se cortar nem nada. Você não se cortou, obviamente, o que foi meio impressionante. Seus dedos são... são muito...

— Impressionantes? — diz, com um sorriso lento se formando no rosto. Os olhos dele estão me grudando à bancada da cozinha. Sua mão está quente no meu quadril. Eu me empertigo, e o polegar afunda, só de leve, apertando o tecido.

— Habilidosos — digo, mas sai mais como um sussurro.

Ele está mais perto do que antes. Parker é bem maior do que eu, mesmo sentada na ilha.

Meu sangue está latejando; minha pele parece que vai pegar fogo. Meus joelhos se afastam um pouco, um convite, e Parker chega para a frente e se acomoda entre eles. Ele ainda está longe demais. Não me sinto assim desde aquela noite na escada. Elétrica. Necessitada.

— Posso te levantar de novo? — diz ele baixinho, a respiração quente na minha testa, e faço que sim, desejando que ele peça bem mais.

Um momento depois, os dedos habilidosos (*É sério, essa foi a melhor palavra que você pensou?*) estão envolvendo a minha cintura, e ele me levanta com uma facilidade que sei agora que é graças a uma rotina intensa na academia. Ele se vira, desvia do local onde o vaso caiu e me coloca de pé com delicadeza.

Parker começa a abaixar as mãos, mas meus dedos se curvam sobre os dele antes que eu consiga pensar bem sobre o que estou fazendo. A lógica abandonou o espaço onde estamos. Só resta a necessidade profunda e latejante. Ele engole em seco. Com os olhares grudados, fico na ponta dos pés. Nossos lábios estão a centímetros de distância.

— Parker — digo, sem reconhecer a minha voz. É só um sussurro rouco. Ele se inclina para a frente, como se não conseguisse se controlar. Nossas testas se encostam. Estamos nos tocando de leve e não é suficiente. Quero ficar bem mais perto.

Ele deve notar a vontade estampada no meu rosto, porque diz:

— Elle. Você me odeia, lembra?

— Odeio — digo, assentindo. — Odeio demais.

Nós permanecemos parados, dividindo o ar que respiramos, nosso peito se tocando a cada inspiração. Cada fibra do tecido fino na minha pele quente é uma tortura. As mãos dele ainda estão na minha cintura, e eu as quero mais em cima, mais embaixo, em toda parte. Quero dizer a ele o quanto o odeio enquanto ele me curva na bancada.

Fico chocada pelos meus pensamentos, pelas minhas necessidades. Levo a mão ao rosto dele, devagar. Passo o polegar pelo corte na sobrancelha e desço pela bochecha, delicada, muito delicada, e posso jurar que ele estremece. Minha outra mão está apoiada no peito exposto. O coração dele está batendo eufórico por baixo.

— Senti sua falta quando você estava fora — digo, porque ao que parece neste momento eu sou uma pessoa que age orientada pelos desejos e manifesta a verdade.

— Eu também senti — diz ele, aninhando a lateral do meu rosto com uma das mãos. Ele faz o mesmo que fiz, explora só por um momento. Os dedos calejados roçam de leve a minha bochecha. Descem pela têmpora. Passam pelos lábios. Eu engulo em seco, e os dedos dele descem pelo meu pescoço. Passa o polegar pela minha clavícula. Eu estou pronta, ardendo.

No entanto, ele chega para trás. Desço os pés até apoiar os calcanhares no chão e o vejo andar até um armário que eu não tinha investigado, pegar um copo chique, enchê-lo de água da máquina moderna e o colocar com cuidado na minha mão.

— Bebe, Elle — diz ele.

Eu bebo.

A água fria quase na mesma hora apaga o fogo que arde por debaixo da minha pele. De repente, fico ciente demais dos mamilos arrepiados e do peito dele sem camisa, além do fato de eu ter quebrado o vaso da mãe dele.

— Eu...

— Você precisa descansar — diz ele, dando as costas para mim, e faço que sim.

— Com certeza. — Ergo o copo. — Obrigada de novo.

E vou apressada para o quarto.

— A gente nunca mais vai beber — digo ao meu reflexo. O rímel e o delineador estão escorrendo pela cara. Meu cabelo parece o de alguém que passou a manhã numa montanha-russa.

Acordei apoiada em uma fronha de seda mais gostosa do que a que uso agora, fiquei tensa e gemi com as lembranças voltando com tudo.

Eu naquele sofá decorativo no corredor.

Eu e Parker entrando no apartamento dele.

Eu de novo, me tornando a pior ladra de lanchinhos e quebrando o vaso.

Parker limpando os cacos de vidro de joelhos depois de me colocar na bancada da cozinha.

Nós nos olhando. Eu ainda com a camiseta dele.

Parte de mim torceu para que ele tivesse ficado com pena de mim e saído antes de eu acordar.

Contudo, quando saio do quarto, usando de novo o top que arranha e a saia, depois de deixar a camiseta dele dobrada em cima da cama arrumada, escuto o ruído agudo de pratos batendo um contra o outro. Um chiado leve. E...

Bacon?

Entro na cozinha devagar e encontro Parker virado para o fogão, segurando o cabo da frigideira com destreza.

Ele está de camiseta agora, ainda bem (ah, tá, quem eu quero enganar?) e a mesma calça de moletom do dia anterior. Por mais que eu goste de admirar os músculos das costas se contraindo quando ele vira algo na frigideira, meus olhos vão para algo bem menos atraente.

Um vaso cheio de macarrão na bancada.

Fico imóvel.

O mesmo vaso está no mesmo lugar, e ele é ainda mais feio à luz do verão.

Um pânico percorre meu corpo.

O vaso voltou do mundo dos mortos para me assombrar?

Eu tive um sonho bizarro em que o quebrei ontem à noite?

Eu sou capaz de ver o futuro?

Parker se vira, e qualquer medo de constrangimento que eu tinha previsto entre nós depois da noite passada desaparece. Seu rosto se ilumina, como se ele estivesse genuinamente feliz em me ver. Talvez esteja aliviado por eu não ter sufocado com meu vômito enquanto dormia. Está meio desgrenhado, ainda mais do que depois da academia. Esse é Parker Warren antes de colocar o terno e fazer a barba e ficar com o rosto liso para enfrentar o restante do mundo.

Paro no início da bancada e indico o vaso de massa que decidiu me assombrar.

— Eu ia pedir desculpas por ter quebrado o vaso da sua mãe, mas... Ele ressuscitou? — Aperto dois dedos na testa e faço uma careta com a dor que pulsa. — Eu... eu imaginei a noite passada?

Noite passada.

Os olhos de Parker ficam meio vidrados, como se ele também estivesse lembrando. Eu sentada na beirada do mármore. Ele entre meus joelhos. As mãos dele na minha cintura...

— Não — diz ele, a voz só um pouco mais grave do que o normal. — Era parte de um conjunto. — Devo parecer horrorizada com a ideia de que havia pelo menos *dois* daquilo em circulação, porque ele diz: — Sabe, estou começando a pensar que você empurrou o outro de propósito. Se acontecer algo com esse, vou ficar desconfiado.

Quase abro um sorriso.

— Não se preocupe, eu não sou uma *serial killer* de vasos de macarrão. Meu negócio é homicídio simples. — Ele vira algo na frigideira de novo, sem esforço. Percebo agora que está fazendo uma omelete com o que parece ser espinafre, cogumelo e pedaços de bacon. — O que... o que você está fazendo?

— Seu café da manhã. — Ele inclina a panela, e a omelete desliza para um prato. Ele me olha. — Não vai me dizer que você é uma daquelas pessoas que não toma café da manhã.

— Ah, não, eu tomo — digo. Ele parece aliviado. — Só não verduras.

Parker parece horrorizado.

— Você não tem chef?

Ele assente.

— Em geral, sim. Mas não no verão.

Certo. Este é o verão da normalidade para ele. O verão de fingir que é uma pessoa cujo valor não é equivalente ao PIB de um país pequeno.

— Então você... aprendeu a cozinhar?

— Aprendi quando era adolescente. A minha mãe me ensinou, mas eu estava enferrujado, então você tem sorte de ter me encontrado já com uma certa prática. No começo do verão, isto seria um ovo mexido triste.

A ideia de Parker aprender a cozinhar quando era adolescente não bate com a história que criei para ele na minha cabeça.

Talvez eu não o conheça de verdade.

Ele empurra o prato para mim.

— Posso fazer outra coisa, se você não quiser isso. Se bem que eu acho que você deveria avaliar a ideia de comer verduras.

Pego o prato. Ele me dá um garfo.

— Sim, eu ouvi falar que faz bem — digo, fingindo seriedade.

— É essencial pra vida humana, alguns diriam.

Penelope diz que é um milagre eu não ter caído morta na frente do notebook ainda. Rebati que é um milagre eu não ter uma colega de apartamento nova depois que ela matou três liquidificadores seguidos tentando fazer sucos verdes em casa.

Encosto o quadril na ilha da cozinha e pego um pedaço de omelete. Parker fica parado, as mãos apoiadas no lado dele da bancada enquanto me encara.

— Você não vai comer?

Ele balança a cabeça.

— Eu já comi.

Franzo a testa para o relógio. Acabou de passar das nove.

— Há quanto tempo você está acordado?

— Desde as seis. — Ele faz sinal para o prato. Como um pedaço. Ele me olha com expectativa, como se de fato se importasse com o que acho do que ele preparou para mim.

— Está bom — avalio, pegando mais uma garfada. — Você sabe, se tratando de vegetais.

Parker sorri, satisfeito de verdade consigo mesmo. Ele me estende um copo de água. Eu me sento em uma das banquetas altas à ilha e o observo começar a preparar todas as refeições.

— E aí? — pergunta ele quando termino e ele pega o prato. — Parece o seu apartamento? — Ele faz um gesto mostrando o ambiente.

Balanço a cabeça.

— Não. E não é meu, é da minha irmã. — Olho em volta. — Gostei mais do seu, acho. Você tem uma cozinha sexy. — Não sei por que eu falei isso. Boto a culpa nos resquícios de álcool no meu organismo.

Ele fica imóvel. E me olha.

— Cozinha sexy?

Assinto.

— É, com cara de que poderia rolar sexo. Nesta cozinha. — Ah, meu Deus, eu preciso vender a minha voz igual a Pequena Sereia, para nunca mais correr o risco de dizer algo assim.

Parker só sorri. Ele está apoiado na bancada de novo. Os braços estão contraídos de um jeito que faz o meu peito apertar. Os olhos ficam mais escuros.

— Isso é uma proposta?

Acho que me esqueço de respirar.

— Não — digo depressa, balançando a cabeça. Sinto o calor se espalhando pelo meu rosto. Ele parece achar graça. Ao ver o sorriso dele, só digo: — Eu levo contratos muito a sério. Até os orais. — Por que me dou ao trabalho de falar?!

— É verdade. Nada de sexo. Eu quase esqueci.

Desço do banco.

— É! — digo com animação, torcendo para parecer mais descontraída do que me sinto. Preciso sair daqui antes que fale coisas que vão inevitavelmente se repetir na minha cabeça à noite em uma espiral de ansiedade. — Bem, obrigada de novo. Por… me abrigar. E por… me alimentar! — Eu pareço um cachorro em situação de rua.

— Quando quiser, Elle — diz ele.

Eu pego os saltos ao lado da porta.

— Ah — digo, me lembrando do restante da noite em partes. — Emily terminou com Charles porque ele estava vendendo histórias sobre você.

Parker não parece muito surpreso por suas desconfianças acabarem se confirmando.

— Ela disse a ele que, se ele procurasse a imprensa pra falar de nós, ela o faria ser demitido.

Ele parece impressionado.

— Eu sempre gostei da Emily. — Ele aperta os lábios, reflexivo. — Então nós vamos precisar de outro jeito pra fazer nosso relacionamento se tornar público.

— Relacionamento falso.

Ele continua como se eu não tivesse dito nada.

— Vamos precisar de um evento com muita publicidade. Que tenha jornalistas e fotógrafos.

Franzo a testa. Isso parece meu pior pesadelo. Além disso, não é comum.

— Que tipo de evento assim acontece no verão?

Ele me encara. Seus olhos estão cintilando com algo.

— O que você acha de leilões de arte?

— Minha irmã ama.

Ele parece surpreso de eu ter oferecido outra informação.

— Certo. E o que *você* acha?

Não respondo na mesma hora, como em geral faria. Faço a mesma pergunta a mim mesma, como se não tivesse vivido com este corpo e esta mente a vida toda. *O que acho de leilões de arte?*

História da arte sempre me fascinou, mas não tanto quanto à minha irmã. Eu fiz uma aula na Columbia como eletiva, com Penelope. A única coisa que sei sobre leilões é o que vi nos filmes: as plaquinhas que parecem raquetes de pingue-pongue, as ligações baixas de pessoas que dão lance de outras partes do mundo. Pode ser interessante de ver.

O verão é para fazer coisas fora da minha zona de conforto.

— Parece divertido — digo, tentando fazer meu tom parecer convincente.

Parker parece meio surpreso.

— Você já ouviu falar da Christie's?

15

Poderíamos tranquilamente estar em uma estreia de filme. Meus nervos ficam agitados quando paramos na frente do local. Tem uma estação de fotos e dezenas de *paparazzi* já em fila pelo quarteirão. Há até alguns jornalistas segurando microfones enormes.

— Sempre tem tanta imprensa nos leilões? — pergunto, imaginando se é tarde demais para o carro dar meia-volta.

De fato, é. Parker já saiu. Ele está estendendo a mão para mim.

— Não. A gente teve sorte. Tem um diamante cor-de-rosa raro à venda, mas a atração principal é um colar que tem o maior diamante já descoberto. Todos os representantes de joalherias vão brigar por ele. — Ele indica o amontoado crescente de câmeras, todas ainda apontadas na direção oposta. — Eles estão aqui pra ver quem vai vencer.

— Ah — digo. Meu conhecimento sobre diamantes cor-de-rosa vem exclusivamente do filme *A Pantera Cor-de-Rosa*, com a Beyoncé.

Eu não sabia o que usar, mas, felizmente, havia um vestido esperando no sofá do corredor de novo. Um vestido azul-escuro simples, sem alças, com saltos combinando.

Nós seguimos para uma porta lateral e desviamos da imprensa.

— Vai haver fotos depois — diz Parker no meu ouvido, acompanhando minha visão. *Que ótimo*, penso, o medo já penetrando nos meus ossos.

Entretanto, foi nisso que me meti. Eu sabia as condições desde o começo. E, por mais que odeie admitir, nosso acordo me deixou bem mais produtiva. Já estou na metade do segundo ato do roteiro.

Algumas fotos são um preço baixo a pagar.

Um funcionário da Christie's nos cumprimenta.

— Sr. Warren — diz o homem, apertanto a mão dele.

Parker se vira para mim.

— Minha namorada, srta. Leon.

O homem aperta a minha mão. Sorri.

— Elle. É um prazer conhecê-la. Vocês gostariam de uma prévia final das peças?

Parker assente e segura a minha mão. Olho ao redor para ver se há câmeras, mas não há nenhuma aqui dentro. No entanto, a mensagem está nítida. Em público, sou namorada de Parker Warren, quer a imprensa possa ver, quer não.

Todas as joias estão arrumadas atrás de um painel de vidro, espalhadas como um banquete. No fim das contas, diamantes podem ter vários tons e várias formas. Eles me lembram de frutas maduras. Eu vejo azul, amarelo, verde e até laranja.

Tem também peças feitas de outras pedras preciosas. Cada uma mais bonita do que a outra. Por trás de uma pulseira que lembra um cogumelo de um jeito estranho há um par de brincos de rubi em forma de gota. Eu tinha um assim, de um conjunto de brinquedo, feito de plástico. Minha mãe os prendia nas minhas orelhas, e nós andávamos na ponta dos pés pela casa, fingindo que éramos chiques, enquanto ela estava grávida de Cali.

Em geral, minha mãe era séria. Firme. Ela se trancava como uma prisão, como se isso pudesse impedir a dor de extravasar. Como se ser forte significasse não sentir. Como se ser inteligente significasse ser sozinha.

Foi uma das poucas vezes que me lembro de ela jogar a cabeça para trás e rir. Como se tivesse esquecido só por um momento que a vida nem sempre precisava ser tão pesada.

Abro um sorriso lembrando. Passo os dedos no meu colar. Não vale nada, sobretudo em comparação às pedras por trás desse painel de vidro, mas é tudo para mim.

O que ela pensaria de mim, aqui, com um bilionário do ramo de tecnologia? Prestes a desfilar na frente das câmeras?

Eu me pergunto se ela entenderia, considerando as circunstâncias. Se não se importaria, desde que fosse tudo fingimento.

— E, óbvio, a *pièce de résistance* — diz o homem, apontando para o único colar isolado por outra camada de vidro. — A Winston, a De Beers e a Tiffany querem.

Eu entendo por quê. O diamante é impressionante de tão grande, mesmo visto de longe. Parece uma obra de arte.

Somos levados a uma sala cheia de cadeiras até uma das fileiras da frente. Parker recebe uma plaquinha.

O leilão começa.

Parker não parece muito interessado em nada. Na maior parte do tempo, ficamos sentados, entediados, e tento não ruborizar quando ele começa a fazer formas no dorso da minha mão de maneira distraída. Contudo, as formas viram letras. Ele está escrevendo recados.

Socorro, diz um.

Olho para ele. Parker ainda está olhando para a frente, sem expressão.

Chato, diz outro.

Começo a desenhar os meus recados na sua mão absurdamente grande: *culpa sua*.

Por sorte, vai ter um intervalo depois dessa peça. Olho para o relógio e só vejo aquela estranha pulseira de cogumelo surgir na tela.

Os lances começam em cem mil, uma quantia impressionante para uma coisa tão feia. Quase dou uma risada.

Parker ergue a plaquinha.

Olho para ele, perplexa, mas ele não retribui o olhar.

Outra pessoa dá um lance de 150.

Ele oferece 175.

Alguém dá um lance de duzentos.

Parker parece irritado.

— Trezentos mil — diz, e algumas pessoas atrás dele arfam em surpresa. Não tem como a pulseira valer isso tudo. Eu me pergunto o que ele vai fazer com ela. Será que é presente para a mãe? Parece algo de que ela gostaria…

O martelo bate, e o item é vendido. Parker passa o braço pelos meus ombros, e tento não ficar tensa. Sei o que estamos fazendo. Nós estamos fingindo. Sinto os olhares curiosos nas nossas costas. Ainda assim, os pulinhos no meu peito parecem bem reais.

Quando saímos do salão, fico grata. Parecia cheio demais, como se todo o ar estivesse aos poucos sendo sugado. Não sei como eu vou ficar lá durante o restante do leilão.

As pessoas tentam falar com ele, dar parabéns, mas, quando enfim vamos parar em um canto quieto, franzo a testa para ele.

— Por que você queria tanto aquela pulseira?

A resposta de Parker é imediata.

— Ela fez você sorrir.

Pisco, sem saber se estou mais chocada com o fato de ele ter acabado de gastar *trezentos mil dólares em uma coisa que me fez sorrir*… ou com o fato de que eu não me lembro de ter sorrido.

E aí, a ficha cai.

— Parker — digo com muito cuidado —, eu estava sorrindo por causa dos brincos que estavam atrás.

— Porra — diz ele, se virando.

Do nada, fico sozinha. E mais do que um pouco confusa. Estou prestes a tirar o celular do bolso quando uma pessoa se aproxima de mim. O cabelo dela está trançado em uma coroa em volta da cabeça.

É Carissa, do jantar. Que ótimo. Desta vez, pelo menos, ela está com um vestido que obedece às leis da física.

— Tenho que admitir — diz ela —, eu não esperava que isso fosse sério.

Franzo a testa.

— O leilão?

Ela me fulmina com o olhar.

— Não. Você e Parker.

Ah. *Bem, não é*, tenho vontade de contar. Entretanto, não posso. E, pensando bem, eu não gosto do que ela está dando a entender.

— E por que não seria sério?

Carissa abre um sorrisinho e me olha do alto. Ela está usando saltos muito maiores do que os meus.

— Todo mundo quer Parker. Ele escolhe quem quiser na cidade. Só estou surpresa de ele ter escolhido você.

Sinto a raiva crescer em meu peito. Posso ser eremita e não ser a melhor em ter amigos, e posso ingerir uma quantidade alarmante de cafeína todos os dias, mas eu sei meu valor como pessoa. Fico de boca calada, sabendo que é provável que seja isso que ela queira, que eu reaja.

Em resposta ao meu silêncio, ela diz:

— Bem, talvez não seja sério, afinal. Histórias de amor de verão acontecem o tempo todo, óbvio.

Abro um sorriso para ela.

— Sorte pra você no próximo verão, então.

Ela me fuzila com o olhar e sai andando.

Parker está de volta. Carissa tenta cumprimentá-lo, mas ele passa direto como se nem a notasse. Não. Os olhos dele estão em mim.

— Os brincos estão no próximo lote — diz ele.

— Parker — digo, muito objetiva. — Eu não quero os brincos. Por favor, não compra nada pra mim. Dá a pulseira pra sua mãe. Eu sei que ela vai amar. — Espero que ele não pense que quero dizer que ela tem péssimo gosto. — As mães... elas amam pulseiras, lógico — digo, explicando. — A minha mãe amava, pelo menos, e...

A mão dele está firme nas minhas costas. Parker parece estar achando graça.

— Não se preocupa — diz ele. — Você tem razão. A minha mãe vai amar.

Assinto. Que bom.

Nós não estamos namorando de verdade. Um presente de verdade, *só porque eu sorri quando vi*, está muito além do escopo do nosso acordo.

É só fachada? Parker vai contar aos repórteres que comprou a pulseira para mim? É a primeira vez que estamos no meio de muita gente, agindo como se estivéssemos juntos. Não estou acostumada com isso. Minha pulsação dispara cada vez que ele chega perto de mim, meu corpo não entende que é tudo falso.

De repente, preciso de distância. Só um pouco, para recalibrar.

Tem uma placa avisando sobre a prévia de outro leilão, que vai acontecer no mês seguinte e está em outro salão. É de pintores impressionistas. Essa foi minha parte favorita da história da arte.

— Você se importa se eu ficar de fora dessa? Quero ver a prévia.

Eu me pergunto se ele vai dizer que isso não faz parte do plano.

Ele não diz.

— Com certeza — manifesta ele, sem sinal de irritação na expressão.

Há conversas acontecendo ao nosso redor, pequenos grupos se formando, falando sobre as peças compradas e as que ainda serão leiloadas. Ainda assim, as pessoas parecem estar fixadas em nós. Na mão de Parker na base da minha coluna. Ele se curva e encosta de leve os lábios na minha bochecha. É só um sussurro de beijo, mas aí ele se afasta e deixa para trás seu calor não sei bem como, que se espalhando em mim.

Sem fôlego, entro no salão da prévia.

Calma, digo a mim mesma. *É só fachada.*

Tento me distrair observando os quadros com atenção. Alguns dos artistas são familiares. O restante, pesquiso no Google.

O último, posicionado com cautela atrás de uma vidraça e com uma placa de advertência em vários idiomas, é um Monet. Uma mulher de chapéu elaborado está sentada entre grama alta e flores, lendo um livro. Tem um guarda-sol inclinado atrás dela. Ela está perdida nas palavras, em outro mundo. Parte de mim quer estar lá, como ela, enterrada em narcisos.

Eu me lembro de estar sentada de frente para a televisão, tão perto que meu nariz quase tocava a tela. *Parece que você quer entrar no filme*, minha mãe dizia, achando graça.

Ela tinha arrumado um cartão de biblioteca para mim, mas os livros nunca representaram a mesma fuga. Foi só quando descobri que dava para alugar filmes lá que passei a apreciar. Toda semana, escolhia algo novo para assistir. Outra vida em que me perder, nem que só por duas horinhas.

Depois de passar por todos os quadros, espero em um banco e olho o celular, depois o guardo. Tenho uma vontade súbita, estranha e preocupante de falar com Parker, de sentir os recados dele desenhados na minha mão, de olhar para ele e sentir um entendimento se passar entre nós. Percebo neste momento que nós nem temos o número de telefone um do outro. Trocar mensagens de texto não é necessário quando se mora lado a lado.

Preciso tomar vergonha.

Leva uma hora até as portas serem abertas de novo, e no mesmo momento ouço a agitação. O leilão acabou. As pessoas estão falando alto sobre ele, sobre as peças, os valores absurdos. *Cinquenta milhões de dólares*. Uma das empresas de diamantes comprou o colar por *cinquenta milhões de dólares*.

Eu me levanto, e Parker me encontra na mesma hora. Com uma simples mão nas minhas costas, ele me guia para a porta dupla, onde vejo brilhos de flashes e uma agitação. Nós ficamos de lado.

Está na hora. Foi para isso que nós viemos.

Meu peito parece ter sido tomado pelo monte de balões do filme *Up – Altas aventuras*. Sinto um aperto na garganta.

Ninguém nunca presta muita atenção em mim. Isso é de propósito. Não *gosto* de atenção. Vivi exclusivamente nas sombras, no anonimato.

Agora, isso está prestes a terminar. Ao menos para Elle Leon, a pessoa. Não para mim, a roteirista. Franzo a testa e me pergunto quando comecei a dar a maior parte da atenção à minha profissão.

Quem é Elle Leon? Percebo que nem sei direito. Sou melhor escrevendo a história de todo mundo do que a minha.

— Elle. — Ergo o rosto e vejo Parker, sem nenhum nervosismo ou incerteza. — Nós não temos que fazer isso. Podemos sair pelos fundos.

— Mas nosso acordo — digo, com a voz fraca. É por isso que estou no leilão. Porque, se não for parte do nosso acordo, o que estou fazendo aqui com ele?

Ele nem hesita.

— Que se foda o acordo. Eu não quero que você faça nada que não queira.

Quase aceito. Quase fujo pela porta lateral pela qual entramos.

Contudo, apesar de acreditar que Parker seguiria com o combinado, isso não seria justo. Nós fizemos uma promessa, e eu não pretendo ser a única pessoa a quebrar o acordo.

Além do mais, ele precisa dessa divulgação para ofuscar as manchetes sobre o problema com a aquisição. Se isso o ajudar...

— Eu quero fazer isso.

Parker me analisa por alguns instantes e então assente.

Há seguranças andando até as portas, onde estão os *paparazzi*. Eles estão com uma caixa. Posso até imaginar o que tem dentro: a estrela do show.

Franzo a testa e vejo a falação aumentar. Começo a duvidar do plano de Parker.

— Espera. Ninguém vai olhar pra gente. Todo mundo vai olhar para o colar de cinquenta milhões de dólares.

— Que bom então que você que vai estar com ele no pescoço — diz Parker na hora em que a equipe de segurança para ao nosso lado. Antes que eu possa reagir, a caixa é aberta. Ele não desperdiça nem um momento para prendê-lo no meu pescoço.

— Eu… eu não posso usar isso — digo a Parker, os olhos arregalados.

— Por que não?

Faço um gesto exagerado.

— Isso deveria estar em um museu! Ou em uma estátua! Ou dentro de uma caixa de vidro!

Ele balança a cabeça.

— Não — diz ele. — É meu.

Ele passa os dedos pela corrente junto à minha pele exposta até a pedra, e eu estremeço.

— O lugar dele é *em alguém* que brilhe mais do que ele. — Parker puxa o diamante de leve. — O lugar dele é em você.

Parker nos vira para as portas.

Antes que eu possa assimilar a situação, somos levados e as cruzamos, e os flashs fazem com que não veja quase nada.

Luzes piscam por toda parte, manchando minha visão com estrelas explodindo que somem, só para serem substituídas, uma galáxia infinita. A enxurrada de empolgação parece uma tempestade. A imprensa está amando. Somos levados para a frente dos fotógrafos. Eles começam a *gritar* com a gente.

— *Olhem pra cá!*

— *Bem aqui!*

— *Não, aqui!*

— *Queremos ver um beijo!*

— *Tire o cabelo da frente!*

— *Quem é você?*

Pisco sem conseguir enxergar direito, minha visão é tomada de flashes, e só ouço uma dezena de ordens mais urgentes vinda de todas as direções. Meu coração está batendo rápido demais, meus ombros estão se tensionando, o vestido fica apertado demais de repente e…

A mão de Parker se fecha na minha cintura. Ele é como uma âncora no caos. Ergo o rosto e, em meio aos flashes, o vejo me olhando. *Verde. Uma cor tranquila*, penso. O tom das florestas pelas quais eu andava com a minha mãe para procurar as sequoias durante o breve período em que moramos no norte da Califórnia. Ela amava a natureza tanto quanto eu. Mais, até.

Eu me lembro do medo dele no Summit. De dizer a ele: *Não olha pra baixo. Olha pra mim.*

Quase o escuto dizendo o mesmo a mim em resposta ao meu pânico.

Não olha pra eles. Olha para mim.

Eu olho. O mundo se apaga. Somos só nós dois, olhando um para o outro. Um ajudando o outro num momento difícil. Comunicando-nos dessa forma sem palavras, uma língua que nós desenvolvemos por meio de um mosaico de uma centena de pequenos momentos. Uma que eu nem tinha percebido que estava aprendendo.

Respiro com um tremor que não tem nada a ver com os fotógrafos, mas Parker parece sentir meu estresse e diz:

— Já chega.

Ele começa a me levar para longe, ignorando todos os gritos de pedidos de entrevistas e *mais uma pose!*

— Elle, você está bem?

Nós estamos em um corredor. Estou piscando demais, torcendo para que isso ajude a derreter as estrelas da minha visão. Assinto.

— Sim. Só estou tentando enxergar direito de novo.

Ele passa o polegar em círculos gentis pela base da minha coluna enquanto me leva pelo corredor.

Ele é bom nisso, penso quando ele me olha… quando ele me olha como se eu fosse mais importante do que o diamante de duzentos quilates pendurado no meu pescoço.

De repente, o vestido sem alças faz sentido.

— Você estava planejando isso — digo, num tom de voz baixo, enquanto andamos por uma sala de imprensa, cheia de publicitários, pessoas relacionadas à Christie's e seguranças. Carissa está presente, com outro grupo de socialites, olhando para mim com raiva. Nós passamos direto por todo mundo, apesar dos protestos crescentes.

Um canto do lábio dele se ergue.

— Lógico que estava — diz ele. — Eu não tomo decisões de cinquenta milhões de dólares de ímpeto.

Quase engasgo quando lembro o preço. Os círculos na base da minha coluna ficam maiores.

— Por quê? Só por isso? Só pra dar uma declaração?

Ele dá de ombros.

— Meus conselheiros financeiros andam me dizendo pra diversificar meu portfólio. Eu fiz isso.

Franzo a testa.

— Diamantes não são, tipo, um investimento péssimo?

— Não quando são recordistas.

Balanço a cabeça.

Ele fecha a porta depois que passamos, e olho em volta. Fico aliviada de ver que estamos sozinhos. Só tem um sofá aqui.

Quando me sento, sinto o peso integral do que acabou de acontecer. *O colar da minha mãe*. O de diamante está por cima. Como se não fosse nada, como se não tivesse importância, como se pudesse simplesmente ser *substituído*, porque não vale dezenas de milhões de dólares.

O que ela diria se estivesse viva e me visse ao lado de Parker Warren? Usando um colar desses, como se fosse uma espécie de troféu?

— Tira — digo, com mais rispidez do que pretendia.

— Se for o que você quer. — Parker solta o colar e abre a porta. Entrega-o aos guardas. Fecha a porta de novo.

Balanço a cabeça, sem ar. Estou aliviada de ter tirado ele. Levo a mão ao colar da minha mãe. Passo o pingente entre os dedos como se ele pudesse me lembrar de quem eu sou, de quem minha mãe criou.

— É por isso que eu nunca poderia ficar com alguém como você.

Ele está estendendo a mão para mim, como se fosse prender uma mecha de cabelo atrás da minha orelha, mas para no meio do caminho.

— Alguém como eu?

— Alguém com tanto dinheiro.

O braço agora está junto ao corpo, rígido.

— E por que exatamente?

Eu me encosto nas almofadas do sofá, exausta de repente. Esgotada.

— O valor que recebo por roteiro é exorbitante. Eu levei anos pra chegar nele. Mas eu teria que escrever uns cem filmes pra comprar esse colar, sem contar os impostos, com todo o dinheiro que eu tenho. — Eu balanço a cabeça. — Simplesmente... meu trabalho não importaria mais. Por que faria diferença? Seria uma gota num balde de água.

Parker parece mais ferido do que eu esperava. Qualquer suavidade na expressão dele se enrijeceu de novo.

— Você escreve filmes só pelo dinheiro?

Fico estranhamente na defensiva.

— Não. Óbvio que não.

— Então por que importaria?

Ele não entenderia. Eu que não vou explicar.

— Simplesmente importaria.

Parker sorri para mim, mas o sorriso não chega aos olhos. Nem perto.

— Então que bom que é tudo fingimento. — Ele enfia a mão no bolso e tira uma bolsinha, em seguida a coloca no meu colo. — Pras fotos — diz ele antes de ir a outra sala. Acho que ele mudou de ideia sobre falar com a imprensa.

Abro a bolsinha. Viro-a de cabeça para baixo.

E os brincos de rubi caem no meu colo.

O trajeto de volta é longo e constrangedor. Nós ficamos presos no trânsito. O carro fica parado por vários minutos. A Quinta Avenida parece até ter virado um *drive-in*, como aquele onde a minha mãe nos levou uma vez, no primeiro aniversário ao qual meu pai não se deu ao trabalho de comparecer.

Fechou pouco tempo depois, mas havia filmes de graça no parque todos os dias do verão, e nós íamos assistir a todos. Levávamos cobertores, pipoca feita pela minha mãe e bala de goma, e eu olhava para a tela, fascinada.

Certa noite, minha mãe notou que eu estava quieta na volta para casa.

— O que houve? — perguntou ela.

— Eu não gostei do fim do filme. Foi tosco.

Ela só riu.

— Você acha que poderia ter escrito um melhor?

Semicerrei os olhos para ela.

— Acho. Acho que eu poderia, sim.

Ela deu de ombros.

— Tudo bem. Então faz.

Então faz. Essa foi a frase dela. Sempre que eu reclamava de algo, sempre que queria algo, era sempre "Então faz". Isso me irritava quando eu era pequena, mas passei a apreciar. Significava ação; não só pensar, não só desejar, não só sonhar, mas *fazer*.

Naquela noite, escrevi um fim diferente para o filme em um pedaço de papel. Mostrei à minha mãe. Ela leu, o dobrou em quatro, o guardou no bolso e disse:

— Ótimo. Por que você não faz de novo?

— De novo?

Ela deu de ombros.

— Talvez fique ainda melhor.

Isso, de novo, foi *muito irritante*. Fiquei de cara amarrada e tentei escrever a mesma coisa de cor, mas não consegui. Eu me lembrei da maior parte, mas, depois que ela devolveu o outro, percebi contrariada que o segundo tinha ficado melhor. Então, escrevi um terceiro. E um quarto. O fim ficava cada vez melhor. Levaria um tempo para eu pensar em escrever filmes de novo, mas essa lição nunca me abandonou.

Uma buzinada me traz de volta ao carro. Nós nos deslocamos meio quarteirão em dez minutos.

Ciclotáxis envoltos em luzes e tocando música de rádio passam por nós. Quase fico tentada a me jogar em um e pagar basicamente um mês de aluguel para voltar ao apartamento, só para não ter que ficar nem mais um segundo ao lado de Parker Warren. Fazia um tempo que eu não pensava tanto na minha mãe, e a culpa está começando a me corroer por saber que ela não aprovaria, por saber que ela ficaria decepcionada.

Com um olhar para ver se não havia ciclistas passando, abro a porta do carro.

Ouço Parker se virar na mesma hora.

— Elle, o que...

Bato a porta antes que possa ouvir algo mais.

Sim, estou de saltos que já fizeram uma bolha horrível no calcanhar. Sim, tem brincos de rubi na minha bolsa que talvez valham mais do que um carro esportivo. Sim, vejo as nuvens escuras no céu, como se meu humor tivesse decidido sincronizar com o tempo.

Nada disso importa.

Não dei nem um passo na calçada quando ouço outra porta bater. E sinto uma presença ao meu lado.

— Volta pro carro, Parker — digo, a voz desdenhosa.

— Só se você voltar.

Meus pés estão me matando, mas os passos que estou dando com estes saltos são impressionantes.

— Boa parte dos seus bens estão no porta-malas. Você não vai querer perder.

Tem um veículo de segurança atrás, oferecido pela casa de leilões. Devem estar se perguntando o que o comprador de um colar de cinquenta milhões está fazendo abandonando-o de forma tão casual.

— Nem um por cento, Elle — diz ele.

Reviro os olhos.

— Uau. Que impressionante. Tem certeza de que tem lugar pra mim no carro com você e seu ego lá dentro?

Parker solta uma gargalhada surpresa. Nem sequer olho para ele.

— Olha — digo, correndo para atravessar o cruzamento seguinte a tempo. As nuvens no céu estão ficando cada vez mais escuras. — Nossa aparição terminou alguns quarteirões atrás. Eu vou andando. Você pode atender a um telefonema ou fazer qualquer coisa importante de negócios que precise fazer... no carro.

Um minuto depois, ele ainda está do meu lado. Que se dane. Se ele quiser ficar encharcado indo pra casa, problema dele.

Nós andamos os próximos cinco quarteirões em silêncio. Meus olhos ficam se desviando para cima dos arranha-céus enquanto me pergunto se o acaso vai ter pena de mim e me deixar chegar em casa seca. Parece que estamos viajando contra a corrente, um mar de gente de mochilas na frente do corpo e carregando uma variedade de sacolas coloridas cheias de logomarcas. Quem poderia imaginar que havia tantas lojas Lego na cidade?

Um ribombar de trovão me faz pular enquanto esperamos o próximo sinal.

— Com medo da chuva, Belle?

Olho para ele de cara feia.

— Você acha mesmo que eu reduziria meu nome só em uma letra?

Ele dá de ombros.

O sinal fecha, e corro para o outro lado. Estou andando o mais rápido que consigo de saltos, e Parker parece estar se movendo em câmera lenta ao meu lado, um dos passos dele igual a três meus.

Mesmo com a chuva iminente, a Quinta Avenida está cheia de turistas entrando e saindo de lojas que mais parecem outdoors gigantes.

— Olha, isso não seria problema se nós tivéssemos ficado no carro — diz ele.

Reviro os olhos.

— Eu odeio trânsito — digo e quase tropeço quando meu salto fica preso em uma grade no chão. Puxo o pé. — Odeio esta *cidade* — digo, xingando baixinho.

— É mesmo? Por quê?

Não sei por que ele ainda está falando comigo. Não sei por que ainda está aqui. O leilão acabou. Ele teve a divulgação que queria. As palavras saem em turbilhão, meus olhos ardem com a lembrança dos piores anos da minha vida, indo e voltando entre Califórnia e Nova York, tomando decisões de que eu logo me arrependeria, apesar de eu pensar que estava fazendo a coisa certa pela minha mãe.

— Porque é cheia de lembranças. Ruins. A cidade está praticamente pintada com elas.

Não sei por que conto isso a ele, algo *verdadeiro*, considerando que ele mesmo disse: era tudo fingimento. Sobretudo quando uma das minhas últimas piores lembranças da cidade *o* envolviam.

Parker só me olha.

— Então pinta por cima — diz ele. — Deixa tudo novo.

Como se fosse fácil assim.

Outro ribombar de trovão. Começo uma quase corrida, meus pés gritando em protesto. Vou ter que deixá-los na água quente quando chegar em casa. Fico imaginando o chuveiro delicioso com vapor que Cali tinha mandado instalar.

Faltam só dez quarteirões. Menos de dez minutos, neste ritmo.

Quase convenço a mim mesma de que vou conseguir.

Só que aí o céu desaba. Não é uma chuva sutil e gradual. Não, ela cai em pancadas densas, como se as nuvens estivessem armazenando água no arsenal para o ataque mais eficiente possível.

Fico encharcada em um instante, ofegante, e Parker aparece do meu lado, passa o braço pela minha cintura e me afasta do meio-fio. Um instante depois, o local de onde acabei de sair é inundado de água.

Ainda assim, eu me empurro para longe dele.

Parker está encharcado. A chuva pinga até de seus cílios. A camisa branca está grudada ao torso, como se o abdômen tivesse subitamente decidido se expor.

— Seu terno já era — digo em meio ao rugido da chuva.

— Você acha mesmo que eu me importo com o meu terno? — grita ele.

Nós corremos para o outro lado da rua, para ficarmos embaixo de um andaime. Parker dá a entender que vai ficar lá, como se fôssemos esperar protegidos da chuva, mas eu só quero chegar em casa. Nós estamos perto demais.

— Acho — sussurro, sem saber se ele consegue me ouvir. — Você só importa com seu dinheiro e sua empresa.

Ele olha para mim.

— Você acha mesmo isso?

Óbvio que eu acho mesmo isso, digo a mim mesma, lembrando aquela noite na escada, a noite da qual ele nitidamente não se lembra. Sou tomada de raiva, inflamada pelo trovão vindo do céu. Corro de volta à chuva e atravesso para a rua seguinte. E para a outra.

— Você acha que eu sou tipo um vilão, né? — diz ele, os olhos faiscando de intensidade, espelhando o raio que corta o céu no meio atrás dele. — Essa é minha narrativa, né? O CEO desalmado que nunca se importaria com nada além dos próprios negócios?

É. Eu pensei isso dois anos atrás e li quase todos os artigos e todas as entrevistas depois, e tudo cimentou o mesmo que pensei na escada. Ele faria qualquer coisa para garantir que a aquisição acontecesse, até fingiria um relacionamento. E eu nem posso reclamar, porque concordei com isso.

Quando entramos na nossa rua menor e no prédio, há mais alívio em mim do que água na poça que faço no saguão. Corro para o elevador, Parker logo atrás. Nós corremos os últimos quarteirões. Estamos com o peito subindo e descendo. Eu o encaro pela cortina do meu cabelo molhado e encontro seus olhos ardendo nos meus.

Chegamos ao nosso andar, e eu me afasto. Só paro quando ele diz:

— Você está errada.

— O quê?

Ele se aproxima até eu estar com as costas na parede. Está tão perto que gotas do seu cabelo caem na minha testa.

— Você disse que as únicas coisas que importam pra mim são dinheiro e minha empresa. Você está errada.

Algo dentro de mim se acende com a proximidade. Com o terno molhado colado ao corpo. Com o fato de ele estar olhando para as gotas de chuva escorrendo pelo meu pescoço até o peito e desaparecendo dentro do vestido.

Não. Parker não vai ficar aqui fingindo que liga para qualquer outra coisa quando as prioridades dele ficaram evidentes no momento em que nos conhecemos. A vergonha me manteve em silêncio antes, mas agora toda a minha raiva e a minha amargura explodem pela superfície.

Ergo o queixo e o encaro quando digo o que tenho vontade de dizer desde o dia em que nós dois apertamos o mesmo botão do elevador.

— Nós já nos conhecíamos. E você foi um babaca.

Ele só pisca.

— Você achou... você achou que eu era o oposto do que sou, você *me julgou*... — Por algum motivo, estou nervosa, com a respiração pesada, o rosto parece ruborizado.

Ele está parado tão perto, olhando para mim, sem revelar nada pela expressão.

Ergo as mãos.

— E a pior parte é que você nem *lembra*...

— Eu me lembro de você, Elle — diz ele.

Meus pensamentos param na mesma hora. O mundo parece congelar.

— O quê?

Ele inclina a cabeça para o lado, o cabelo molhado encaracolando em volta das orelhas.

— Você achou mesmo que eu não me lembraria de você? — Ele chega mais perto até estar praticamente encostado em mim. — Achou mesmo que eu iria esquecer uma noite daquelas?

Noite daquelas. Por favor.

— Foram cinco minutos.

— Eu estava tentando tomar coragem pra falar com você por bem mais tempo.

Ele estava... me olhando? Ele queria falar comigo?

Não. Ele está mentindo.

— Prova — digo. — Onde nós nos conhecemos?

— Na festa Next Big Exits, dois anos atrás, em uma boate. Você praticamente me arrastou pra uma escada com você.

— *Eu não fiz isso* — digo com desdém, e um toque de humor dança nos olhos dele.

— Você tem razão. Eu fui por *muita* vontade própria — diz ele. Parker ergue a mão e tira com os dedos os pingos de chuva do meu rosto, depois desliza até o pescoço. Eu permito. — Eu teria ficado de joelhos pra te convencer a ir pra casa comigo naquela noite.

— Em vez disso, você ofereceu de me pagar — digo com amargura.

Ele franze a testa.

— Eu não...

— Você achou que eu era uma *interesseira*. — Balanço a cabeça. — Eu não consigo superar isso.

— Meu bem — diz ele com amargura —, você me julgou tanto quanto eu te julguei.

— Eu não fiz isso — digo com toda a convicção do mundo.

Ele arqueia a sobrancelha para mim.

— Você achou que eu era segurança. Você me julgou pela minha aparência, da mesma forma que eu te julguei. — Não digo nada. — Você teria acreditado que eu era o fundador de uma empresa grande de tecnologia?

Não. A resposta, se eu for fundo, é não. Óbvio que não. Eu achei que ele fosse modelo, e não formado em ciência da computação em Stanford.

Ele tem razão. Fiz com ele o mesmo que ele fez comigo. Quase. Não fui eu quem ofereceu um passeio de helicóptero em troca de sexo.

— Desculpe — diz ele, com todo o humor sumindo do rosto. — Desculpe por ter te julgado. Desculpe por não ter percebido como você era especial. Desculpe por dar a entender que você estava querendo qualquer outra coisa além de uma noite divertida.

— Eu pensei tanto tempo em você... — digo. *Eu odiei você por tanto tempo.*

— Eu também — diz ele, a voz rouca e sombria. — Eu te procurei depois daquela noite. Tentei te encontrar na internet, mas não achei nada. Você era um fantasma. Agora, eu sei por quê.

Não quero acreditar nele. Não quero sentir esse puxão incessante no meu peito em direção a ele, como se tivéssemos nossa forma própria de gravidade. Eu interrompo nossa troca de olhares.

Não importa, digo a mim mesma. *Nada disso é sério.* Posso estar atraída por Parker e continuar meio que sentindo ódio.

Ele segura a minha nuca e me posiciona com delicadeza para que nossos olhares se encontrem de novo. Por um momento fugaz, penso que ele pode me beijar, mas ele não faz isso. A mão desce devagar, os dedos calejados escorregam na pele molhada, fazendo-me engolir em seco. O polegar passa pelo decote baixo do vestido, fazendo um arrepio lamber minha espinha. Estou toda arrepiada. *Da chuva fria*, digo a mim mesma, apesar de ser mentira.

Eu ofego quando os dedos quentes entram no meu vestido. O polegar se curva e acompanha a curva do peito, e estou respirando rápido demais, estou querendo isso demais. Ele faz uma pausa, como se estivesse me dando a oportunidade de pedir que ele pare, mas não peço. Não, arqueio as costas numa tentativa de chegar ainda mais perto, torcendo para ele tocar em mais de mim.

Parker emite um ruído de satisfação, e sua outra mão se fecha no meu quadril para me puxar para perto. O polegar faz movimentos amplos na pele sensível, a centímetros de onde mais anseio. Ele desce a mão para segurar a minha bunda, do mesmo jeito que fez naquela noite na escada, como se para me lembrar, como se para me mostrar que *ele lembra*.

O outro polegar está se movendo no meu peito embaixo do corpete, chegando cada vez mais perto do ponto sensível. Ele enfim roça lá, e meus ombros se erguem. Aperto os lábios para segurar qualquer tipo de gemido.

Ele encosta a testa na minha. Nós dois estamos encharcados. Os lábios quentes deslizam na minha bochecha, e ele os aproxima do meu ouvido e diz:

— Eu me lembro de tudo.

De repente, ele vai embora, e sou deixada com frio, molhada e ofegante sozinha no corredor.

16

Parker tinha razão. A notícia está em toda parte.

"Solteirão Bilionário não é mais solteirão! Mulher misteriosa usa presente de 50 milhões de dólares!"

Penelope é a primeira a ligar. É lógico que as primeiras palavras dela são:

— E aí, quando posso pegar emprestado?

Dou uma risada de desdém.

— O colar? Não é meu. Foi só para as fotos.

— Não — diz ela sem hesitar. — O namorado bilionário gostoso.

Reviro os olhos, apesar de ela não conseguir ver.

— Você quer dizer o namorado *falso*?

— Melhor ainda — diz ela. — Relacionamentos de verdade são um saco às vezes. — Ela não está errada. — Além do mais... eu vi as fotos. Não parece haver nada falso ali.

Eu não tinha clicado em nenhum dos links. Faço isso e vejo as fotos de que Penelope está falando. Engulo em seco. Ela tem razão. Talvez Parker e eu sejamos melhores nessa coisa de relacionamento falso do que pensamos.

Nós estamos nos olhando como se não houvesse cinquenta milhões de dólares entre nós. Como se não estivéssemos cercados por dezenas de câmeras e perguntas grosseiras.

Esse artigo específico decidiu comentar como eu sou *diferente* das mulheres com quem Parker já foi fotografado. Há inclusive uma lista, e clico sem olhar. A ideia de vê-lo com aquelas mulheres provoca um aperto no meu peito que não quero analisar com muita atenção.

"Pouco se sabe sobre a mulher misteriosa de Parker Warren", diz uma legenda sobre nós. Que bom. Que continue assim.

— Tem outra coisa — digo a Penelope. — Ele... ele diz que se lembra.

— De quê?

— Da noite na escada.

— *Não*.

— Sim — resmungo.

— Ah, meu deus. Será que ele tem memória fotográfica?

— Pode ser — digo, sem contar a Penelope as outras coisas que ele disse, sobre me observar por um tempo ou tentar me procurar depois. Essas coisas deviam ter sido exagero. Tenho certeza de que ele diz isso a todas as mulheres com quem fica.

E não conto *mesmo* o que aconteceu depois.

Não foi nada, digo a mim mesma. Nós nem nos beijamos.

— Isso só tornou tudo mais divertido — diz Penelope, parecendo deslumbrada.

— Fico feliz que minha desgraça seja divertida pra você.

— Qualquer coisa que te mantenha escrevendo — diz ela. — Parece que você está fazendo progresso, Elle, mas a CAA provavelmente vai me sequestrar e exigir seu roteiro como resgaste se você não entregar no dia seguinte ao feriado do Dia do Trabalho.

Sarah deixou duas mensagens de voz na semana passada para saber como vai o andamento. Penelope não está errada.

— Você tem razão — digo, apesar de parte de mim nunca mais querer voltar a vê-lo. Algo mudou entre nós, o muro está ruindo aos poucos, e preciso fortificá-lo.

Consigo evitar Parker Warren por três dias. A imprensa pode achar que estamos morando juntos e "a caminho do altar" (ah, tá), mas o tempo afastados só prova que tudo é mesmo muito falso.

Ele não bate na minha porta. Eu não bato na dele. Nós não fazemos nossas corridas diárias. Em vez disso, saio para caminhar ouvindo música. Luke e a equipe dele estão terminando o segundo lavabo, e vou à cafeteria, de luto pela lembrança daquele *scone* perfeito.

Eu escrevo. Muito. Escrever sempre foi a melhor distração, e funciona como um encantamento. Escrevo até tarde da noite e durmo até tarde. Saio para caminhar. Escrevo. Recomeço tudo de novo.

No quarto dia, não dá mais para negar. Já escrevi tudo de que precisava e repassei o restante duas vezes. Preciso ir à minha próxima locação.

Digo a mim mesma que ele não está com raiva de mim quando bato à sua porta. Sentir raiva significaria que ele se importa, o que não é o caso. Como ele observou de forma muito objetiva, isto é *fingimento*.

É assim que vou parar no banco de trás de um táxi com ele, os dois *fingindo* que ele não botou as mãos no meu corpo quase todo uns dias atrás. É um trajeto longo. Trinta minutos, pelo menos. Mesmo assim ficamos em silêncio, como se nenhum dos dois soubesse o que dizer. E tudo bem, porque o rádio e o apresentador de talk show na telinha do banco de trás preenchem o silêncio com alegria. Eu vejo o mesmo segmento tantas vezes que até memorizo.

Quando chegamos, Parker me ajuda a sair para o chão de pedra bem gasto.

Tem um castelo alto à frente. Tudo bem que não é um castelo de verdade. Contudo, parece um.

— Você já foi aos Cloisters? — pergunta ele enquanto andamos até a entrada. Parker está sério. Na defensiva. Todo prático.

Faço que não.

— Não. Nunca.

Nós chegamos no horário de abertura. Está quase vazio, do jeito que eu gosto. Nossos ingressos são autenticados, e nós entramos na primeira sala. O teto é alto e abobadado, e uma tapeçaria cobre quase toda a parede esquerda.

Parker fica ao meu lado enquanto olho cada peça, leio cada plaquinha, faço anotações no caderno, tentando extrair inspiração. Os personagens parariam para admirar essa peça? Geraria conversa?

Uma obra exibe um eremita do século IV. Pesquiso "eremita" no celular para obter mais informações históricas e encontro alguns que moravam em uma ilha no meio do lago de Como.

Acho que quero ser eremita no meio do lago de Como.

— Eles parecem você — diz ele.

— Os eremitas?

Ergo o olhar, e Parker não está olhando para as estátuas dos eremitas. Está olhando ao redor. Ele franze a testa.

— Não. Quero dizer, um pouco. Mas eu estava falando... eles são contadores de histórias.

Olho para as estátuas. A tapeçaria, a causa de cataratas e síndromes do túnel do carpo infinitas. Tudo deve ter levado anos. Décadas, talvez. Só para contar histórias.

— Eu nunca pensei dessa forma — digo, apesar de parecer óbvio. Sinto uma onda de gratidão por viver na época do Final Draft, do meu notebook e da ioga de mão (sim, isso existe, e eu acho que deveria fazer mais).

Sobretudo quando vejo um manuscrito gigante iluminado e aberto em uma página com a borda florida. Deve ter umas mil páginas, e cada letra é meticulosamente desenhada.

As histórias estão por todo lado: nas bordas das paredes, nos vitrais, nas cômodas enormes. Em intervalos curtos, um alarme agudo soa quando alguém chega perto demais de uma das obras de arte. Todo mundo em todos os quadros parece estar usando coroa. Portas inteiras foram entalhadas e colocadas ali. Eu me pergunto para onde levavam. Há carinhas em tudo, mesmo nas laterais de cadeiras risivelmente pequenas.

— Ah, meu deus, tem uma sala de unicórnio — digo, porque essa é a única reação aceitável para uma *sala de unicórnio* medieval.

Isso, óbvio, até eu perceber que a sala é dedicada a retratar a *caçada* a um unicórnio.

Um conjunto de tapeçarias enormes adornam cada parede. Elas contam uma parte da história, um capítulo diferente. Uma exibe os caçadores reunidos, usando uma mistura intrigante de coletes azuis sobre mangas compridas vermelhas e chapéus com penas. Um guia diz a um grupo de visita que acabou de entrar que os historiadores sabem quase exatamente quando as tapeçarias foram criadas, porque a moda mudava quase com a mesma rapidez de agora. Eu me pergunto se os homens nas tapeçarias olhavam para elas anos depois e se envergonhavam das escolhas de moda passadas, assim como Penelope e eu fazemos quando olhamos nossas fotos da época da faculdade. Duas iniciais grandes estão bordadas nos cantos de cada peça, o que leva alguns a acreditarem que foram feitas como presente de casamento.

— Imagina botar uma tapeçaria de quatro peças feita à mão na sua lista de casamento — resmungo para Parker.

— Eu já vi coisa pior.

Olho para ele, intrigada.

— Já vi ilhas particulares.

— Não.

— Eu juro.

Caio na gargalhada, e o guia me fuzila com os olhos.

Nós vamos para o canto, onde um ruído agudo explode no meu ouvido porque quase esbarrei em um chifre de unicórnio enorme.

Não, aparentemente é uma presa de narval.

Uma presa de narval?!

O olhar do guia é fulminante.

Não me canso de pensar na presa de narval e no fato de que acharam que era a prova de que os unicórnios existiam.

— Como baleias com chifres majestosos são mais realistas que cavalos com chifres? — sussurro para Parker.

Ele dá de ombros.

— Eu achava que o Elf, do filme *Um duende em Nova York*, que tinha inventado narvais até cinco segundos atrás.

Coloco a mão no braço dele. Com seriedade fingida, digo:

— Eu vou ter que te dizer que os unicórnios também não existem?

Ele coloca a mão no coração para fingir um grande choque e decepção.

Nós dois começamos a rir e saímos da sala, logo atrás de um cara dizendo à pessoa ao lado:

— Não me admira que não haja mais unicórnios. Mataram todos!

Nós saímos para um pátio cheio do que está bem nitidamente sinalizado como "Plantas Venenosas" e entramos em uma sala cheia de afrescos.

— Aquilo é... um dragão? — digo.

Parece mais uma serpente com cauda em espiral, asas, pés de galinha e chifres. Na frente dela há o retrato de um camelo. Como se os dois tivessem a mesma probabilidade de existir.

Em frente a isso há uma representação preocupante de um leão feita por alguém que nitidamente nunca tinha visto um na vida.

Sinto um aperto no peito ao pensar na minha mãe. Ela chamava a mim e a Cali de suas *leoazinhas*. Também nos dizia que éramos fortes a ponto de podermos fazer qualquer coisa.

— Por que o estúdio pegou autorização pra todos esses lugares? — pergunta Parker. — Não parece que tem tema.

— Eles queriam um filme de *Nova York*. Algo que mostrasse alguns dos maiores marcos da cidade. Sei lá.

— Então todas as locações são aqui?

— Todas, menos uma.

Ele parece intrigado.

— A última é em Paris.

Ao ouvir isso, ele parece ainda mais interessado.

— A gente deveria ir lá — diz ele.

Dou uma risada. Parker deve estar brincando.

— Essa é a *última* coisa que a gente deveria fazer — digo enquanto esperamos nosso carro junto ao meio-fio. Está demorando um pouco.

— A gente pode ir pra casa andando — diz ele, e só parece um pouco brincadeira.

Solto uma risada debochada.

— Eu não chegaria nem no Central Park.

— Lógico que chegaria. Você melhorou. Não reparou?

Sim, meio contra a vontade, eu reparei. Nós estávamos correndo todos os dias da semana até poucos dias antes. E, mesmo nas minhas caminhadas, percebi que conseguia andar por uma hora sem me cansar muito.

— Esse deveria ser nosso objetivo — diz Parker. — Antes do fim do verão, nós vamos andar de uma ponta a outra de Manhattan.

Olho para ele como se tivesse sugerido que corrêssemos pelados no museu.

— O quê?

— As pessoas fazem isso. Andam pela Broadway. A gente podia parar no Battery Park, ver o pôr do sol e cuidar das nossas bolhas.

Falando em bolhas, as dos saltos e da minha brilhante ideia de correr para casa na chuva mal começaram a cicatrizar. Estou usando um mosaico de formas e desenhos diferentes de curativos embaixo dessas botas inadequadas para o clima.

Balanço a cabeça na hora em que nosso carro encosta.

— Você disse muitas coisas inacreditáveis no tempo que passamos juntos — digo. — Mas essa deve ser a pior.

— Acredite em você mesma, Elle — diz ele, de um jeito que sinto nos ossos. — Eu acredito.

Paro de repente, o cheiro de açúcar e manteiga recém-assados preenche o ar. Pisco algumas vezes, perguntando-me se estou imaginando, mas, não. Bem ali, na vitrine de doces e salgados, tem três *scones*, como fantasmas das minhas melhores lembranças.

— Isso é... isso é... — digo ao barista por trás do monitor, como se eu tivesse encontrado um ser mítico atrás do balcão.

— É, voltou ao cardápio — diz ele, como se não ligasse nem um pouco. — E tem todos os dias agora. Quer um?

— Um? — digo, quase engasgando na palavra. — Eu quero todos. — Penso melhor. — Não, isso é egoísmo demais. Quero dois.

— Tudo bem — diz ele, usando um pegador para colocá-los no meu prato. — *latte* quente, leite integral?

Assinto.

— Obrigada, Jeremy.

— De nada, Elle — diz ele, e o fato de se lembrar do meu nome, do meu (primeiro) café preferido e do meu amor absurdo por aqueles *scone*s de mirtilo me faz sentir um calor por dentro. Como se pudesse ser legal falar com desconhecidos e fazer amizade com eles.

Seguro o prato de *scones* com uma reverência que só costuma ser reservada ao meu notebook. Ando até minha mesa favorita, mas a encontro ocupada.

Por um milagre, quando estou prestes a considerar outra opção, os copos na mesa são retirados como se nunca tivessem estado lá. Minha mesa está bem ali, esperando.

Estranho. As manhãs não costumam ser tão legais comigo.

Eu me sento, me encosto e penso que, se pudesse escrever aqui todos os dias da vida, ficaria feliz. Por mais que eu goste de ser um goblin no meu apartamento, curvada sobre as teclas, sozinha e murmurando com lanchinhos enfiados na boca, estar entre pessoas... é melhor.

Parker entra e me encontra na mesma hora. Ele sorri quando aceno dramaticamente no ar.

— Você não vai adivinhar o que aconteceu — digo, surpresa com o quanto quero contar a ele algo que me deixou feliz.

— Voltaram com o *scone* — diz Parker, vendo-os nitidamente no meu prato.

Assinto com entusiasmo.

— Acho que hoje talvez seja o melhor dia da minha vida.

Parker ri.

— Desafio aceito para destronar *o retorno do scone de mirtilo*.

Balanço a cabeça.

— Impossível. — Dou uma mordida e solto um grunhido. Está ainda melhor do que eu lembrava. Olho para o prato e faço o grande sacrifício.

— Toma — digo, indicando o segundo *scone*.

Os lábios de Parker estremecem.

— Que gentileza sua.

Dou outra mordida. Ele me observa, hipnotizado, como se estivesse alcançando a felicidade só de me ver feliz.

— Esse dia está sendo perfeito — digo. — Você sabe que esta é a minha mesa favorita, né?

— É a única em que você se senta — diz ele.

Assinto.

— Eu chego aqui no horário que abre quase todos os dias só pra poder ficar com ela.

— E?

— Quando cheguei, estava ocupada, mas, na hora em que passei por ela, ficou livre de repente. Foi tanta...

Sorte.

Agora que estou pensando... foi um funcionário que tirou os copos e liberou a mesa? Foi estranho ainda haver *scone*s considerando que está tarde e eles já deveriam ter acabado?

— Parker — digo muito devagar, tentando permanecer calma —, você comprou a cafeteria?

Ele está encostado na cadeira de modo casual, sem se preocupar com nada no mundo.

— Não — diz ele.

Derreto em alívio.

— Ah, que bom, eu achei...

— Eu comprei a rede. — Ele me olha com sinceridade. — Tem uma no Brooklyn e uma nos Hamptons. Você sabia?

Não me mexo. Por alguns segundos, fico perplexa. Não sei por quê. Não é que ele não tenha dinheiro. Não é que ele não tenha feito coisas absurdas assim antes.

— Por quê? — pergunto. Ele se inclina para a frente, com um pouco menos de casualidade, quando escuta meu tom. — E não me diga que é porque seu conselheiro financeiro disse pra você *diversificar seu portfólio*.

Ele apoia os braços na mesa e me encara.

— Eu comprei a cafeteria porque você a ama. Eu a comprei pra você poder ter seu *scone* e *latte* favorito na sua mesa favorita toda manhã. — Ele se inclina para a frente. — Eu a comprei porque te faz feliz, e isso, pra mim, Elle, é impagável.

Não sei o que dizer. Não sei nem o que sinto no momento.

— Vão... publicar uma matéria sobre isso?

Os olhos dele faíscam com alguma coisa. Raiva, talvez. Ou dor.

— Não, Elle — diz ele.

Então não faz sentido. Não quando tudo isto é fingimento.

A menos que...

— Parker, isso nunca pode se transformar em algo. Você sabe, né? Nós... *nós* nunca podemos ser nada. Eu te falei que eu...

— Eu sei — diz ele, tão sério quanto sempre. — Eu entendo. Só quero te fazer feliz, Elle. Só isso.

Chego para trás, sentindo uma pontada súbita de mágoa.

— Você acha que comprar coisas pra mim é o jeito de me fazer feliz? — Lembro-me da noite na escada, a mesma da que ele *se lembra*. Do *tipo de pessoa* que ele supôs que eu era. Isso nitidamente não mudou muito.

Ele achou que podia comprar meu afeto na época e acha que pode comprar agora.

Eu me levanto.

— Você não pode me comprar, Parker — digo. — Você não pode comprar a minha felicidade. E, se acha que pode, então você não me conhece nem um pouco.

Eu o deixo com os doces e saio da cafeteria.

17

Escuto uma batida na minha porta. Pela primeira vez na vida, uso o olho mágico, na expectativa de cair de novo nas graças dos podcasters de *serial killers*.

Tem um vulto enorme familiar do lado de fora, encostado na parede, com algo nas mãos que não consigo identificar.

— O que você quer? — digo pela porta.

— Pedir desculpas — diz o vulto. Ele olha diretamente para o olho mágico agora e me encara, e eu saio da ponta dos pés.

Respiro fundo, abro a porta e começo a falar:

— Se você acha que pode… — Paro e franzo a testa para o que ele está segurando. — O que é isso?

Há uma pilha de roteiros embaixo de um de seus braços e um saco de pipoca no outro.

Franzo a testa.

— Esses são… meus?

— Não. — Ele se empertiga. — Desculpe. Você tem razão. Eu não estou acostumado a ter tempo livre, então uso o meu dinheiro pra compensar. Compro coisas para as pessoas em vez de passar tempo com elas. Em geral, dá certo. Eu me acostumei. — Ele engole em seco. — Não estou querendo dar uma desculpa. É uma explicação. E eu… eu não quero ser essa pessoa.

— Eu quero passar tempo com você, Elle, diz Parker. — Quero conhecer você. — Ele olha para o que levou. — Achei que a gente podia fazer uma coisa simples. Uma noite de filmes. Arrumei os roteiros dos lançamentos mais recentes.

Contei isso a ele algumas semanas atrás. Estou surpresa de ele ter se importado o suficiente para lembrar.

— Não tenho televisão — digo, olhando para trás. — Ainda está na caixa. Não foi instalada.

Ele poderia sugerir com toda a facilidade do mundo a casa dele, mas só diz com avidez:

— Posso instalar. Não vai levar mais que alguns minutos.

— Eu... não tenho móveis.

Isso não parece abalá-lo.

— O chão está bom pra mim. Se estiver pra você também.

A ideia de Parker Warren sentado no chão vendo um filme numa televisão também no chão quase me faz rir.

— Sério?

Ele assente.

— Eu já te falei. Só quero passar um tempo com você. O restante não importa.

Você não vai dizer isso quando sua lombar começar a doer, penso, considerando quantas horas passei sentada no mesmo piso de madeira, desenvolvendo o meu roteiro. Vamos ver quanto tempo ele dura.

— Tudo bem — digo e abro a porta, à espera de qualquer sinal de decepção por eu não ter me oferecido para ir à casa dele.

No entanto, não vejo nenhum. Na verdade, só vejo alívio.

O chão parece determinado a ser mais desconfortável do que o habitual hoje, mas Parker não diz nada enquanto assiste ao filme nem parecer irritado com o som de páginas virando enquanto faço anotações nas margens do roteiro.

— Boa fala — digo a mim mesma antes de apertar os lábios, nada acostumada a ter plateia quando vejo filmes.

Parker só grunhe em concordância, e a minha vergonha perde um pouco da intensidade.

— Aí é o *midpoint*... né? — diz Parker, olhando para mim. Estou acostumada a vê-lo seguro, confiante. Tem certa hesitação aqui.

Franzo a testa.

— Não é?

— É, sim. Mas como você sabe disso?

Ele se vira para a televisão de novo.

— Eu pesquisei umas coisas sobre roteiro. Queria aprender um pouco sobre o que você faz. — Ele indica meu monstro de roteiro feito de post-its a alguns metros de nós. — Você usa a estrutura de três atos, né?

Estou quase desmaiando. Assinto, meio tensa.

— Eu não sei absolutamente nada sobre o que você faz — digo, sentindo que estou falhando.

Ele sorri.

— Eu posso explicar, mas é provável que você caia no sono.

Apesar de eu nunca ter tido o menor interesse em coisas de tecnologia, fico surpresa pela minha vontade de conhecê-lo. De saber o que ele criou. De saber em que vai trabalhar depois do verão. Contudo, não deveria.

Talvez eu possa querer conhecer Parker e passar tempo com ele só pelo verão. Talvez não precise significar nada. Tipo um caso de uma noite. Só que sem o sexo.

— Perfeito — digo, enfiando um punhado de pipoca na boca. — Você pode ser meu podcast.

Ele arqueia a sobrancelha.

— Eu preciso ouvir um podcast antes de dormir todas as noites. Fica no lugar da voz na minha cabeça, da ansiedade. É o único jeito de eu conseguir dormir.

Ele assente, compreensivo.

Olho para ele.

— Então, seria ótimo se você pudesse se gravar falando do seu trabalho em belos segmentos de 45 minutos.

Ele sorri de novo. Olho para a tela e fico feliz de ver que ele pausou o filme um tempo antes.

— Vou providenciar imediatamente.

Parker coloca o filme de novo, e eu continuo escrevendo. O roteiro do filme é bom, mas é longo. E estou cansada.

Tão cansada que não chego ao fim.

Uma das regras da minha vida foi violada. Não houve podcast, mas aqui estou eu, no meio da noite.

Com a cabeça no colo do Parker.

Ele está encostado na parede. A mão está no meu cabelo. O roteiro está dobrado na minha frente, e a minha caneta rolou pela sala. A casa está silenciosa.

Eu me levanto devagar, mas Parker deve ter sono leve. Ele abre os olhos na mesma hora.

— Bom, hein — digo, ainda meio sonolenta. — Contra os *serial killers*.

Ele parece preocupado de repente.

— O quê?

— Ter sono leve. É bom. Talvez você tivesse chance. — Bocejo. — Eu durmo como uma pedra. Sempre penso: *Se alguém me assassinasse no meio da noite, eu dormiria durante todo o acontecimento*.

— Elle — diz ele com muito cuidado —, que porra você está falando?

— O meu podcast. O que eu costumo escutar. É de *true crime*.

— Ah.

Franzo a testa.

— Não sei por que, mas falar isso em voz alta... — Fico com medo. Por que fico com medo? — Eu não quero dormir sozinha hoje.

— Então não dorme sozinha — diz ele, me puxando para baixo com delicadeza. Eu deixo. E caio no sono de novo.

A porta se fecha, e eu me levanto. Estou na cama, em cima das cobertas.

Franzo a testa. Antes que eu passe muito tempo me perguntando como vim parar aqui, vejo Parker encostado no portal da porta do quarto.

— Você dorme pesado mesmo — diz. Está com um *latte* da cafeteria dele na mão. E com a outra segura um saco de papel com alguma comida.

— A gente não estava no chão?

Ele assente.

— A noite toda — diz, fazendo uma careta enquanto alonga o pescoço. — Eu te carreguei pra cá ainda agora, quando fui buscar nosso café. Me pareceu estranho te deixar sozinha no chão.

— Ah.

— É sábado — diz ele.

Em geral, isso não ficaria óbvio para mim de imediato. Quando escrevo, sobretudo com prazos assim, é comum que eu esqueça que dia é, porque não paro nos fins de semana. É tipo férias de verão na época de escola, quando os dias todos se misturam.

Entretanto, agora eu sei. Uma rotina se formou. Sinto todos os dias da semana de novo.

— Você já tem planos?

Faço que não. E penso melhor.

— Bem, eu ia fazer uma coisa que provavelmente seria burra.

Ele não parece convencido.

— Você não me parece do tipo de pessoa que faz coisas burras.

Arqueio a sobrancelha para ele.

— A *maioria* das coisas que eu faço são burras. — Alongo as costas. — Tipo insistir pra gente dormir no chão. — E decidir que posso potencialmente *só me divertir* com Parker este verão.

— Foi ótimo — diz ele, mas percebo que as costas dele também estão doendo. — E aí, a coisa provavelmente burra tem a ver com seu roteiro?

Assinto.

— Vai parecer estranho.

Ele espera, inabalado.

— Tem uma parte do meu roteiro em que a protagonista diz "x tem a melhor pizza de Nova York". E é uma piada recorrente entre os dois, porque a favorita dele é outra. — Dou de ombros. — Eu gosto de fazer pesquisa para os meus roteiros. Faz parecer mais autêntico, mais verdadeiro, na minha opinião. É só uma fala... mas, pra mim, importa.

— Então você quer experimentar todas as pizzas de Nova York — diz Parker.

— Não todas. Tem uma lista num site. — Olho para ele. Penso no armário cheio de lanches saudáveis. Eu me pergunto se pizza faz parte da dieta de Parker. — Você topa?

Ele dá de ombros.

— Por que não?

Nós pegamos o metrô. Parker fica sentado observando o mapa que fizemos, com adesivos de pizza por toda a cidade, indicando nossas paradas, e eu só o encaro.

Ele está usando roupas casuais. Ou mais casuais do que o normal, pelo menos. Uma calça, uma camiseta e sapatos que parecem confortáveis, mas que são de uma daquelas marcas que não usam etiqueta.

Parker me olha.

— Que foi?

— Estou me perguntando se você alguma vez já pegou o metrô.

Ele me olha.

— Até poucos anos atrás, eu ganhava o suficiente só pra comer miojo. Dormia no sofá de amigos. Morei aqui por um verão inteiro durante uma incubadora e literalmente, e estou falando literalmente mesmo, aluguei o armário de uma pessoa.

Isso não faz nenhum sentido.

— Sua empresa vale muito há muito tempo.

Parker assente.

— Verdade. Só que sem um evento de liquidez, era basicamente só um número. Quando a imprensa começou a me chamar de bilionário, eu tinha menos de mil dólares na conta e morava na sala do meu amigo. Só uns três anos atrás foi que consegui vender algumas das minhas ações no mercado secundário.

— Deve ter sido estranho passar de não ter muita coisa para ter… tudo. Da noite para o dia. — Penso em Cali.

— Foi.

— E o que você fez?

O vagão do metrô está quase vazio. Ele estica as pernas compridas.

— A primeira coisa que eu fiz foi pagar a hipoteca da minha mãe. A segunda foi encher a cara até apagar em uma boate. — Parece a coisa certa para um cara de vinte e poucos anos com acesso súbito a tanto dinheiro. Ele parece reflexivo. — Aí, eu comprei a boate.

— Não acredito. — Não sei por que fico surpresa. — Deixa eu adivinhar, seu administrador financeiro ficou feliz da vida de seu portfólio ser *tão variado*.

Isso o faz rir. Ele balança a cabeça.

— Ao que parece, foi um problemão e não caiu bem para a minha imagem. O comitê me obrigou a vender, mas só depois de eu dar uma festa incrível com todo mundo que conhecia. — Ele dá um suspiro melancólico. — E você?

— Ah, nós vamos compartilhar histórias de quando compramos uma boate pela primeira vez?

O canto da boca de Parker treme.

— O que você fez quando ganhou o primeiro grande pagamento por um roteiro?

— Eu chorei.

Ele parece confuso.

— De felicidade?

Faço que não.

— Não. Eu... senti uma culpa imensa. Tipo, se tivesse acontecido um ano antes... as coisas poderiam ter sido diferentes.

Ele espera que eu continue. Não sei bem por que, mas falo:

— Minha mãe ficou muito doente quando eu estava na faculdade — digo. — No terceiro mês de tratamento, as economias dela acabaram. Os novos experimentos, os remédios, tudo era caro demais. Ela não tinha um plano de saúde bom. — Engulo o nó na garganta. — Quando recebi o primeiro pagamento, pensei: *Se tivesse sido um pouco antes, eu teria conseguido pagar tudo*.

Parker fecha a mão no meu joelho.

— Sinto muito — diz ele.

Tento sorrir.

— Depois que eu chorei, transferi uma boa parte pra instituição de caridade onde Penelope e eu éramos voluntárias na faculdade, depois usei o restante pra pagar meu financiamento estudantil.

Parker reflete sobre isso.

— Você nunca sonhou em comprar nada? Nunca quis nada?

Tem algo.

Ele espera. Deve ver na minha cara.

— Conta.

Não acredito que vou contar isso.

— Na faculdade, dei aula de inglês a um garoto. A família dele morava em uma casa azul-marinho no Gramercy Park. Tinha uma claraboia no andar de cima e uma cozinha de mármore, e, às vezes, eu ficava na frente dela por um tempo e pensava: *Vou escrever quantos filmes for preciso pra um dia comprar essa casa.*

Não conto que, quando passava por um bloqueio criativo ou em momentos de estresse, eu pegava o metrô e andava em volta do parque, olhando para a casa como uma espécie de inspiração. Motivação. Parece algo triste demais para admitir.

Não conto que não faz muito tempo que isso aconteceu. Pesquisei a casa para ver se estaria à venda. Não está. Faz anos que não está.

— Imagino que eles tivessem a chave do parque.

— Tinham. — Eu sempre torci secretamente para me convidarem, mas nunca o fizeram. E por que fariam? Eu só fui contratada para ajudar com o dever de casa.

O trem para.

— Pronto? — digo.

Ele suspira antes de se levantar.

— Agora é a hora de eu contar que não gosto de pizza? — diz Parker.

Nossa primeira parada é a Patsy's Pizzeria no East Harlem. A parte de fora da loja é pintada de verde-escuro. Tem artigos pendurados nas janelas. Famílias passam por lá falando espanhol. Nós chegamos na hora que abre, às onze.

Tem opção de se sentar ou comprar para viagem. Dou de ombros. Nós escolhemos comer no restaurante. Só aceita dinheiro. As mesas são cobertas por toalhas brancas, e fotos em porta-retratos decoram as paredes.

— Então — diz Parker enquanto olhamos o cardápio. — Nós vamos pedir o mesmo sabor em todos os lugares? Isso torna a escolha justa?

— Vamos. Vamos só pedir o que for mais perto de *muçarela*.

Nós pedimos a pizza Old School Round, que tem massa fina, molho de tomate e muçarela ralada.

Chega mais rápido do que eu esperava. Cada um pega uma fatia, e faço uma careta porque a ponta dos meus dedos queima, e fazemos uma espécie de brinde desajeitado acima do prato elevado.

Nossos olhares não se afastam quando damos uma mordida. Há uma pausa, uma consideração, e assentimos um para o outro enquanto mastigamos. *Bom*, nossas expressões parecem dizer. *Isso é bom*.

Tem um queimadinho no fundo que é áspero na língua. A quantidade certa de queijo, quente na boca, derretendo nas papilas gustativas. Puxa um fio perfeito, que cai no meu pulso. Está deliciosa. Preciso me segurar pra não parar e pedir uma fatia no caminho para o próximo local, lembrando a mim mesma de que estarei composta de cerca de 60% de pizza até o fim do dia. Nós voltamos ao metrô.

Nossa próxima parada é a L'Industrie Pizza, no Brooklyn. Uma plaquinha de papelão anuncia "Isto é o cardápio" acima de um daqueles quadros pretos com letras brancas de encaixar. A primeira letra de cada um é dramaticamente grande. Falta o "g" de "marguerita", e é essa que pedimos.

No caixa, há alguns biscoitos à venda. As pizzas são feitas na nossa frente. Todo mundo que eu vejo atrás do balcão usa mangas curtas e tem tatuagens. Os fornos são empilhados e têm portas de vidro, mostrando as pizzas assando do lado de dentro. Desta vez, pedimos duas fatias em vez de uma inteira. Um cara com um microfone chama nossos nomes quando ficam prontas. As fatias são entregues nos pratos de papel mais finos do mundo. Folhas de manjericão fresco e um pouco de parmesão ralado na hora são colocados em cima.

— Pronta? — diz Parker, e tenho uma desculpa para olhar os olhos verdes dele de novo. Quem poderia imaginar que experimentar pizza se tornaria um teste para manter contato visual? Nossa mordida faz um barulho, e isso faz os dois assentirem. *Sim, é assim que tem que ser, né?*, dizem nossos movimentos de cabeça. *É assim que se faz uma boa pizza*. Nossos olhares ficam grudados enquanto mastigamos, enquanto elogiamos a fatia, enquanto consideramos pedir outro sabor.

Fazemos a mesma coisa o dia todo, mas nunca é tudo igual. Nunca cansa. Todas as vezes que experimentamos uma nova, na Philomena's no Queens, na Joe's no Greenwich Village, na Scarr's no Lower East Side, na Rubirosa em Nolita, nossos olhos se arregalam como se fosse o primeiro pedaço do dia. Nós passamos muito tempo caminhando ou no metrô. Às vezes, vamos para lá e para cá pela cidade, um percurso ineficiente, por causa dos horários de abertura e das novas recomendações que recebemos de qualquer pessoa que veja nosso mapa. Todo mundo parece ter opinião sobre os melhores lugares para experimentar. Alguns, como a Una Pizza Napoletana, só abrem tarde e são quase impossíveis de entrar. Contudo, tem uma que todo mundo insiste que temos que conhecer, apesar de o tempo de espera ser longuíssimo. É assim que, no fim da tarde, voltamos ao Brooklyn.

A Lucali tem uma fachada de tijolos vermelhos e um toldo verde listrado. Parece coisa de cidade pequena. Só a corda de veludo na frente da porta indica que o local é um dos restaurantes icônicos da cidade.

Ah, e todas as pessoas.

Ainda nem abriu, mas já tem uma fila que dobra a esquina, passando por uma fileira de casas. Olho para Parker e me pergunto quando foi a última vez que ele esperou numa fila, se vai ser este o momento em que ele vai querer voltar para casa. Entretanto, ele não parece irritado, nem um pouco. Nós vamos para o fim da fila e nos olhamos.

— E aí? — digo. — Você já tem uma favorita?

Ele pensa.

— Tenho, mas não acho justo julgar enquanto a gente não experimentar essa.

Concordo.

— Também acho. — Mordo o lábio. Tem uma coisa que eu quero perguntar o dia todo. — Seja sincero. Quando foi a última vez que você comeu pizza?

— Uns vinte minutos atrás.

Olho para ele com uma expressão fulminante.

— Tem uns cinco anos, mais ou menos.

Arregalo os olhos.

— Sério?

— Eu nunca fui muito fã de pizza. A minha mãe é uma dessas pessoas que não compra nada com conservantes. Nós nunca pedimos pizza, essas coisas. Quase tudo era feito em casa. — Ele olha para as casas. — Ela chegava em casa depois de trabalhar o dia todo e ficava horas na cozinha. Eu sempre falava que a gente podia comprar algo rápido, que não tinha problema, mas ela insistia. Não queria que a gente comesse coisas pré-cozidas, e a gente não tinha dinheiro pra restaurante.

— Foi assim que você aprendeu a cozinhar — digo, adivinhando. — Pra ajudá-la.

Ele assente.

— E seu pai? — pergunto. Lembro-me de ter lido que a mãe e o pai dele ainda estão vivos. Não tem muita coisa sobre os dois on-line.

Parker dá uma risada amarga.

— Meu pai quase nunca estava em casa e, quando estava, ficava na frente da televisão. Ele nunca fez nada pra ajudar.

— O trabalho dele o deixava longe de casa?

Parker me olha. Ele quase parece… triste.

— Ele foi demitido quando eu era criança e nunca mais arrumou emprego. Não sei pra onde ia, mas não era pro trabalho. Ele foi embora quando eu era adolescente. Começou uma nova vida sozinho.

Engulo em seco quando me dou conta de que nós talvez não sejamos tão diferentes quanto eu achava.

— Vocês têm uma relação agora? — Eu me pergunto se estou fazendo perguntas demais… e a quantas delas responderia se ele me perguntasse.

Contudo, ele nem hesita:

— Só do tipo em que ele me liga quando precisa que uma conta seja paga. — Sua mandíbula se contrai. — Eu comprei uma casa e um carro pra ele um tempo atrás e achei que nunca mais teria notícias. Fiquei tão feliz quando ele ligou outro dia. Achei que só quisesse falar comigo, mas não. Tinham batido em seu carro. Ele conseguiu perder a casa. Sempre tem algo.

— Então — digo, franzindo a testa — é isso que nós temos em comum, né?

— O quê?

— Nossos pais não eram muito presentes.

Ele parece surpreso, mas não insiste. Não sei por que estou falando algo. Eu não falava tanto sobre meu pai e minha mãe havia um tempo. Ele se abrir me faz querer fazer o mesmo.

O casal na nossa frente está a uma boa distância, absorto na própria conversa. Respiro fundo para me acalmar.

— Meu pai e minha mãe são da Colômbia — digo. — Eles se mudaram pra Califórnia e não tinham muita coisa. Meu pai estudava, e minha mãe logo engravidou. E aí, um pouco antes da minha mãe ter minha irmã, eles se separaram. No começo, foi tudo bem. Meu pai era razoavelmente presente, mas aí eu acho que ele arrumou coisa melhor. A gente foi se vendo cada vez menos, até que um dia... ele não voltou mais.

"O inglês da minha mãe não era muito bom. Ela tinha dificuldade de arrumar um trabalho. Me lembro de ajudar com a leitura das fichas de emprego dela quando eu ainda estava no fundamental. As coisas foram difíceis por um tempo, a gente se mudava muito, mas ela acabou voltando a estudar e se tornou contadora. Ela sempre arrumava um jeito de nos dar o que a gente precisava."

Não era comida feita do zero, como a mãe do Parker fazia, e talvez a gente comesse fast food demais. No entanto, ela sempre dava um jeito de termos o suficiente e ficarmos agradecidas. Para a diversão, encontrava atividades gratuitas, tipo os filmes no parque no verão.

— Aí, quando eu estava na faculdade, ela ficou doente. — Odeio falar sobre isso. Eu sempre acabo chorando, inevitavelmente, e odeio chorar na frente das pessoas. Olho em volta numa tentativa de segurar as emoções. Parker entrelaça a mão na minha. Sua outra mão está firme nas minhas costas. *Ele está aqui*, penso. — Ela morreu quando eu estava no terceiro ano. — Isso é tudo que consigo dizer.

— Esse colar é dela, né?

Nem percebo que o estou tocando. Eu assinto.

— É.

Um pouco antes das cinco, a fila começa a andar depressa. Chegar à porta parece uma vitória por si só. Acontece mais rápido do que nós achávamos que aconteceria, apenas porque tudo o que conquistamos foi o direito de colocar nossos nomes na fila de espera. São só dez mesas. O tempo estimado de espera é de pelo menos duas horas.

As pessoas na nossa frente fazem isso todos os meses. Dominaram a melhor forma de lidar com a fila do Lucali, elas nos contam enquanto esperamos perto da entrada.

— Vocês deviam dar uma volta e olhar Carroll Gardens e Cobble Hill enquanto esperam. Tem muitos bares e lojas.

Nós aceitamos o conselho. Andamos e conversamos sobre nada e sobre tudo.

Passamos por uma livraria com uma fila que dobra a esquina, assim como a da pizzaria. Reconheço os livros nas mãos das pessoas. Alguns leitores levam carrinhos cheios de livros.

— Você pensa em escrever um livro? — pergunta Parker.

— Não — digo. — É preciso estar nas redes sociais hoje em dia pra conseguir algo, e eu prefiro morrer. — Indico a mulher dentro da livraria, a que todo mundo está esperando. Ela está gravando um vídeo promocional no celular. Assim que abaixa o aparelho, o sorriso dela murcha. — Olhe pra ela. Parece infeliz.

Nós seguimos andando.

— Então, se você não quer livros, por que roteiros?

É uma pergunta justa. Há vários tipos de escrita.

— A primeira coisa que escrevi criativamente foi um final alternativo pra um filme. Depois disso, comecei a ler de verdade e a escrever capítulos que eu achava que poderiam virar livros.

Faço uma pausa. Nunca contei isso a ninguém. Eu sou anônima, nunca dei entrevista. Parker está esperando, interessado.

— Eu não consigo visualizar imagens na minha cabeça com nitidez quando leio. Chama-se afantasia. Também já ouvi falar como "imaginação vendada". Eu nem sabia que as outras pessoas veem filmes inteiros na cabeça quando leem até minha irmã me contar. Quando soube disso, também percebi que o único jeito de eu conseguir *ver* a minha escrita era se fosse transformada em filmes. Então, comecei a escrever roteiros.

Parker parece fascinado demais.

— E como foi a primeira vez que você viu uma história sua?

— Foi um dos melhores momentos da minha vida.

Quando somos chamados porque nossa mesa está pronta, nós dois concordamos, "Não parece que foram duas horas, né?", embora uma olhada rápida no relógio confirme que, sim, foram duas horas.

— Estou esperando a melhor pizza do planeta — diz Parker.

— Acho que não consigo mais comer pizza pelo resto da vida — digo quando nos sentamos a uma mesa rústica. O espaço é apertado. Tem pizza para todo lado, mais pizzas do que gente. Eu me pergunto se existe um limite de capacidade de pizzas.

— Esta é a parada final — diz Parker. — Acho que a gente deveria experimentar dois sabores.

Eu repito:

— Acho que não consigo mais comer pizza pelo resto da vida. — E acabo comendo três fatias diferentes quando chegam.

É boa. Boa do tipo que vale esperar mais de duas horas na rua no calor do verão.

Quando terminamos, e a conta foi paga, me encosto à cadeira, saciada e também um pouco enjoada.

Parker está me encarando.

— Posso te levar a um lugar?

— Mais pizza? — digo na mesma hora, o horror estampado na voz.

Ele abre um sorriso e faz que não.

— É um lugar aqui perto. Eu tenho uma surpresa pra você.

Olho para ele.

— Não custou nada. Só um favor.

Nós andamos alguns quarteirões até o metrô e pegamos a linha F de Carroll Street até York. Em pouco tempo, a ponte de Manhattan aparece acima de nós. Os prédios são marrons, industriais. Passamos pelo Main Street Park e por Pebble Beach. Já estive aqui uma vez, na época da faculdade. Penelope e eu tiramos fotos nas pedras, tentando mostrar as duas pontes e Manhattan atrás de nós.

— Aonde nós estamos indo? — pergunto enquanto seguimos andando e passando por tudo isso.

— Você vai ver.

Vou?

— A minha visão é bem ruim — admito. — A culpa é de tanta leitura e escrita no escuro.

— Você vai ver — promete ele.

E, em pouco tempo, eu vejo.

Um carrossel em uma caixa, como uma joia. Está aceso e vazio, como se à nossa espera. Eu me viro para ele. Já vi este lugar, mas nunca dei muita atenção. Neste momento, parece a coisa mais bonita da cidade.

Sorrio. Parker não para de me olhar.

— O que foi?

Ele balança a cabeça.

— Acho que eu nunca te vi sorrir assim. Como se... você estivesse feliz.

Eu estou feliz, tenho vontade de dizer a ele.

Entretanto, parece revelar demais. Então só digo:

— Será que a gente entra?

Tem lâmpadas pequenininhas em toda parte. Os cavalos parecem feitos e pintados à mão. São dezenas.

Escolho um cavalo marrom majestoso com sela dourada. Parker se senta no local mais próximo, no que parece ser uma carruagem. Antes que eu possa perguntar como se liga o carrossel, ele começa a se mover. A música que se imagina começa a tocar. É mágico. Parece uma fantasia.

A ponte de Manhattan está bem ali, ocupando nossa visão. A água está escura. Pode não dar para ver muitas estrelas daqui, mas as luzes da cidade compensam. A outra ponte aparece depois. Acho que este é o melhor jeito de ver o contorno dos prédios. Fico sentada maravilhada conforme passamos por tudo.

— Acho que nunca vi nada tão lindo — digo.

— Eu já — diz Parker, e tenho a nítida sensação de que ele está me olhando. Não confirmo. Não quero saber. Não quero explorar essa sensação que está se espalhando por mim desde aquela noite na cozinha.

Posso ter escolhido o lugar errado para me sentar. O cavalo está subindo e descendo, e meu estômago está em capacidade máxima.

— Eu... acho que quero descer do cavalo — digo.

Parker sai da carruagem. Começa a andar até mim.

— Isso parece contra as regras — digo. — Um crime capital de carrossel. — Estou agarrada à haste na minha frente como se a minha vida dependesse disso.

— Aqui — diz Parker, estendendo a mão para mim. — Solta.

Faço que não.

— Acho que não consigo.

— Consegue. Passe a perna para o lado.

Eu faço o que ele diz e na mesma hora escorrego no cavalo liso. Solto um ruído de surpresa… mas caio em segurança nos braços dele. Parker me coloca de pé devagar. Estamos parados, ainda girando na plataforma, entre cavalos subindo e descendo ao nosso redor.

Eu olho para ele.

Ele olha para mim.

Talvez seja o carrossel. Talvez seja a vista. Talvez seja o dia que passamos juntos. No entanto, ele começa a se inclinar para mim, lento, para me dar tempo de fazê-lo parar. Contudo, não quero que ele pare.

Nossos lábios estão a centímetros de distância.

Antes de se tocarem, o carrossel para de repente, e toda aquela pizza volta com tudo.

18

— Penelope. Ele tentou me beijar, e eu vomitei em cima dele.

— Certo — diz ela do outro lado da linha. Eu a escuto mexendo em coisas. — E quando eu posso te esperar? Hoje? Amanhã?

— Penelope, eu vomitei no Parker, e ele *ainda assim* quer sair comigo.

— O quê?

— Quero dizer, sair de mentira.

— Óbvio.

Para a minha surpresa, Parker não pareceu se importar com a camisa nem com o fato de eu ter literalmente vomitado em nós dois. Ele só ficou preocupado comigo.

— Enquanto eu ainda lidava com um nível resistente a antibióticos de vergonha, ele me levou para casa. Correu até a farmácia para comprar Pedialyte. Perguntou a cada quinze minutos se eu estava bem. "Estou", respondi. "Só morrendo de vergonha."

"Imagine minha surpresa quando, na manhã seguinte, em vez de sumir por toda a eternidade (o que eu teria entendido), ele apareceu na minha porta com um *latte* e o meu doce favorito para perguntar se eu estava bem. 'Ontem à noite, eu te contei que nunca conseguiria comer mais nada enquanto viver, logo antes de você ir embora', lembrei a ele."

"'Eu sei', disse ele.

"Parker botou o doce em um prato e o empurrou para mim. Comi até não sobrar nem as migalhas.

"'Se sente melhor?', perguntou ele.

"Assenti.

"'Tenho um dia planejado', disse ele. 'Mas, se você já tiver planos, ou se quiser descansar...'"

— Espere — Penelope se intromete na minha história. — Ele planejou um *dia*?

— Você pode deixar eu terminar de falar?

"'O que você tem em mente?', perguntei a Parker.

"'Ontem, quando estávamos andando de um lado para o outro pela cidade, fiquei pensando. Eu moro aqui há anos, indo e vindo, e tem muita coisa que não fiz ainda. Eu tenho alguns itens na minha lista do que fazer em Nova York antes de morrer. Planejei tudo. Não tem nada caro', disse ele. 'Deixa eu te surpreender.'"

— Então, aqui estou eu — digo a Penelope —, conversando com minha melhor amiga, parada na frente do meu armário, me perguntando o que vestir.

— Bem, ele deu alguma dica?

— Ele disse pra eu me vestir de forma casual e confortável. E que seria ao ar livre.

Penelope para um momento para pensar. Então diz:

— Você recebeu um pacote?

— Pode estar com o porteiro. Por quê?

— Eu pensei em te visitar em breve, então enviei várias roupas numa caixa.

— O quê?

— Você sabe que eu odeio despachar mala no aeroporto de Los Angeles.

É verdade. A gente sempre viaja com mala de mão, a menos que consiga um voo saindo de Burbank.

Eu faria qualquer coisa por uma visita de Penelope. Nunca fiquei tanto tempo assim sem vê-la desde que nos conhecemos. Eu desço, pego a caixa e a abro.

Dentro, há um monte de roupas de verão. Agradeço de novo a Penelope. E aí, penso que eu talvez tenha que começar a comprar roupas que não sejam só para usar em casa agora que tenho um motivo para isso.

Nada em Parker Warren indica o Jardim Botânico de Nova York. Olho para a placa, impressionada.

— Era aqui que você queria vir? — digo e me viro para ele.

Ele me encara.

— Você ama plantas — diz, como se fosse óbvio.

Ah.

Eu amo plantas.

— Uau, todo mundo vende mercadoria agora — brinco quando andamos pela versão do jardim botânico de uma lojinha de presentes, uma área cheia de plantas à venda. — Será que a gente deveria comprar uma planta caso haja um *paparazzi* nas cercas vivas? Nada representa melhor um compromisso do que compartilhar uma gardênia.

— Não, a gente deveria comprar uma dessas árvores de Natal em miniatura — diz ele, fingindo seriedade. — Vai mostrar que estamos pensando no futuro, além das festas de fim de ano.

Tenho quase certeza de que a coisa que está ao lado dele tem um nome técnico que não é *árvore de Natal em miniatura*, mas é tão parecida com isso que dou uma risada.

— As decorações teriam que ser mínimas — digo.

— Ou só umas três das comuns.

Está sol lá fora, e eu fico feliz com a minha escolha de roupa (que basicamente foi a escolha de Penelope): um short, uma regata e uma camisa de botão de algodão aberta. Posso enfiá-la na bolsa se ficar quente demais, de acordo com as mensagens de Penelope. Ela acrescentou emojis de fogo, então, pensando bem, acho que não estava se referindo ao sol.

— Tem isso na Amazônia — digo, sorrindo e apontando para um amontoado de vitórias-régias no centro de um lago. — Eu adoraria tirar uma soneca em uma. Você não?

Parker parece achar graça.

— Eu me mexo muito quando durmo. Acabaria indo parar na água.

— Me lembra de pegar uma vitória-régia só pra mim, então. Eu não iria querer que você me derrubasse.

— Anotado.

Nós andamos por caminhos sem fim, ladeados por árvores e flores. Plaquinhas ao lado delas nos contam um pouco sobre cada uma. Eu fico dizendo: "Você sabia que flores podiam ser assim?", e Parker não parece irritado.

Não, ele parece tão interessado quanto eu. Fico momentaneamente obcecada por um canteiro de flores agressivamente altas com caules finos que levam a uma auréola de florezinhas roxas.

— Como é que elas não caem? — digo, maravilhada.

— O miolo é forte.

Algumas flores estão com o bulbo fechado, como nabos em miniatura. Nós vemos lírios-de-um-dia.

Entramos em uma estufa enorme. O teto e as paredes são de vidro. Somos recebidos por palmeiras, e o local parece um pedacinho de casa. Tem lagos. Plantas com folhas maiores do que a nossa cabeça. Trepadeiras que descem do teto. Flores tropicais roxas vibrantes.

Os jardins se espalham do lado de fora. Tem tanta natureza, tanta variedade, cores que eu não vejo há muito tempo.

— Não acredito que aqui ainda é a cidade — digo.

— Eu estava pensando o mesmo.

Nós paramos na frente de um jardim de roseiras. É mais para baixo, e o vento espalha o cheiro forte.

Momentos depois, estamos no meio dele.

— Eu nem sabia que tinha rosa dessa cor — digo, olhando para um bulbo magenta. No fim das contas, as rosas podem ser de quase qualquer cor, quase como diamantes. Cor de manteiga, cor de cereja, rosa-bailarina; algumas são listradas como balas.

Parker está com um sorriso torto enquanto me observa.

— Então eu deveria te dar rosas.

Faço que não.

— Não. Eu... detesto ganhar flores — digo com sinceridade. — Odeio vê-las morrer.

Uma lembrança aperta minha garganta.

Não, eu prefiro vê-las assim. Vivas. Crescendo.

Eu me viro e vejo Parker abaixando o celular. Franzo a testa para ele.

— Você tirou uma foto minha?

Ele assente.

— Por quê?

— Por que as pessoas tiram fotos? Eu quero me lembrar disso.

Não sei o que dizer além de:

— Bem, então pelo menos apareça na foto comigo.

Uma mulher mais velha que está passando para e pergunta se nós gostaríamos que ela tirasse uma foto de nós.

— Sim, por favor — digo, e Parker faz uma cara de quem prefere morrer. Ainda assim, ele se posiciona logo depois de mim enquanto sorrio ao seu lado.

A mulher franze a testa e abaixa o celular.

— Você deveria parecer mais feliz pra alguém com uma namorada tão bonita — diz ela.

Olho para Parker, que amarra a cara.

— É, Parker — digo. — Tente parecer que gosta de mim por um segundo. Quem sabe onde essa foto vai ser vista?

Ele está de cara feia quando me olha. Aos poucos, passa o braço pela minha cintura. Parker está olhando para os meus lábios. Eu, para os dele. Estou desejando não ter vomitado nele na última vez que tentou me beijar.

— Perfeito! — diz a mulher, e Parker interrompe nosso olhar para pegar o telefone de volta.

Minha pele parece estar esticada demais no corpo quando ele diz:

— Próxima parada?

Não acredito que ele planejou o dia. Para alguém que admite não ter tido tempo em anos para passar com qualquer pessoa além dele mesmo, Parker está fazendo um bom trabalho.

— Quantas são?

— Só mais duas.

Antes de irmos embora, paro e olho a floresta atrás de nós. Parece tão inabalada. Tão diferente do vidro, aço e concreto que acabaremos encontrando quando voltarmos para casa.

— É a floresta original que antes era Nova York — diz Parker. — É uma floresta antiga.

Isso parece quase uma fantasia. Olho o que resta da floresta original e intocada e sinto uma tristeza, depois um alívio de ainda restar pelo menos um pedacinho.

E então... sinto uma onda surpreendente de paz. As florestas são plantas mortas alimentando as novas. São a prova de que nada morre para sempre.

O Zoológico do Bronx fica aqui perto. No entanto, não é para lá que nós vamos.

— Eu deveria tentar adivinhar? — pergunto, sentando-me mais ereta em uma tentativa de ver a tela do Uber. Parker balança a cabeça.

Nós andamos e andamos. Ainda estamos no Bronx quando vejo: o estádio dos Yankees. Eu me viro para ele.

Parker parece achar graça.

— Algum lado seu já quis ir a um jogo de beisebol?

— Nenhum. Lado nenhum.

Odeio multidões. A ideia de me sentar ao ar livre, em um assento grudento, cercada de pessoas, vendo um jogo com regras que não sei se entendo, parece meu inferno pessoal.

Contudo, não agora. Agora, ao lado de Parker, depois do dia que nós já tivemos... parece algo que quero fazer com ele.

— Nós não precisamos ir ao jogo. Podemos ir à próxima parada.

Balanço a cabeça.

— Não, eu quero ir.

Seguimos a multidão para passar pela segurança, pelo ponto de verificação de ingressos, e seguimos por um conjunto diferente de rampas. Nossos lugares ficam bem no meio, atrás da *home plate*. Vejo que são bons lugares, mas nada de outro mundo, nada extravagante.

— Está bom aqui?

— Está perfeito — digo, e falo sério. Porque ele ouviu. Eu falei o que sentia, e está evidente que Parker me ouviu. Algo no meu peito parece ceder quando ele me olha.

— Espera aqui, eu já volto. — E ele se afasta.

Espero no meu lugar e pesquiso no Google com toda a minha fúria as regras do beisebol e, enquanto as pessoas vão se sentando ao meu redor, levo o telefone ao ouvido para ouvir um vídeo sobre as partes diferentes do jogo e quase dou um pulo quando algo bloqueia meu campo de visão.

Um boné. Parker acabou de encaixá-lo na minha cabeça. Ele está usando um igual, e seu cabelo escuro forma cachos em volta das orelhas e... é muito diferente dos ternos que eu o vi usando. Engulo em seco, tomada de surpresa, e ele me entrega um balde de pipoca, um cachorro-quente e uma garrafa de água. Parker tem a dele. Por fim, me recupero o suficiente para dizer:

— Você não faz nada meia-boca, né?

— Nunca — diz ele, ainda parado me olhando.

O sol está nos iluminando. O assento está grudento, do jeitinho como imaginei. Estou segurando uma caixa de pipoca do tamanho de um vaso de flores com um cachorro-quente dentro. Acabei de passar uma nova camada de protetor solar fedorento e melequento demais nas bochechas e no nariz. E, nem sei como, estou sorrindo.

Penelope nunca acreditaria nisso. Que bom que tem provas.

Parker pega o celular e tira uma foto minha.

Em seguida, ele se senta.

Depois que a primeira bola é arremessada, uma parte da torcida começa a cantarolar para os jogadores. E eles cantam de volta.

— Você acha que a grama é de verdade? — digo, observando os jogadores correndo por ela.

Ele balança a cabeça.

— Não sei. Todo o meu conhecimento de plantas ficou lá no jardim botânico.

Para a minha surpresa, Parker sabe muito sobre beisebol. Ele se inclina e explica as regras para mim. Cada vez chega mais perto. Tão perto que estou assentindo sem prestar atenção no que ele está dizendo. Estou apenas concentrada no seu ombro roçando no meu. Também me aproximo. Tão perto que ele acaba passando o braço pela minha cintura e me puxando para perto.

Olho para ele, mas Parker está vendo o jogo. Ele começa a mexer a mão, fazendo formas pequenas por baixo da camisa de botão, na lateral da minha regata, e de repente fico extremamente ciente da minha pele. Não tem protetor para isso, não tem como moderar o calor do toque dele, e tento respirar apesar do desejo que se contrai na minha barriga a cada toque.

— Ei, você não é aquele rapaz? — diz alguém. Nós nos viramos para a voz e nos deparamos com um rapaz que parece um universitário parado na escada, ao lado dos nossos lugares. — É você! Uau. Parabéns por tudo. Posso tirar uma foto?

Parker recusa com educação. No entanto, o cara parece aceitar numa boa e faz umas perguntas a Parker.

Parker pode não ser generoso com sua imagem, mas é com o tempo. Quando a conversa deles fica um pouco longa demais, ele se levanta para conversar com o sujeito um pouco para trás, para não atrapalharem o jogo de ninguém. Depois de um tempo, ele volta até mim.

Para o meu deleite, o braço dele envolve minha cintura na mesma hora. Parker volta a mover os dedos.

Olho para ele.

— Por que você disse não pra foto?

— Eu odeio pra caralho tirar fotos.

Assinto. Lembro-me da foto de Parker na capa daquela revista agora, com ele praticamente emburrado para a câmera.

— Entendi. Então aquela de nós dois no jardim de roseiras já foi para o lixo, né? Já foi apagada permanentemente?

— Não. — Isso é tudo o que ele diz.

As pessoas à nossa volta comem baldes de frango e batata frita e bebem as maiores latas de cerveja que já vi. Um homem está vendendo bebidas em um cooler gigante, subindo e descendo a escada. Parker compra uma, e nós a dividimos, passando a lata de um para o outro. Eu nunca tinha tomado cerveja, mas acho gostosa, ainda mais dividindo assim.

— Como você sabe tanto sobre beisebol? — pergunto.

Vejo os olhos dele quase se fecharem, como se a pergunta fosse um bisturi cutucando algo sensível.

— Tudo bem, não precisa...

— Meu pai me ensinou. — Nossos olhares se encontram. — Era uma das únicas coisas de que ele gostava, e por isso eu fingia gostar também. Às vezes ele me levava a jogos. Na maioria das vezes, a gente assistia juntos no sofá. Eu acho... que o fingimento virou realidade. Comecei a gostar de verdade.

Ele parece em conflito sobre compartilhar isso comigo, como se pudesse apagar o que disse antes, como se pudesse fazer o pai dele parecer um cara legal, quando nitidamente não é o caso.

Entretanto, eu sei como é isso. Antes do meu pai ir embora, lembro que ia alugar filmes com ele. A minha mãe pode ter me levado às mostras diárias no verão, mas foi meu pai quem me apresentou ao meu filme favorito. E é complicado saber que alguém de quem me ressinto plantou uma semente em mim que cresceu e virou algo que se tornou quase tudo.

Relacionamentos são complicados. As pessoas são complicadas. Existe um espectro de bom a ruim, eu sei.

Não penso muito sobre o fato de Parker ter nos trazido justo aqui, como se quisesse pintar lembranças boas por cima das ruins. O mesmo que ele me disse para fazer com a cidade.

O jogo demora horas, mas o tempo passa rápido.

Quando rola um *home run*, nós dois ficamos de pé. Sorrimos um para o outro.

É fácil ficar sentada aqui com ele. Botar nossa pipoca em um balde só para deixar entre nós dois. Inclinar-me sobre seu ombro. Olhar para ele e descobrir que aparecem ruguinhas próximas aos seus olhos quando sorri e que isso o deixa parecendo infantil, muito diferente do homem na capa acima de um número absurdo.

Seria tão fácil, penso, *me apaixonar por ele. Fingir que a vida é simples e direta como um jogo de beisebol no meio do verão.*

No entanto, não é. Tudo isto é só fingimento. Tem data de validade. E, diferentemente do amor de Parker por beisebol, fingimento quase nunca se transforma em realidade.

Quando o jogo acaba, percebo que estou meio triste por algo. Talvez pelos momentos livres, em que não pensei no meu roteiro.

Pensando bem... hoje é o único dia do verão todo em que fizemos algo tecnicamente fora do nosso acordo. Isso não foi pela imagem dele. Não foi pelo meu filme. Foi por nós. Não sei bem o que sinto quanto a isso.

Está no fim da tarde quando saímos do estádio dos Yankees.

— Tem mais um lugar — diz ele —, se você estiver disposta.

Com você, estou disposta a qualquer coisa, tenho vontade de dizer, mas não digo. Só assinto.

Chama-se Arthur Avenue, na Little Italy do Bronx. Alguns dos comerciantes nos dizem de forma muito enfática que aqui é a *verdadeira* Little Italy. Tem pão fresco empilhado nas vitrines, com linhas na casca; placas dobráveis anunciam tipos diferentes de queijo. Nós entramos em uma padaria e saímos com *pane di casa*, uma variedade redonda de pão que comemos ainda no saco, arrancando os pedaços. Nós nos olhamos e fazemos as mesmas expressões do dia anterior, sem precisar de palavras.

Tem açougues, mercados com frutas, legumes e verduras e restaurantes com o cardápio do lado de fora, protegido por vidro. Nós não comemos nada além de lanchinhos o dia todo, então vamos a um lugar chamado Enzo's. As paredes são de tijolos, as toalhas das mesas são brancas, e eles servem uma massa caseira que devoramos rapidamente.

De sobremesa, andamos até o Gino's, outra loja que é nitidamente um negócio de família; dá para ver as gerações nas paredes, em molduras douradas brilhantes, e há flores secas presas aos retratos. As paredes são de um branco desbotado, há biscoitos coloridos na vitrine e um dólar atrás da registradora, colado e coberto por uma fita adesiva.

Dizem que precisamos experimentar o *cannoli*, e é isso que fazemos. Compramos dois, e são enormes, ou talvez eu que nunca tenha comido um de verdade. Eles são cheios de creme e cobertos de gotas de chocolate de um lado e pistaches verdes do outro, com açúcar de confeiteiro polvilhado em cima.

O açúcar se espalha por toda parte enquanto comemos, nos nossos dedos e rosto, mas sorrimos um para o outro, sem quebrar o contato visual, como se tivéssemos desenvolvido depressa essa regra quando experimentamos coisas novas. É estranhamente íntimo ver os olhos dele se arregalarem, ver o sorriso crescer quando temos essas novas experiências juntos.

Eu lamento o último pedaço de *cannoli* e vejo Parker sorrindo para mim.

— Tem açúcar no seu nariz — diz ele, limpando com o polegar. — Na boca toda também.

Açúcar de confeiteiro precisa se dissolver, não é tirado assim, tenho vontade de dizer, mas não quero dar a entender nada. Então lambo os lábios depressa, e isso foi uma má ideia, porque agora ele está olhando para a minha boca.

Estou me lembrando do dia anterior, quando ele estava prestes a me beijar. E como terminou.

— A gente deveria tomar um café — digo depressa quando vejo a máquina no canto.

Eles servem cappuccinos enormes em canecas que podiam ser da casa de alguém, com chantilly fresco em cima. É provável que esteja tarde demais para café, mas tomo metade antes de o passar para Parker experimentar.

— Dividindo seu café comigo — diz Parker, devolvendo-me a caneca. — Agora eu nunca vou acreditar de verdade que você me odeia.

Minha pele se arrepia quando me lembro daquela noite na cozinha dele, só a camiseta de Parker entre nosso torso nu. *Você me odeia, lembra?*

Odeio. Odeio demais.

Nós andamos mais um pouco. Visitamos uma delicatéssen que vende uma dúzia de tipos de azeitona, de uma variedade de cores, e muçarela fresca.

— Você tem razão, todo mundo vende mercadorias hoje em dia — diz Parker quando passamos por uma camiseta que diz: "Sem macarrão, sem festa".

Quando encerramos o dia e estamos no carro indo para casa, me sinto... plena. E não só porque nós voltamos e compramos outro *cannoli* antes de ir embora. Não, uma parte de mim, uma que eu não tinha percebido que estava tão vazia, foi preenchida.

Adormeço no ombro de Parker na volta com o ritmo das formas que ele fica desenhando no meu braço.

— Você vive dormindo em cima de mim — diz Parker quando me acorda. — Não sei se deveria ficar ofendido.

Dou uma risada e bocejo.

— Na verdade, dizem que é um bom sinal você viver dormindo perto de alguém. Significa que você confia na pessoa. Que se sente segura.

Só estou repetindo algo que vi na internet certa vez, mas, o jeito como ele me olha, como se de repente estivesse honrado de eu estar babando no ombro dele há 45 minutos, faz algo dentro de mim pular.

— Eu menti — diz ele. — Tem mais uma coisa, se você topar.

Olho em volta. Estamos de novo em Manhattan. O relógio do carro sinaliza que passa das oito da noite. Com tudo o que fizemos ao longo do dia, eu esperava que fosse bem mais tarde.

— Tudo bem. Vamos lá.

Somos deixados em uma esquina não muito longe do nosso prédio. Tem uma multidão do lado de fora, como se as pessoas estivessem esperando por algo. Eu me viro para Parker com a testa franzida.

Ele aponta para a rua. Não tem nada lá além de uns carros esperando no sinal.

— Só espera — diz ele.

Eu espero. E, alguns minutos depois, raios dourados começam a se espalhar pela área entre os prédios, como se o sol estivesse tentando se espremer entre eles.

Lógico. Manhattanhenge. Penelope e eu assistimos certa vez na faculdade. O pôr do sol completamente alinhado à rua. Acontece só quatro dias por ano.

Eu não lembrava que era tão bonito, mas, por alguns instantes, parece que a cidade que nunca dorme para. Todo mundo fica imóvel virado para a mesma direção.

A cidade, penso, *pode ser maravilhosa*.

Só percebo que estou sorrindo quando olho para Parker e vejo que ele está me olhando. Reviro os olhos para ele e viro sua cabeça para o pôr do sol. Encosto a mão no braço de Parker, e ele a segura. Eu permito.

Esses minutos parecem isolados, como um momento preso em um globo de neve. Parece que o dourado poderia continuar se espalhando pelo quarteirão para sempre. Entretanto, assim como os verões sempre terminam, cada pôr do sol também. A cidade fica escura. Nós andamos para casa em silêncio.

Lá em cima, paramos em frente às nossas portas.

— No fim de semana que vem — diz ele — vai ter uma festa. Eu não ia, mas acho que pode ser divertido. Com você.

Com você. Essas duas palavras me esquentam, como se uma parte daquela luz do sol estivesse presa aos meus bolsos.

— Que tipo de festa?

— A revista vai dar a festa pra celebrar a capa. — A expressão dele fica meio sombria. — É na... é na boate.

A mesma onde nos conhecemos.

As palavras penetram em mim, e, de repente, o lugar vazio, aquele que ele preencheu, parece oco de novo. O calor diminui.

Eu me lembro da escada. Das palavras de Parker.

Ele me olha com algo como esperança. Parte de mim quer destruir isso. Parte de mim quer bater a porta na cara dele, e eu me pergunto se vou assombrá-lo da mesma forma que ele e aquela noite me assombram há anos.

Contudo, outra parte quer ir, quer procurar provas de que ele não é o cara da escada. Ele é o cara que me levou ao jardim botânico e a um jogo dos Yankees e que comeu *cannoli* comigo e me deixou dormir encostada nele mais de uma vez.

— Estarei lá — digo, no mínimo porque vai ser um lembrete de que, por melhor que o dia tenha sido, esta história não é para durar para além do verão.

19

A SEMANA VOA. Passo todas as manhãs na cafeteria, com um *latte* e meu doce favorito na minha mesa favorita. O fato de Parker ser o dono tem vantagens, e não só para mim. Há itens novos no cardápio. Mais doces. E agora há também mesas do lado de fora.

Eu mergulhei na minha história e parece que não consigo escrever rápido o suficiente. Essa é a minha parte favorita do roteiro, onde parece que mergulhei nele. Estou à mercê dele. Fico acordada até tarde e acordo cedo só para entrar na história de novo. Anseio por ela como a uma droga; eu a vivo como uma segunda vida.

Minhas ansiedades normais somem. É como meditação, estar tão singularmente focada em uma coisa. Esse é o ponto em que em geral fico longos períodos sem sair de casa. Quando Penelope costuma ter que me dar legumes e verduras e me dizer que não tomei água naquele dia. É a parte em que meu notebook desliga porque estou tão mergulhada nas páginas que ignorei todos os alertas de bateria baixa. Meus roteiros engolem a minha vida por meses seguidos.

Desta vez, é diferente. Faço pausas da história quando Parker aparece para dar um oi. Não me irrito quando ele me interrompe para deixar uma caneca de chocolate quente em frente ao meu notebook. Quando Taryn pergunta se quero almoçar, eu vou. Nós rimos por duas horas seguidas, e eu pergunto sobre o emprego dela no marketing de uma empresa de roupas pela qual me interesso. Na quinta, nós nos encontramos com Emily e Gwen para tomar Chardonnay e fazer pintura em cerâmica em Tribeca. Nós comemos bolinhos de massa de donut que Gwen levou na bolsa. Andamos por ruas de paralelepípedos, entramos e saímos de lojas só para olhar. Três vezes por semana, Parker e eu saímos para correr de manhã, e, do nada, meu corpo e minha mente parecem desejar isso. Nós visitamos Little Island e nos impressionamos com a construção; é mágica, com suas ruas serpenteantes como um jogo de tabuleiro por onde se pode andar. Nós corremos pela West Side Highway.

— Você está ficando boa — diz Parker quando estou curvada inspirando o ar quente do verão para os pulmões, as palmas suadas escorregando nos joelhos. Olho para ele, incrédula. Estou quase precisando chamar uma ambulância.

Ele ri pelo jeito como o olho.

— Estou falando sério. Você não conseguia correr um quarteirão algumas semanas atrás, mas nós acabamos de correr um quilômetro e meio.

Um quilômetro e meio? Ele assente diante da minha surpresa.

— Um quilômetro e meio. Nós vamos cobrir Manhattan de uma ponta a outra já, já.

Reviro os olhos ao me lembrar do objetivo que ele determinou no Cloisters.

Eu construí uma vida fora da escrita, fora do apartamento. Aconteceu de repente, sem aviso. Certo dia acordei, e havia uma cidadezinha construída ao meu redor.

Não sou mais uma ilha deserta.

Na noite de sexta, estou na metade do roteiro. Eu me encosto e olho maravilhada para as páginas. Meio filme. Escrevi meio filme. A sensação nunca passa. Conto a Sarah, e mais champanhe é entregue no apartamento. Agora, em vez de deixá-lo esquecido no canto da geladeira, faço planos. Talvez convide Taryn, Gwen e Emily para dividir as duas garrafas comigo. Talvez leve para o apartamento de Parker.

Antes que eu me dê conta, a noite de sábado chega.

E está na hora de usar o vestido. O que passou o verão todo pendurado no armário.

— Você venceu — digo a Penelope pela videochamada enquanto pego o cabide.

— Ótimo, qual é o meu prêmio?

— Me ajudar a me arrumar.

Nós estamos no telefone há uma hora e meia, e ela me deu instruções cuidadosas de como secar o cabelo enquanto eu tentava não queimar o couro cabeludo. Ela me viu passar maquiagem enquanto me contava sobre o último encontro com o médico gostoso, mas interrompeu o que estava dizendo para falar:

— Não, mais esfumado. *Mais esfumado*.

Quando termino, estou mais maquiada do que já estive na vida.

Agora, quando me olho no espelho, não me sinto uma pessoa diferente, como aconteceria antigamente.

Ainda me sinto como eu mesma. Só... uma versão diferente de mim.

— Espera — diz Penelope quando boto o telefone na cama, virado para o teto, enquanto troco de roupa. — Você pegou a lingerie boa?

Ela quer dizer o conjunto preto de renda que eu comprei um ano antes, caso meus encontros levassem a algo. Nunca levaram.

— Peguei — admito. Nem sei por quê.

Penelope não diz mais nada. Quero dizer que não vou precisar disso. Que não vai acontecer *nada* esta noite. No entanto, coloco a lingerie mesmo assim, sem dizer nada.

Eu vou para uma boate. Quero me sentir sexy. Isso é por *mim*.

E então coloco o vestido.

— Você está muito quieta. O que foi? — pergunta Penelope da cama. — Eu não estou vendo nada!

Pego o telefone. Viro a câmera para ela conseguir ver o espelho.

Penelope faz um ruído de surpresa. Há um momento prolongado de silêncio. E:

— Parker sofre de alguma doença pré-existente?

Franzo a testa.

— Acho que não. Por quê?

— Porque ele vai ter uma parada cardíaca quando te vir.

Penelope está sendo dramática. Contudo, eu estou mesmo... diferente. O vestido é quase escandaloso demais para ser usado fora de casa, ao menos para mim. É curto e preto. Tem duas alças finas e um tecido justo que gruda na minha cintura e nos meus quadris e sobe pelas minhas coxas.

Como se isso já não fosse revelador o suficiente, tem uma fenda.

De salto, o vestido parece ainda mais curto. Engulo em seco.

Eu viro a câmera.

— Estou com medo — admito. — Eu não... não sei o que fazer na boate. Eu não danço, não sei jogar conversa fora, não sei usar uma coisa assim sem me sentir ridícula.

— Respira — diz Penelope. — A música vai estar alta demais para se conversar. O lugar vai estar tão cheio que dançar vai ser mais um balançar de corpo segurando uma bebida. Fique de queixo erguido, os ombros relaxados e com postura. Pegue toda a confiança que você tem e enrole no corpo como se fosse um suéter de casimira, porque você está incrível e é incrível, e, sim, eu sou enviesada porque você é a minha melhor amiga, mas eu diria isso mesmo que não fosse.

Meus olhos ardem.

— Eu queria que você estivesse aqui.

— Eu também — diz ela. — No mínimo pra ver a cara de Parker quando ele te vir.

Parker está esperando no saguão. Ele disse que não queria me apressar.

Entro no elevador e penso se deveria simplesmente voltar. Se deveria dizer que estou passando mal.

Só que então a porta se abre, e eu o vejo.

Parker está ao telefone. Parece importante. Quando ele me olha, o aparelho escorrega da sua mão e se espatifa em pedacinhos no piso de mármore.

Ele nem olha. Só me encara.

— Eu acho... acho que seu telefone quebrou — digo, indo até ele. Sinto o vento do ar-condicionado na minha pele exposta demais.

— Eu compro outro — diz ele quase sem mover os lábios enquanto me observa. O olhar sobe pelas minhas pernas até a cintura, até o peito, até o rosto, como se ele estivesse observando cada detalhe. Então repete o gesto todo. — Elle, você está querendo me matar na noite da festa da minha capa?

Abro um sorriso.

— Talvez esse fosse o plano o tempo todo. Um jogo longo.

Ele anda até se posicionar bem na minha frente.

— Talvez eu nem me importasse.

A boate está igual a dois anos atrás.

Estou com o coração na boca quando entramos. Isto pode ser ruim. Todos os sentimentos que sufoquei relacionados a ele podem voltar com tudo. O ódio... ou o desejo. Não sei bem qual dos dois é pior.

Olho para Parker quando passamos pelo segurança, e ele já está me olhando. É como voltar no tempo. O segurança nos leva para o andar de baixo, passando por uma versão ampliada da capa de Parker.

— Eu te ajudo a levar isso para o nosso prédio depois — digo, e ele mostra o dedo do meio.

Parker põe a mão na minha lombar. O tecido do meu vestido é tão fino que sinto os dedos dele quase como se estivessem na minha pele. O salão principal está lotado, como na noite em que nos conhecemos.

Diferentemente daquela noite, assim que entramos, todos se viram para nós. As câmeras de alguns fotógrafos do evento começam a disparar.

Parker segura minha cintura e me puxa para perto de forma quase protetora quando somos cercados.

Todo mundo quer falar com ele. Tem algumas pessoas da revista, alguns colegas do ramo e algumas mulheres ousadas a ponto de tentar flertar com ele enquanto Parker traça círculos preguiçosos na lateral do meu corpo. Ele dispensa todo mundo, indiferente, e conversa com as pessoas que querem falar de negócios. Lida com habilidade com as perguntas sobre a aquisição, e é interessante vê-lo nesse modo. O modo de trabalho. Os olhos dele estão intensos, a expressão fria, como ele parece ser pela capa da revista.

Por algum motivo, boto a mão nas costas dele. Ele me olha em meio à conversa, e me pergunto se não deveria ter feito isso, mas aí o corpo dele relaxa um pouco. Parker sempre me apresenta a todas as pessoas novas que vão falar com ele, mas eu não faço nada lém de responder a algumas perguntas.

Por fim, outra pessoa da revista se aproxima e nos leva até nossa mesa. É só uma pequena porção de sofá, mal cabemos nós dois. As mesas estão lotadas de pessoas que estão por aqui há bem mais tempo, com garrafas vazias enterradas no gelo diante dos joelhos. Com bolsas de marca empilhadas nas costas, elas se espremem ou se sentam no colo umas das outras para caber.

Uma mulher aparece para anotar nosso pedido. Parker me pergunta o que eu quero, e digo a ele com confiança, agradecendo silenciosamente a Gwen por explicar os tipos diferentes de álcool e as melhores marcas para pedir no nosso jantar. Quando a garrafa é trazida, ele serve uma taça para mim primeiro. Estamos sentados tão próximos que a coxa dele está colada à minha.

— Desculpa — diz ele, tentando me dar mais espaço, mas balanço a cabeça.

— Tudo bem. — Ergo a bebida para ele. — Parabéns — digo, porque estou feliz por Parker. O que quer que ele queira, o que quer que faça… fico feliz por ele.

Mal escuto o tilintar das taças se tocando com o barulho da música, e nós não rompemos o contato visual quando bebemos.

— Warren!

Parker semicerra os olhos antes de se virar para um homem baixo que parece ter uns trinta e poucos anos e está vindo até nós. Ele está acompanhado de duas mulheres.

— Benson — diz Parker categoricamente, inclinando-se para trocar um aperto de mãos. — Esta é Elle, minha namorada. — Ele se vira para mim. — Esse é Benson. Nós estivemos na mesma incubadora uns anos atrás.

— Fiz uma venda recente — diz Benson, apertando a minha mão por tempo demais. — Não tão grande quanto a de Warren, óbvio, mas também não foi ruim.

Forço um sorriso, tentando me lembrar de quando foi que o perguntei sobre algo relacionado a isso. Eu me levanto e estendo a mão para as mulheres, e Benson leva um susto, como se nunca tivesse ocorrido a ele apresentá-las. Nem sei se ele sabe o nome delas. Contorno Benson e me apresento. As duas são altas e lindas. Mira tem cabelo ruivo e sardas, e Adriana é do

Brasil. Ela tem pele negra, cabelo preto e olhos cor de mel. As duas estão fazendo mestrado na NYU e encontraram Benson por acaso quando estavam tentando entrar na boate.

— Ele nos ajudou a entrar — diz Mira, dando de ombros.

Adriana ri.

— Estava na cara que ele queria pagar de descolado andando com duas mulheres, mas e daí? Nós estamos aqui e vamos dançar. Sem ele. Quer vir com a gente?

Olho para Parker por cima do ombro. Ainda está sentado, o braço esticado onde eu estava, falando com Benson. Ele parece sentir meu olhar, e nossos olhares se encontram. Ele sorri de leve.

— Com certeza — digo. Por que não? Já tomei meia taça e sinto o álcool vibrando no corpo. Sirvo mais duas taças para Mira e Adriana, e nós levamos as bebidas para a pista de dança.

Está um caos, como eu me lembrava de ser dois anos antes. Agora, contudo, não me importo. Meu cabelo cai na bebida de alguém, mas não importa. Corpos se encostam no meu, mas não estremeço com isso como naquela noite.

Não escuto as músicas que estão tocando desde a época da faculdade, e eu danço com Mira e Adriana, rindo e cantando alto e me movimentando sem me preocupar com nada no mundo. Estamos no centro da pista, ladeada por corpos. Não tem ninguém olhando. Ninguém se importa. Nós só estamos tentando nos divertir. Dançamos pelo que parecem ser horas, até eu sentir suor na raiz do cabelo. Nem bebi tanto, mas estou embriagada de euforia, de liberdade, de música. Estou movendo os quadris, dançando com o ritmo, quando me viro e vejo que parte da multidão saiu da pista. Parker está sentado me olhando, e a intensidade nos olhos verdes quase me deixa de joelhos.

Adriana bate no meu ombro.

— A gente vai pra outra festa. Quer vir?

Balanço a cabeça.

— Vou ficar.

Nós nos despedimos com um abraço, e eu me viro. Parker ainda está me olhando.

Não me encolho diante do olhar dele. Não, hoje eu o saboreio enquanto ando até Parker pela multidão. Ele está olhando meu corpo como se estivesse memorizando cada parte.

Tem ainda menos espaço no sofá do que antes, graças à mesa ao lado, que tem gente demais, e ele faz que vai se levantar para me deixar sentar, mas eu o empurro para baixo pelos ombros com delicadeza e me sento no seu colo.

Ele fica imóvel embaixo de mim.

— Elle — diz, um sussurro que parece um aviso junto ao meu ombro.

Eu me viro para ele.

— A gente está namorando, lembra? — Chego mais para cima na coxa dele e tenho a sensação de que ele não está respirando. — Posso levantar, se você quiser. — Faço um movimento para me levantar, mas ele envolve minha cintura.

— Não — diz ele, a voz rouca e torturada.

Por algum motivo, Benson aproveita o momento para se aproximar da mesa de novo.

— Cadê as garotas? — pergunta ele, e isso me dá vontade de retirá-lo do local à força.

— As *mulheres* foram embora — digo.

Ele me olha com expressão de admiração.

— Se um dia você se cansar dele, me avise. Acabei de comprar um iate de duzentos pés. Está no porto.

Apenas olho para ele, sem querer desperdiçar meu fôlego gritando com a música altíssima.

— Desculpe, Benson — diz Parker em tom leve, embora seu olhar esteja frio. — Elle não se impressiona com dinheiro.

Benson enfim parece se tocar, porque murmura algo sobre pegar gin no bar e nos deixa sozinhos.

Eu me viro para Parker.

— Isso não é verdade — digo. — Às vezes eu me impressiono com dinheiro.

— Sério?

Assinto.

— Quando Penelope e eu estamos fazendo voluntariado e uma doação grande chega. Aí eu fico impressionada.

Parker não desperdiça nem um momento para pegar um telefone novinho. Eu pisco. De alguma forma, enquanto eu estava dançando, alguém levou um para ele.

Ele me entrega o telefone.

— Escolha sua causa favorita — diz Parker. — E escolha um valor.

Ele não pode estar falando sério. Digito o site de um fundo de animais em risco de extinção. É o primeiro em que eu penso, e sei que aceita doações por cartão de crédito porque é uma das minhas cobranças mensais. Vou para a página de doação e digito um número absurdo. Ridículo, que daria para comprar uma casa. Eu viro o telefone para Parker para ele aprovar.

Ele franze a testa.

Viro o telefone de volta.

— Desculpe, sei que é muito, eu...

Ele fecha os dedos devagar em volta dos meus.

— A gente pode fazer melhor — diz ele, a voz no meu ouvido.

E acrescenta mais um zero.

Eu pisco. O pagamento é feito. Eu nem sabia que era possível botar um número tão grande num cartão de crédito.

Eu deveria ter escolhido outra instituição de caridade, penso. *Outra causa. Tem tantas...*

Ele parece sentir minha preocupação, porque diz:

— Faz uma lista pra mim. Vou doar o mesmo valor pra todas.

A sinceridade no tom dele derrete algo no meu peito.

Não é só o dinheiro, porque ele *deveria* estar doando essa quantia, considerando o tanto tem.

No entanto, ele se importa com o que me importo. Está se esforçando.

Parker guarda o celular. Nós ficamos sentados em silêncio por um tempo, a música alta, a dança ficando mais e mais caótica. As pessoas estão se pegando na mesa à nossa esquerda. O grupo da direita foi embora, e tem mais espaço de novo, mas não saio do colo dele.

Parker está quente. A mão está no meu quadril, relaxada. Minhas mãos estão entrelaçadas com firmeza na minha frente.

Estendo o braço para pegar uma garrafa de água na mesa e o sinto ficar tenso embaixo de mim. O movimento fez minha bunda subir pela coxa dele…

E ele está duro.

De repente, minha boca fica bem mais seca do que antes. Minha pele está pegando fogo. Esqueço a água e me sento de volta, deslizando devagar pelo seu membro. Parker segura meus quadris, me mantém no lugar e diz:

— Cuidado.

Eu o encaro por cima do ombro. Os olhos dele estão mais intensos; a pele está meio ruborizada. Acho que Parker não tomou mais do que um gole de bebida, e eu só tomei um pouco mais do que isso.

— Não hoje — digo. — Hoje, não quero tomar cuidado.

Por um momento, ele só fica imóvel. Está me encarando, como se pudesse não ter me ouvido direito. Quando as minhas palavras são assimiladas, ele aperta mais o meu quadril.

Aos poucos, muito aos poucos, os dedos dele começam a descer pela minha coxa até a barra do vestido. Parker começa a percorrê-la, com muito cuidado, o dedo do meio entrando pela fenda e saindo, me incendiando. Começo a me mexer com delicadeza em cima dele, desesperada por fricção.

— Porra — sussurra ele no meu pescoço, e chego mais perto, movendo os quadris para trás. A boate está lotada. Ninguém está mais olhando para nós. Todo mundo está absorto demais na própria noite para se importar.

Eu me viro para olhar para ele e digo:

— Eu preciso de você.

É assim que vamos parar na escada de novo. Estou encostada na parede. Ele é bem mais alto do que eu. Seus olhos estão famintos, desesperados, mais ainda do que naquela noite.

Naquela noite.

Hesito. Parker sente.

— Desculpa — diz ele, se desculpando pela segunda vez. — Me desculpa por não ter agido como um ser humano decente naquela noite, porque, se eu tivesse feito isso, talvez pudesse ter tido mais verões com você. — Os dedos dele deslizam pela minha têmpora e prendem meu cabelo atrás da orelha. — Você está me olhando como se pudesse sair correndo ou cancelar a noite toda, mas eu espero que fique, porque este está sendo o melhor verão da minha vida, e eu não quero que termine. Não quero passar o restante dele sem você.

— O que você *quer*? — digo, enquanto meu peito se move um pouco rápido demais, repetindo as palavras dele daquela noite.

— Você — diz ele na mesma hora. — Eu quero você.

Olho para baixo. Eu vejo o quanto ele me quer. Minha garganta fica seca do tanto que ele me quer.

— Eu também quero você — digo com uma voz que eu mal reconheço. Entretanto, não aqui. Não em uma escada. — Você pode sair desta festa agora?

Ele parece estar prestes a perder a cabeça.

— Posso fazer o que eu quiser — diz ele, me pegando pela mão e me levando até o carro.

Nós não falamos no trajeto para casa. Apenas nos olhamos de um jeito que só pode ser descrito como faminto. Quando chegamos, atravessamos o saguão o mais rápido que podemos e entramos no elevador.

Ele está encostado numa parede. Eu, na outra. Tem uma energia fluindo entre nós, uma eletricidade quase palatável, uma gravidade para a qual quero ceder. Estou olhando para ele, balançando a cabeça, transbordando com emoções que não sabia se encontraria de novo.

— O que foi? — pergunta ele.

Sessenta andares nunca passaram tão devagar. Observo os números aumentarem e desejo que o elevador vá mais rápido. Estou tão impaciente, tão cheia de sentimentos, que preciso ser honesta.

— Durante anos, eu só senti mágoa, mas ao menos mágoa significa sentir algo. Aí eu passei por um período de não sentir nada. — Meu peito sobe e desce rápido demais. — Era por isso que eu não conseguia escrever. Era como se todas as emoções tivessem sido drenadas de mim. Era como se eu tivesse esquecido como sentir.

— O que tirou você disso? — pergunta Parker, com a mão no aço do elevador, os dedos flexionados, como se fosse uma tortura não estar me tocando agora.

Minha voz é um sussurro:

— Odiar você.

Os olhos dele estão ardentes nos meus. Parece que ele não aguenta mais.

— Venha cá — diz ele, e nós colidimos na metade do caminho.

Nossos lábios se unem, e é um frenesi, como na primeira vez. Parece que nenhum gosto, nenhum toque basta. Passo os braços pelo pescoço dele, que fecha os dedos na minha nuca e me puxa para mais e mais perto.

A língua de Parker desliza na minha, passa pela minha boca, e estou ofegante. Cravo as unhas nos seus ombros. Ele desce as mãos até a minha bunda e me levanta, na sequência cruzo os tornozelos atrás dele enquanto nós dois gememos com seu roçar em mim. Devagar. A fricção é quase insuportável, e quero mais, por isso, me encosto nele com avidez. Parker encontra a minha boca de novo.

A porta do elevador se abre, e ele me carrega até a porta da sua casa. Abre-a sem esforço e a empurra.

Nós não vamos muito longe.

Do lado de dentro, ele me encosta na porta, como se não desse para esperar nem mais um momento. Ambos estamos com a respiração pesada, olhando um para o outro conforme desço devagar até ficar de pé. De salto, não preciso virar tanto a cabeça para olhar nos olhos dele, mas mesmo assim Parker é bem maior do que eu, e sinto a respiração quente na minha têmpora quando ele se inclina para sussurrar no meu ouvido, com uma voz que desce pelos meus ossos:

— Quero comprar esse vestido de todas as cores, só pra poder arrancar do seu corpo.

Não tem jeito. Eu o quero. Eu o quero aqui, encostada na porta.

Meu peito sobe e desce. Meus mamilos estão rígidos sob a seda. Ele sobe a mão pela minha coxa, sem nunca afastar o olhar do meu. Encontra a fenda do meu vestido. Vai além dela.

— Posso? — pergunta ele.

— Pode. — *Por favor.*

Parker logo encontra a renda no meu quadril e a segue para baixo, devagar, uma tortura, até chegar logo acima de onde o quero. Fica ali por um momento, dois e, quando vou dizer algo, ele passa os dedos pelo meu ponto mais sensível, e solto um suspiro ofegante.

— Porra — diz ele, sentindo a renda encharcada. Ele a puxa para o lado.

Com o primeiro toque dos dedos calejados, arqueio as costas na porta. Emite um som de satisfação e vê que me contorço quando circula devagar meu ponto mais sensível. Os dedos dele são longos e eficientes, *habilidosos*, e talvez um pouco provocadores. Eu o encaro de um modo intenso, os lábios entreabertos enquanto respiro rápido demais, e ele não se apressa nem um pouco.

— Por favor. Seguro o pulso dele. Puxo-o devagar mais para baixo.

— Só porque você pediu boazinha assim. Ele enfia o dedo em mim. Solto um ruído de surpresa, inclino a cabeça para trás, ainda segurando o pulso que se move com os dedos em mim. Devagar, depois com mais força. Mais rapidez. Sinto fagulhas subindo pela espinha. Minha pele está elétrica, ávida. Faço um som que nunca fiz em toda a minha vida.

— Era isso que você queria, Elle? — pergunta ele, a boca no meu ouvido, a voz parecendo ao mesmo tempo dominadora e tensa.

Assinto furiosamente, e os lábios dele descem para percorrer minha mandíbula, de um lado e do outro. Ele passa os dentes pelo meu pescoço bem de leve. Faz uma pausa. Emite um ruído de aprovação. E aí eu derreto completamente quando ele lambe devagar o ponto onde está a minha pulsação, como se quisesse senti-la sob a língua. Como se quisesse sentir o gosto do meu prazer.

A razão, o raciocínio e o que aconteceu dois anos atrás sumiram. Só resta este desejo ardente. Estou sem fôlego, ofegante, me agarrando aos seus ombros enquanto ele move os dedos em um ritmo implacável.

— Você aguenta mais um — diz ele, esperando que eu confirme. Assinto e solto um gritinho quando ele enfia um segundo dedo. Eu me contraio com a pressão crescente, mas ele começa a se mover de novo, e estou ofegante. A palma da mão pressiona o meu centro, e eu vejo estrelas.

Começo a me mover descaradamente nos dedos dele, rebolando os quadris, e Parker apoia a outra mão na porta. Seus olhos estão bem abertos enquanto me observa. Sua ereção já está no nível de forçar a calça.

— Isso mesmo — diz ele. — Trepa com os meus dedos, Elle.

Faço exatamente isso. Estou me mexendo com vontade, e pela primeira vez minha mente está vazia, de uma forma maravilhosa exceto pelo prazer crescente que sobe pela minha espinha. Nunca senti nada tão bom, tão envolvente, tão certo.

Ele passa o polegar na parte mais sensível, e solto um grito, latejando em volta dos seus dedos enquanto ele continua, falando um palavrão enquanto me vê desmoronar de novo na sua frente, tremendo, ofegante, até relaxar encostada na porta.

Devagar, ele tira os dedos, e fico vazia na mesma hora, desejosa.

— O que você quer? — digo pela segunda vez esta noite, levando a mão para a frente da calça dele.

Um choque percorre o corpo de Parker quando o acaricio, e ele cobre a minha mão com a sua, fazendo-a parar.

— O que eu quero? — Ele balança a cabeça.

Assinto e me encosto com mais força na porta.

Sua voz sai num gemido rouco sofrido:

— Eu quero ficar de joelhos e te fazer gozar de novo, desta vez com a minha língua. Quero arrancar esse seu vestido. Quero te debruçar em todos os móveis que eu tenho. Quero te odiar, porque você é a única coisa em que consigo pensar, até nas reuniões importantes, e às vezes isso é irritante pra caralho.

Estou pronta para tudo isso. Ele não faz ideia do quanto estou pronta.

Ele dá um passo para trás.

— Mas não hoje.

— Por quê? — digo sem ar.

— Porque ainda estamos em julho, Elle. E você me prometeu o verão todo. — Ele passa os olhos pelo meu corpo. Parece querer me devorar. — Eu pretendo aproveitar você sem a menor pressa do mundo.

20

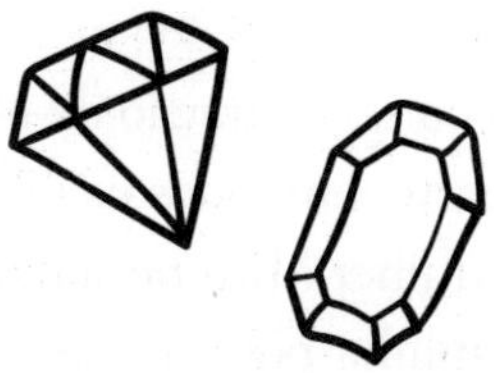

Parker não se apressa mesmo. Naquela manhã, quando acordo na sua cama, usando uma das suas camisetas, ele está fazendo carícias preguiçosas nas minhas costas. Que passam para um aperto na bunda. Que me faz montar e esfregar os quadris contra os dele e quase o fazer me dar tudo que quero. Entretanto, ele acaba usando os dedos de novo, e eu me entrego até encontrar o clímax e desabar no seu peito.

É uma distração. Nós nos beijamos demais. Quando ele me deixa na porta da minha casa depois da nossa próxima corrida, acabamos nos agarrando encostados nela. A mão dele vai para debaixo da minha camiseta.

A semana passa rápido. Convido Taryn para jantar comigo. Nós conversamos sobre sua colega de apartamento que vai se mudar e os planos dela de visitar a família no outono do outro lado do país.

Conto sobre Penelope e minha irmã, e um pouco sobre o que Parker e eu fizemos ao longo do verão.

— Você parece feliz — diz ela. — Mais feliz do que antes.

E estou mesmo. Essa felicidade parece estar irradiando de mim. Pareço um alquimista que transforma em ouro tudo o que toca. As palavras vêm mais fáceis. Meus humores ficam mais doces. As coisas que antes me incomodavam agora simplesmente... não incomodam mais.

Parker vai a São Francisco para mais uma reunião de aquisição, e eu trabalho para terminar meu segundo ato. Julho vira agosto.

Quando chego em casa esta noite, observando os prédios, o notebook embaixo do braço, penso que Nova York talvez não fosse merecedora do meu ódio.

Tem um baile beneficente hoje. Parker foi convidado. Ele disse que não ia, mas a causa beneficiada estava na lista que dei a ele alguns dias atrás.

A imprensa vai estar lá. Vai ser bom para ele, considerando as últimas várias questões na aquisição.

Nosso relacionamento como distração de marketing está funcionando. Tem fotos nossas por toda parte, em todos os tabloides.

"Solteirão Bilionário e Mulher Misteriosa são vistos no jogo dos Yankees", acompanhada da pior foto minha possível, prestes a abrir a boca para dar uma mordida no cachorro-quente. "Solteirão Bilionário e Mulher Misteriosa deslumbram em casa noturna", acompanhada de uma foto bem mais lisonjeira minha, mas também com uma seção de comentários falando do meu corpo de uma forma que me horroriza e me confunde ao mesmo tempo.

Uma aparição num baile beneficente seria uma coisa boa para dar o arremate. Eu não tenho nenhum longo no armário (Penelope é boa, mas não é profética), mas, quando estou quase entrando em pânico, uma mulher aparece na minha porta com uma arara de roupas. Ela entra no apartamento junto de uma pilha de caixas de sapato.

Naskia é assistente pessoal de compras da Bergdorf Goodman e é a pessoa mais estilosa que já conheci, com o tipo de elegância sem esforço que só vejo em celebridades.

— Nós temos um carro esperando para levá-la à loja, mas o sr. Warren disse que você talvez preferisse experimentar os vestidos no conforto da sua casa — diz ela.

— É mesmo? — digo de modo seco, me perguntando se devo ficar irritada com ele por isso.

Experimento os vestidos no meu quarto, tentando encontrar as etiquetas de preço. Não tem nenhuma. Eu nem reconheço as marcas.

— Esse — diz Naskia simplesmente quando saio usando a terceira opção, como se eu não tivesse participação na escolha.

Assinto, confiando nela implicitamente.

— Tudo bem. Este. — Tateio em busca da minha bolsa. — Você aceita cartão?

Ela ri como se eu tivesse subitamente me tornado uma comediante do Comedy Cellar, deixa uma caixa com sapatos de salto no balcão e leva a arara embora.

— Divirta-se.

E sou deixada no meio do apartamento de vestido longo.

É vermelho. Tem corpete justo e alças finas e desce até o chão, numa camada de seda. É simples e deslumbrante. Os saltos que ela deixou são pretos, altíssimos, abertos na frente.

Profiro um palavrão e corro até a farmácia (sem o vestido) para comprar o que preciso para fazer meu pé. Fica bom "se você olhar de ladinho", diz Penelope quando mostro.

— Mas ninguém vai ficar olhando para seus pés. Eu espero.

— Muito tranquilizador — digo a ela.

Aliso o cabelo. Decido usar batom vermelho para combinar com o vestido, apesar de nunca ter usado antes. Fico na dúvida se é uma boa ideia.

Parker me encontra na porta desta vez. Eu a abro e esqueço como respirar.

Nada poderia ter me preparado para ver Parker Warren de smoking.

Entreabro os lábios. Perco temporariamente a capacidade de controlar minha expressão facial. Olho com avidez, sem vergonha.

Nem sequer fico constrangida, porque ele está fazendo o mesmo comigo.

Quando o olhar volta ao meu rosto, Parker fica parado. Ele estende a mão para prender meu cabelo atrás da orelha.

— Você os está usando — diz com delicadeza.

Os brincos de rubi.

— Me pareceu desperdício não usar.

Ele passa o dedo pela minha orelha, e eu estremeço.

— Se eu não sair deste apartamento agora, não saio nunca mais — diz ele.

Parte de mim quer puxá-lo para o chão e tirar cada peça do smoking.

Contudo, pego a mão dele e o levo para o elevador.

***

O baile é em um clube restrito para sócios em NoHo, em um prédio industrial transformado em um lugar em que celulares são proibidos, e os *paparazzi* ficam parados do lado de fora.

Os flashes disparam assim que passamos pelas portas duplas imensas, ajudados pela equipe de segurança.

— Aqui! Parker, aqui! — começam a gritar os fotógrafos.

Eu me pergunto se ele quer que a gente vá devagar. Oferecer uma boa possibilidade de foto para o jornal, garantir outra manchete. Entretanto, Parker nem olha para eles. O braço está envolvendo meu corpo de forma protetora.

Ele é sócio do clube. Nós somos levados para um elevador e saímos em um espaço lindo com janelas grandes em arco, pé-direito alto, arte moderna e paredes de tijolos desbotados. A iluminação é fraca. Há uma variedade de lugares para se sentar.

— Isso aqui parece bem casual para um baile de gala — digo.

— E é. Esse tipo de evento costuma acontecer em museus e lugares do tipo. Acho que estão tentando atrair um público mais jovem.

O salão já está cheio de convidados, todos de longo e smoking. Eles nos olham quando passamos. Sussurram. Vejo Carissa no canto, sentada em uma das cadeiras, ao lado de outra mulher. Sorrio para ela como se fôssemos velhas amigas, e ela me olha com raiva.

O baile beneficente é de um programa de artes para crianças. Já fui voluntária na filial de Los Angeles e estou empolgada para encontrar os organizadores. Eles me contam sobre os planos de expandir o programa de ensino voluntário, e esta é uma das poucas vezes que desejo não ser anônima para poder participar. Contudo, só me inscrevo para uma doação anual. O tempo todo, Parker me observa, como se todas as palavras que tenho para dizer fossem importantes, como se tudo fosse interessante.

Quando enfim nos afastamos, ele diz:

— Você se importa.

— É óbvio que me importo. A arte... me salvou. Dar a crianças acesso a programas de arte é importante. É algo em que eu acredito. — Ergo um ombro. — Todo mundo precisa de algo com que se importar.

Assim como em qualquer baile beneficente, todo mundo já está fazendo doações altas para estar aqui. Uma estrela pop se apresenta, em seguida a um jantar preparado por um chef com estrelas Michelin. No entanto, acima de tudo, parece que as pessoas presentes querem ver e ser vistas. Dezenas de pessoas se aproximam de Parker. Elas perguntam sobre a aquisição. Muitos dos homens bem mais velhos me encarem com intensidade, assim como para qualquer outra mulher passando, mesmo com as respectivas esposas do lado.

Alguns minutos depois de Parker me deixar no centro do salão para buscar bebidas, um dos homens mais velhos segura meu braço. Chego para trás e me viro para olhar para ele, e então fico paralisada quando vejo quem é.

Ele é o CEO de uma das maiores farmacêuticas do mundo. É uma das mentes mais reverenciadas do ramo.

Devo parecer horrorizada, porque, antes de eu conseguir me mexer, ouço Parker dizer atrás de mim:

— Tira a porra das mãos dela.

As pessoas ao nosso redor parecem ficar tensas. As vozes ficam mais baixas.

Parker parece não estar nem aí.

O homem olha para ele com desprezo.

— Quem você pensa que é? — diz. A mão continua firme no meu braço.

Parker dá um passo à frente. Penso de verdade que ele pode agredir o velho no meio do salão. As pessoas à nossa volta pararam completamente de falar.

— Eu sou o namorado dela — diz ele, a voz letalmente calma. — Quem *você* pensa que é?

O mundo parece cair do eixo quando ele diz:

— Eu sou o pai dela.

21

Parker fica perplexo, mas a raiva não diminui. Ele diz:

— Eu não ligo pra quem você é. Você a está machucando. Solte-a.

É verdade. A mão dele parece um torniquete no meu braço. Ele não se move, e eu, enfim, consigo falar:

— Me solta — digo, puxando o braço.

Meu pai fica parado, me olhando com um sorrisinho debochado.

— Eu vi as fotos. Não achei que fosse verdade. A *minha* filha, namorando esse queridinho da tecnologia, o que ela teria a oferecer a ele?

Cravo as unhas na palma das mãos. Preciso de todo meu autocontrole para manter a cabeça erguida enquanto ele continua falando:

— Sua irmã disse que você escreve críticas de cinema na internet, e nem é pra um site grande. — Ele ri. — Eu sabia que você devia ter alguém te sustentando em Los Angeles, se não era eu. — Ele olha para Parker. — Agora eu sei quem é.

Quase consigo sentir a raiva emanando de Parker em ondas, mas fico agradecida por ele não dizer uma palavra. Contradizê-lo significaria contar meu segredo a ele.

Tem um milhão de coisas que quero dizer ao meu pai, mas ele não merece nenhuma delas.

— Tchau, pai — digo. — Eu gostaria de dizer que foi bom te ver, mas nunca é.

Eu me viro. Comigo de costas, ele diz:

— Depois de tudo que fiz por você, esse é o meu agradecimento?

Tudo que ele fez por mim.

Fico tentada a deixar a barragem romper, a despejar tudo, mas eu seria a única a me afogar. Não olho para trás. Consigo segurar as lágrimas até estar no carro, e aí me viro para a janela e deixo que caiam.

— Seu pai é David Salazar — diz Parker. Nós estamos no apartamento dele. Estou sentada no sofá, olhando para o chão.

Assinto.

— Eu não consigo entender — diz Parker, parecendo verdadeiramente confuso. — Você disse que nós não podemos ficar juntos por causa do meu dinheiro, mas seu pai…

Olho para ele.

— É o CEO de uma das maiores empresas do mundo?

Ele assente.

— É por causa dele que eu não posso — digo, a voz falhando.

Parker se senta ao meu lado no sofá. Puxo os joelhos até o peito e o olho.

— Você supôs que, por ser ausente, ele não tinha se saído bem na vida, né?

Parker assente. É a história do pai dele, afinal.

Suposições. Nós fazemos tantas, todo mundo.

— Foi o contrário. Meus pais não tinham muito, mas os dois eram inteligentes. Muito inteligentes. Meu pai entrou no programa de MBA de Stanford, e minha mãe veio com ele, apesar de não ter terminado a faculdade. Ele disse que não precisava, que cuidaria dos dois. Ela não falava inglês e planejava aprender, se matricular em algum curso, mas aí engravidou. De mim.

"No começo, foi ótimo. Eles eram felizes. Minha mãe disse que se apaixonou pela mente dele. Meu pai era a pessoa mais inteligente que ela já tinha conhecido. Ele sempre resolvia qualquer problema. E era atencioso. Gostava de cuidar dela, talvez um pouco demais. Quando os dois se conheceram, ele descobriu que dirigir a estressava, então a levava pessoalmente a todos os lugares. Ela deixou a habilitação vencer. Meu pai sabia que ela odiava sujar os sapatos no jardim em frente à nossa casa, e literalmente a carregava até o carro. Era romântico, minha mãe dizia. Aí, quando eles se mudaram para cá, o cuidado aos poucos foi virando controle. Primeiro foi "Ah, você não precisa aprender inglês, eu posso falar por nós dois". Depois, foi "Eu cuido do dinheiro, sou eu que tenho um MBA". Ele conseguiu um trabalho ótimo no Vale do Silício e, quanto mais dinheiro ganhava, mais a minha mãe precisava dele. Um dia, minha mãe percebeu que dependia dele pra *tudo*. Pra falar por ela. Pra tomar decisões por ela... e por mim.

"E o meu pai gostava. Gostava que ela fosse dependente dele, porque achava que isso significava que ela nunca iria embora. O sucesso foi como um veneno, ela disse, amplificando o pior dele. Foi o que o fez acreditar de verdade que o jeito dele era o certo e que a ela cabia apenas seguir. Quando minha mãe engravidou da minha irmã, ele conseguiu um emprego ainda melhor, se tornou ainda mais controlador, e foi aí que ela soube que só pioraria. E não queria que ele nos controlasse também. Então começou a fazer aulas de inglês. Começou a guardar dinheiro. E, um dia, ela o deixou.

"Ele ficou aborrecido, óbvio, mas continuou tentando controlá-la. Não pagava a pensão se ela não fizesse o que ele queria. Usava os contatos que tinha pra interferir na busca dela por trabalho, pra que não tivesse dinheiro.

"O dinheiro sempre esteve no centro de tudo. Chegou a um ponto em que minha mãe começou a recusar a pensão. Ela foi para o sul, onde conseguiu encontrar trabalho. Tinha dois empregos, estudava e nos dava tudo de que nós precisávamos. Quando ficou evidente que ele não tinha poder sobre nós, nunca mais o vimos. Ele não tinha interesse em ter filhas que não pudesse controlar."

Dou de ombros.

— Ela nos contou o que aconteceu como alerta, como lição, e isso me fez odiar meu pai. Eu nunca o procurei ao longo dos anos, porque nós não precisávamos dele. E ele não nos queria.

"Eu lembrava como ele tratava minha mãe. E também as visitas dele, com presentes que sempre vinham com condições. Minha irmã, não. Ela pesquisou sobre ele quando nós éramos adolescentes e descobriu que era um figurão em Nova York. Ela queria vê-lo, queria aquela vida, mas minha mãe não queria. Aí... ela ficou doente."

Senti as lágrimas descendo pelo rosto, penduradas no queixo.

— Eu estava na faculdade. Ficava indo e voltando o tempo todo, levando-a para o tratamento. No começo, tentamos fazer dar certo. Eu arrumei outro emprego. Nós usamos todas as nossas economias. — Abro um sorriso triste. — Mas tudo era muito caro. Foi impossível. Os experimentos... eram a única chance que ela tinha. — Respiro fundo, trêmula. — Então eu agi pelas costas da minha mãe e fiz a única coisa que ela sempre me disse pra não fazer: procurei meu pai e pedi ajuda.

"Foi no meu segundo ano. Ainda me lembro de quando entrei naquele prédio comercial, de quando falei pra recepcionista quem eu era. Ela não acreditou. Eu insisti até ela fazer algumas ligações, que me levaram até uma sala que ocupava metade de um andar, com janelas do chão ao teto, Nova York esparramada atrás da cadeira dele como um cobertor. E me lembro de quando ele me olhou e sorriu.

"*Lógico que ele ajudaria*. O dinheiro era uma gota em um balde de água pra ele. Fui embora com a sensação de ter tomado a decisão certa. No dia seguinte, os primeiros experimentos dela foram pagos. Falei pra minha mãe que era doação de uma instituição de caridade. Ela começou a melhorar. Aí, a ligação aconteceu. As condições. "Estou fazendo tanta coisa pra te ajudar. O mínimo que você pode fazer é jantar comigo." Eu ainda o odiava pelo que ele tinha feito à minha mãe, mas ele estava ajudando. Um jantar pareceu uma coisa inofensiva. Só que aí virou um encontro com a nova família dele. Tudo bem. Depois, ele começou a querer controlar meu estágio e meu curso, e eu recusei. Até que ele quis encontrar minha irmã."

A culpa me abala.

— Ela estava fazendo visitas a faculdades. Eu a receberia aqui, na cidade, quando ela fosse visitar a NYU. Eu a levei pra conhecê-lo. — Faço uma careta. — É um dos meus maiores arrependimentos. O que ele não conseguiu obter de mim, uma conexão genuína, o perdão, conseguiu dela. O mesmo controle sobre o qual minha mãe tinha contado começou de novo. Ele pagaria a faculdade da minha irmã desde que pudesse escolher a instituição. Custearia as férias de primavera desde que escolhesse o que ela estudaria.

Pagaria um quarto individual no alojamento desde que ela terminasse com o namorado que ele não aprovava. Minha irmã não se importou. Tudo pareceu bom pra ela. Ele estava nos *ajudando*. Mas eu via o padrão. Eu enxergava aonde isso tudo levaria. Pra ele, dinheiro significa controle. Poder completo sobre as pessoas que contam com ele.

"Minha mãe acabou descobrindo, e eu nunca vou me esquecer da expressão no rosto dela quando ela disse: 'O que você fez?' Mas aí, já era tarde demais. Todos os tratamentos estavam pagos, e, como eu supliquei, ela continuou. Minha mãe viveu o último ano dela com conforto. Eu estava tão ocupada indo e voltando entre a faculdade e os tratamentos dela, tão mergulhada na dor quando ela morreu, que não percebi o quanto o dinheiro tinha mudado minha irmã. Em vez de estudar, ela ia a festas todos os fins de semana, viajava pra outras cidades sempre que queria. 'Quem se importa?', disse ela quando eu falei que notas boas eram importantes pra arrumar um emprego bom. 'O papai diz que eu não preciso de emprego se não quiser trabalhar.'"

Balanço a cabeça.

— Todas as lições que minha mãe tinha incutido nela, cada gota de ambição, cada sacrifício que ela fez, sumiram por minha causa. Por causa dele. — Dou de ombros. — Depois que ela morreu, passei a odiá-lo ainda mais. Odiava o fato de ele ter feito mal a ela, de tê-la tornado uma pessoa que não confiava nos homens, tão fechada para o amor. Interrompi qualquer contato, mas ele continuou tentando me controlar. Eu trabalhei durante a faculdade toda e vendi meu primeiro roteiro no último ano. Fiquei muito orgulhosa de poder pagar meu financiamento estudantil com o meu dinheiro. Mas, quando liguei, adivinha? Os empréstimos já tinham sido pagos. Pelo meu pai.

Lembro da raiva, da sensação de traição, como se ele tivesse arrancado uma coisa importante de mim.

— Eu exigi que devolvessem o dinheiro a ele, considerando que nem estava listado como familiar, nem autorizado na minha conta, e concordaram. Eu mesma paguei a minha faculdade. Depois disso, passei a tomar cuidado. Eu sabia que ele tentaria se inserir na minha vida, que tentaria controlá-la do jeito que pudesse, pra que eu me sentisse em dívida com ele.

— É por isso que você é anônima — diz Parker baixinho. Ele ficou muito quieto o tempo todo.

Assinto.

— Eu queria ter certeza de que cada roteiro vendido fosse por minha causa e mais nada. Foi por isso que mantive minha carreira em segredo. Ele nem sabe o que eu faço e não pode interferir nisso.

Não penso muito no fato de que minha mãe *odiaria* o fato de eu me manter anônima e recusar botar meu nome com orgulho no meu trabalho por causa de um homem. Por causa do meu pai. Ela sempre me disse para não deixar os homens na minha vida me diminuírem, e eu tinha permitido que ele me *extinguisse*.

Contudo, foi a escolha que eu fiz. Mesmo tendo sido feita por medo.

— Eu sinto muito — diz ele. — Sinto muito por essas coisas terem acontecido com você.

Espero que ele entenda agora por que nós nunca daríamos certo.

— Eu trabalhei muito, Parker, pra ser a mulher que minha mãe criou e não posso jogar tudo fora de repente. Ser... apagada, inadvertidamente ou não, pela pessoa com quem eu estou. Eu... não vou permitir.

Ele me deixa falar. Ele escuta, e fala tão baixo que sinto vontade de chorar.

— Eu não sou seu pai, Elle. Eu nunca tentaria te controlar.

Eu sei disso. Deus, sei disso. Mesmo assim, balanço a cabeça.

— Eu só... não posso.

Ele não tenta me fazer mudar de ideia. Só assente, e diz algo que eu nunca esperaria.

— Eu te admiro.

— O quê?

— O jeito como ele falou com você... — diz ele, a mandíbula contraída. — Você lidou muito bem com aquilo.

Dou uma risada sem achar graça.

— Eu saí batendo os pés. Não diria que lidei tão bem assim.

Ele balança a cabeça.

— Não. Na primeira vez que eu vi meu pai, depois que a empresa foi avaliada com um valor absurdo e ele só se importava com o quanto eu daria a ele... eu despejei tudo em cima dele. Não consegui segurar. Falei exatamente o que sentia. — A mão dele está na minha. — Você se saiu muito melhor do que eu me sairia nas mesmas circunstâncias.

Respiro fundo. Acho que ele tem razão, de certa forma. A velha Elle poderia ter gritado com ele na frente de todo mundo. Poderia ter gritado com ele e o deixado ver o quanto me magoava.

Fui forte hoje.

O que não conto a Parker é que a mera presença dele foi como uma viga de sustentação que me segurou. Meu andaime pessoal, que me fez sentir mais firme.

— Seu sobrenome — diz Parker.

— Não é Salazar. Leon era o nome de solteira da minha mãe. Eu mudei quando meu pai foi embora.

Ele assente, compreensivo.

— Às vezes, penso que queria ter mudado o meu.

Sei como é. Os nomes têm muita importância.

Ver meu pai, ver que ele concluiu que Parker me sustenta, faz eu me lembrar por que nunca daríamos certo. Agora, entretanto, enquanto ainda é verão... quero deixar que ele se aproxime só um pouco.

— É Elle — digo baixinho.

Ele me olha com expressão confusa.

— O meu nome. É só Elle. Não é... apelido de nada.

Parker sorri como se tivesse destravado mais um nível do jogo favorito dele.

— É sério?

Assinto.

— A minha mãe gostava. Era o nome que ela queria ter quando era mais nova. Então, ela escolheu pra mim. — Respiro fundo, trêmula. — Ela me deu tanta coisa.

É por isso que eu não me permito me esquecer dela e do que me ensinou. Seria como perdê-la de novo, decepcioná-la.

Não sei por que estou contando isso, mas digo:

— Minha mãe tinha sonhos. É estranho pensar nisso, né? Que nossos pais já quiseram algo que nunca tiveram? Bem, um dia eu perguntei o que ela queria. Pra minha surpresa, ela me contou que também sonhava em ser escritora. Perguntei por que ela não era, por que nunca tinha tentado. Minha mãe me disse que algumas gerações têm que trabalhar pra que a seguinte possa sonhar.

Senti lágrimas escorrendo pelo rosto.

— Quando eu tinha dezessete anos, passei para uma faculdade estadual com bolsa integral e para Columbia com financiamento parcial. Ela sabia que era meu sonho estudar escrita criativa lá, mas não parecia possível. Eu ia escolher a faculdade estadual. Mas aí, ela me mostrou que estava guardando dinheiro do segundo emprego desde o dia em que eu contei que era meu sonho ser escritora. Não era muito, mas era o suficiente para eu considerar Columbia. Ela disse: "Nenhuma das mulheres antes de mim fez qualquer coisa diferente de trabalhar, mas você vai fazer mais do que isso. Você vai sonhar. Você vai conseguir".

"Todo o dinheiro acabou indo para despesas médicas, mas foi a melhor coisa que já tinham feito por mim. Ela me deu uma chance. Eu nunca teria estudado em Columbia nem achado que poderia fazer nada disso se não fosse ela. Ela me chamava de *leoazinha*. Dizia que eu era mais forte do que pensava."

— Você é — diz Parker com toda a convicção do mundo. Com a mesma certeza que a minha mãe tinha. — Você é forte, inteligente e criativa, e eu estou feliz de você escrever, porque é um jeito de eu poder entrar na sua mente perfeita.

— Eu não sou perfeita — digo a Parker. Ele disse essa palavra tantas vezes quando se trata de mim, mas é mentira.

Ele apenas sorri.

— Mas é. Pra mim, você é. É como se sua mente e seu corpo e todo o restante tivessem sido feitos pra mim. É como se você fosse perfeitamente minha.

— Mas eu não sou — digo. *Não sou sua. Não posso ser.*

— Eu sei — diz ele. — Mas, às vezes, eu finjo.

22

Eu esperava que minhas emoções ficassem um caos depois de ver meu pai. No passado, qualquer telefonema, qualquer tentativa dele de entrar na minha vida à força, teria me deixado abalada por semanas. Duvidando de mim mesma. Sem conseguir escrever.

Desta vez, contudo, não sinto nada. Não... na verdade, contar a Parker sobre ele fez eu me sentir melhor.

Minha irmã liga. Se meu pai contou sobre nosso encontro, ela não diz nada. Cali me conta sobre o quarto de hotel em Palermo, que fica *literalmente em um penhasco!* E me esforço para não hiperventilar. Por fim, convenço Paola a me enviar um itinerário detalhado, desde que eu prometa não ligar todos os dias.

Já passei da metade do roteiro, a revelação dramática que muda tudo e bota tudo em perspectiva.

Tem furos no apartamento quando Luke e a equipe começam a instalar os pisos novos e armários sob medida, a fazer mosaicos de mármore nos banheiros. O apartamento está começando a se transformar perante meus olhos, a mudar, a se tornar algo diferente. Todos os dias, preciso tomar uma nova decisão, esse ladrilho ou aquele, essa cortina ou aquela, e eu me esforço para canalizar minha Cali interior.

O quartinho do bebê está quase pronto. Eu me vejo apoiada na porta bem depois de eles irem embora, com um aperto no peito. Talvez não concorde com as escolhas da minha irmã, talvez não ame o marido dela, mas vou amar o bebê dela mais do que consigo imaginar.

Eu tinha medo de que Parker ficasse com raiva de mim depois de eu não ter sido sincera sobre quem é meu pai, mas não é o que acontece. Ele só está ocupado. Passa dias fora em São Francisco por causa da aquisição.

A primeira semana de agosto acaba, e não consigo deixar de me sentir como na época que eu estudava, que o verão passou voando.

Ainda falta quase um mês inteiro, digo a mim mesma, mas não parece suficiente. Antes, eu tinha medo de não conseguir terminar meu roteiro no prazo. Agora, tenho medo por motivos bem diferentes.

Achando que Parker estaria fora no fim de semana, me inscrevi para ser voluntária do Cuidando das Árvores das Ruas pelos parques de Nova York, uma organização da qual fiquei sabendo por Taryn. Nós íamos juntas, mas ela ficou doente. Mandei canja para ela e coloquei um macacão da Penelope com um *cropped* branco por baixo.

Estou calçando os tênis quando ouço uma batida à minha porta.

Parker. Jogo os braços em volta dele antes de conseguir me segurar.

— Eu achei que você só voltava na segunda — digo junto ao peito dele.

Ele fica tenso debaixo dos meus braços, depois me abraça, passando os dedos pelas laterais do meu corpo.

— Decidi voltar antes. — Ele olha para a minha roupa e sorri. — Mas estou vendo que você já tem planos. Não quero atrapalhar.

Conto sobre o voluntariado.

— Será que precisam de mais ajuda?

Dou uma risada.

— A descrição dizia que ferramentas e suprimentos serão fornecidos. — Ele está de terno. Franzo a testa. — Você veio assim no avião?

Ele ignora a minha pergunta e dá de ombros.

— Eu aprendo rápido.

É assim que vamos parar em East Village, sentados no chão, usando luvas, com um saco preto de lixo entre nós. Em cada canteiro de árvores, nós limpamos o lixo, tiramos ervas daninhas e cuidamos do solo, para dar às árvores a melhor chance de sobrevivência. A colocação da cobertura vegetal vem depois. Nós ouvimos sobre outras oportunidades de fazer jardins na rua. Dizem que não é preciso autorização para fazer um jardim num canteiro de árvores de rua.

— Tem um na frente do prédio — digo a Parker. — O que você acha que Richard pensaria se nós o enchêssemos de flores?

Nosso porteiro anda nos olhando de um jeito estranho desde que a notícia do nosso relacionamento foi divulgada.

— Acho que arrancaria ele mesmo uma a uma — diz Parker.

Eu sempre soube vagamente que árvores eram uma coisa boa, mas nos contam como elas são importantes para a cidade. Quando terminamos, as bochechas e o nariz de Parker estão meio rosados do sol, e o suor escorre do meu couro cabeludo, mas tenho a sensação de que fizemos... algo. Algo importante.

— Não achei que fosse gostar disso — conta Parker quando devolvemos as ferramentas e nos despedimos dos voluntários. — Mas foi... legal. — Ele franze a testa. — Estou acostumado a só assinar um cheque, não a...

— Sujar as mãos? — sugiro.

Ele sorri.

— Sim. Sim, literalmente sujar as mãos.

Na caminhada para casa, passamos pelo Gramercy Park. Meus olhos vão na mesma hora para o lugar de sempre, a casa no limite da propriedade. Franzo a testa. Tem uma equipe de operários entrando e saindo. Está sendo reformada.

Meu peito murcha, um sonho desmoronando. Faço que vou atravessar a rua, mas Parker não vai comigo. Ele está parado no portão, e tira uma chave do bolso.

É nessa hora que eu lembro o que ele me contou no primeiro jantar. Ele tem a chave do Gramercy Park.

Corro para perto dele, a empolgação vibrando nos ossos. Quantas vezes passei em volta do parque, olhando com desejo para dentro? Quantos anos esperei este momento?

A porta é aberta, e Parker sorri quando faz sinal para que eu entre primeiro.

Não preciso que ele diga duas vezes. Corro para dentro e me viro em todas as direções, observando tudo. Há uma estátua no centro e uma infinidade de bancos vazios, e olho em volta enquanto observo cada caminho, maravilhada com as flores. Estamos sozinhos. Não tem mais ninguém aqui dentro além de nós. É como se, só por um momento, este pedacinho de Nova York fosse nosso.

Eu me viro para olhar para ele.

— Como você conseguiu uma chave?

Ele dá de ombros.

— Eu alugo um apartamento no parque pra isso.

Lógico. É excessivo e ridículo, mas, agora, fico agradecida. Nós nos sentamos em um banco e conversamos até meu cabelo ficar quente, e Parker parecer correr o risco de ter insolação. Só então vamos embora, eu olhando com pesar para o parque.

Nós dois precisamos tomar banho. Depois, encontro Parker no apartamento dele. Meu cabelo molhado está preso, estou de moletom e nunca me senti tão à vontade. Assistimos à televisão, e, durante um intervalo comercial, ele me puxa para o colo, e eu o beijo como se estivesse passando fome, como se tivesse esperado dias para senti-lo.

Ele passa os dedos pelo meu cabelo úmido, e é tão gostoso cada vez que ele me toca.

— Às vezes, eu também finjo — digo a ele, roçando em seus lábios. — Eu finjo que você é meu.

— Você não precisa fingir, Elle — diz ele. — Você me tem. Eu estou aqui.

Talvez isso não seja errado, digo para mim mesma. Talvez nós possamos encontrar um jeito de fazer dar certo. Talvez as pessoas possam mudar, como eu mudei ao longo do verão. Talvez dinheiro não seja um bom motivo pra não ficar com alguém.

Ele me beija até a minha cabeça ficar vazia de todos os motivos para não podermos fazer isso, ele me toca até eu estar sem ar, e sorrio até a felicidade parecer algo em que eu possa me afogar.

23

Acordo com o telefone tocando. É Penelope. Franzo a testa. São seis da manhã em Los Angeles. Ela nunca acorda cedo assim no fim de semana.

— Alô? — digo, o coração na garganta.

Fico aliviada quando ouço a voz dela.

— Elle — diz ela. E, quando ouço o tom de voz, meu peito se aperta.

— O que houve?

Ela não diz nada por alguns segundos, e acho que não estou respirando.

— Você não viu, né?

— Vi o quê?

— Vou pegar o próximo avião. Acabei de comprar a passagem. Chego aí no fim da tarde.

Eu me levanto da cama. Meu corpo parece estar se preparando. Meu coração está disparado.

— Penelope. *O que aconteceu?*

Ela suspira. Há um som de notificação no meu ouvido quando chega uma mensagem.

— Sinto muito, Elle.

É quando vejo meu rosto na prévia e a manchete embaixo:

"Namorada Misteriosa do Solteirão Bilionário é roteirista anônima de diversos sucessos."

Não.

Meu mundo vira de cabeça para baixo. Não consigo respirar. Escorrego até o chão.

Clico no link. Eles sabem de tudo. De cada roteiro que escrevi. Quem é meu pai.

Tem uma citação dele no artigo: "Eu tenho orgulho de ter apoiado minha filha desde o começo da carreira dela e de tê-la ajudado a se tornar uma das mais importantes roteiristas do mundo".

Vou vomitar. A raiva me sufoca.

— Como ele se atreve? — digo, as palavras arranhando a garganta. Meu telefone está no chão agora.

É tudo que eu temia. Todos os motivos pelos quais me tornei anônima. Assim que o mundo soubesse que meu pai é um CEO figurão, as pessoas suporiam que ele é o responsável pela minha carreira.

E aqui está ele, que nem *sabia* o que eu fazia uns dias atrás, assumindo o *crédito*.

Os comentários embaixo do artigo podem muito bem ser meus piores medos digitados à queima-roupa. "O namorado dela deve ter bancado o último filme que ela escreveu." "Eu sempre odiei o último filme da franquia, agora sei por quê." "Uau, deve ser bom ter a carreira toda dada de presente enquanto alguns de nós precisam trabalhar de verdade pra conseguir."

Essas pessoas não me conhecem. Não têm ideia de como foi a minha vida. É provável que a população em geral, as pessoas que vão ver meus filmes, as pessoas que importam, nem vai ficar sabendo disso ou se importar.

Contudo, eu me importo. Porque a minha mãe ficaria *furiosa*. Ela veria todas as minhas realizações sendo reduzidas aos homens da minha vida e odiaria isso.

Tem alguém batendo à porta.

Pego o telefone com dedos trêmulos.

— Obrigada por me avisar — digo a Penelope.

— Vai ficar tudo bem. Daqui a pouco eu estarei aí — diz ela.

Eu desligo.

Não estou sentindo o corpo direito quando ando até a porta. Ouço a voz dele.

— Elle — diz ele. — Elle, por favor, abre a porta.

Eu abro, e ele fica imóvel.

Parker vê o meu rosto. Devo estar com uma cara péssima. Meus olhos estão ardendo. Sinto as lágrimas congeladas nas minhas bochechas.

Ele balança a cabeça.

— Elle, eu sinto muito. Foi o Richard — diz ele. — Ele revelou tudo para o jornalista. Ele já foi demitido. Foi ilegal o que eles fizeram, meus advogados podem...

Ergo a mão. Não ligo pra quem fez ou o que pode ser feito, *acabou*. Esse tipo de informação não tem como ser retirada. Nunca mais vai haver um ontem, quando eu era alegremente desconhecida.

— A culpa é minha — falei. — Eu não deveria ter feito isso, não deveria ter acreditado que daria certo.

Foi burrice me expor se o meu anonimato era tão importante para mim. Foi burrice imaginar que minha identidade poderia continuar secreta ao estar relacionada a alguém por quem a imprensa é tão obcecada.

Ele balança a cabeça. Passa a mão no cabelo e deixa tudo em pé.

— Eu vou comprar o jornal. Vou mandar se desculparem.

Apenas o encaro. É lógico que essa é a solução dele. É óbvio que Parker acha que podemos resolver o que aconteceu com dinheiro. É assim que ele enxerga as coisas. Eu me lembro de suas palavras na escada: "Posso comprar o que eu quiser".

— Eu vou comprar todos os jornais, eu...

— Agora já foi — digo. — Esse... desenvolvimento... deve ocupar toda a imprensa pelo restante do verão, até sua aquisição ser efetuada.

O corpo de Parker se contrai todo. Ele se empertiga.

— Elle — diz ele devagar. — O que você está dizendo?

As palavras saem antes que eu possa me arrepender delas.

— Acabou. Essa coisa toda acabou. Você conseguiu o que precisava. O meu roteiro está quase pronto. Nós dois conseguimos o que queríamos.

Parker não parece ter conseguido o que queria. Ele está com um olhar vidrado, mas, não... Por que estaria chateado? Não foi *ele* quem teve a vida e a carreira viradas de cabeça para baixo.

— Elle...

— Acho melhor a gente não se ver mais. — Um rompimento limpo. Não há necessidade de tornar as coisas mais difíceis do que precisam ser. Parker não tem culpa, mas nada teria acontecido se nós não tivéssemos feito esse acordo estúpido.

O arrependimento crava os dentes em mim. Eu nunca deveria ter me exposto. Nunca deveria ter corrido o risco. Eu deveria saber que isso acabaria mal.

— Tchau, Parker — digo antes que ele consiga dizer uma palavra que seja.

Então fecho a porta, sento-me no chão e choro.

Fiel à palavra, Penelope está no meu apartamento no fim da tarde. Ela está com uma mala de mão e uma sacolinha da farmácia cheia de sorvete.

Caio no choro de novo quando a vejo, e ela está preparada e me abraça, e sinto o sorvete gelado nas costas.

— Eu sei que não parece, mas não é o fim do mundo — diz ela.

— É, sim — digo, porque a sensação é essa. — É de verdade.

— Não é.

Ela entra, ainda me abraçando, e pergunta:

— Sarah ligou?

Assinto. A CAA ficou me ligando a manhã toda, sobretudo para me acalmar.

— Como os estúdios estão reagindo?

Solto um suspiro.

— Eles não se importam. Os filmes se saíram bem, e eles me pagaram mal por anos.

— E seu roteiro atual?

— Ainda querem pra semana seguinte ao feriado do Dia do Trabalho.

Penelope assente.

— Então isso está resolvido. Sua carreira vai bem. Viu? O mundo não está acabando.

Balanço a cabeça.

— Você sabe que não era por causa da minha carreira, Pê. Não de verdade.

— Eu sei — diz ela. E me abraça de novo.

Taryn liga meia hora depois.

— Eu fiquei off-line o dia todo, mas acabei de ver o artigo. Já pedi comida, e Gwen e Emily estão de prontidão. A gente pode ir aí?

É assim que eu acabo com a casa cheia de comida, sorvete e mulheres com roupas confortáveis.

Penelope adora todas elas de imediato, e vice-versa. Sem móveis na sala ("Você passou o verão todo no chão?"), nós abrimos lençóis novos e fazemos um esquema "A princesa e a ervilha", com uma sobreposição de cobertores em vez de colchões, no chão da sala. Alinhamos almofadas à parede e assistimos a uma comédia romântica. Quando o momento em que tudo está perdido me faz cair no choro, Taryn pausa o filme e diz:

— Quer conversar sobre algo?

É assim que eu conto tudo sobre os encontros falsos, sobre o verão.

— Você não pode ficar aqui — diz Taryn. Ela baixa a voz para um sussurro e aponta para trás. — Não com ele bem ali.

— O que eu vou fazer? Ir pra um hotel?

— Óbvio que não — diz Taryn. — Você pode ficar comigo. Minha colega de apartamento acabou de sair, tenho um quarto extra.

É uma oferta legal. Tão legal que nem consigo pensar no que fiz para merecer um grupo de amigas tão bom.

— Ela tem um terraço, é uma delícia — diz Gwen.

Emily coloca uma amêndoa coberta de chocolate na boca.

— É, a casa da Taryn é simplesmente incrível.

Parece ótimo.

— Eu adoraria, mas a reforma aqui leva mais uma semana. Prometi à minha irmã que supervisionaria tudo.

— Vou ficar aqui no seu lugar, então — diz Penelope, como se fosse uma solução fácil.

Olho para ela como quem diz: *"De repente você não tem que trabalhar?"*

— Vou trabalhar de casa por uma semana. — Ela olha em volta. — Ou melhor, da *sua* casa.

Eu penso. Pelo menos é bom ter a opção.

Meia hora depois, todo mundo está dormindo em volta de mim, o filme está na parte dos créditos, eu estou olhando para o teto.

Não sou uma ilha. Não estou abandonada. Eu tenho amigas. Não sou a mesma pessoa que era no começo do verão. Escrever roteiros não é a minha vida toda.

Ainda assim, não sei como vou superar isso.

24

Na manhã seguinte, saímos para tomar um brunch. Tem um porteiro novo na recepção e um paparazzo sozinho na calçada, que tira fotos de modo insano quando saímos. Penelope mostra a ele o dedo do meio.

— E então — diz Taryn. — Ontem foi um choque. Como você se sente agora, na manhã seguinte?

Por um lado não quero nem pensar no que sinto. Por outro, sei que qualquer coisa que eu enterre fundo vai subir para a superfície mais cedo ou mais tarde.

— Ainda estou sensível — digo. — Ainda não acredito. Ainda dói. Estou pensando em como as pessoas vão receber meus trabalhos futuros sabendo que sou eu por trás. Estou pensando em todas as reuniões às quais vou ter que ir, nos executivos que vou ter que enfrentar, nos xingamentos na internet, na pressão para ter perfis em redes sociais. — Suspiro. — Acho que parte de mim está meio aliviada. Esse segredo enorme que eu guardei por anos… Acho que nunca percebi o quanto pesava em mim.

De manhã cedo, por um segundo abençoado, eu tinha esquecido. Só que então a lembrança me atingiu com a força de uma bala de canhão. *Isso é real. Sua vida mudou.* Minha caixa de entrada do e-mail, em geral vazia exceto por uma mensagem ou outra de Sarah, foi inundada de convites para entrevistas.

Meu telefone estava cheio de ligações de pessoas com quem não falo há anos. Um cara com quem tive um único encontro quase um ano e meio atrás mandou uma mensagem perguntando se eu podia ver o piloto dele para a televisão.

Na mesma hora, tranquei o telefone em um quarto. Não podia fazer mal a mim, falei para mim mesma. Não era real.

Contudo, por que parece que alguém arrancou meu coração?

Grande parte do interesse vem do fato de acharem que estou namorando Parker. Quando perceberem que não estamos juntos, tudo vai passar.

É o que digo a mim mesma, pelo menos.

Quando confirmo que as coisas terminaram com Parker, Gwen parece triste pela primeira vez desde que a conheci.

— Então nada era real?

Tomo um gole de *latte*. Um calor se espalha pelo meu peito vazio.

— Lógico que era — digo. — Mas o que isso tem a ver?

Quando voltamos do brunch, um paparazzo virou dois. Minhas amigas me ajudam a fazer uma mala. Gwen desce com ela. Saio em separado, com Taryn, para ficar no apartamento dela.

Ir a um lugar novo ajuda um pouco. Deixei o telefone descarregar e dediquei todo o foco que consigo reunir ao roteiro. O prazo continua sendo em três semanas, sem importar minha situação.

Taryn sai para trabalhar durante o dia, mas à noite conversamos, jantamos e vemos televisão. Certa noite, vamos comer no SoHo e passamos por uma barraquinha de rua com roteiros à venda.

— Algum seu? — pergunta Taryn.

— Alguns.

Penelope vai até lá na maioria das noites e nos conta sobre o crush em Luke (ao que parece, ela terminou com o médico gato um dia depois de chegar à Nova York, por causa da distância). Além do mais, conta que Parker bate na porta todos os dias, sem falta.

Saio para caminhar, tento não pensar nele, mas a cidade está cheia de lembranças. Ele tem razão. Eu pintei por cima. Agora, no entanto, tudo tem os tons dele. Não consigo fugir de Parker.

— Não leia as matérias — diz Penelope, e eu me pergunto se é por serem horríveis.

Taryn acaba com o meu sofrimento dizendo:

— Não são a pior coisa do mundo. Só a misoginia de sempre, você sabe. — Acho que os fãs de algumas franquias que escrevi supunham que eu era um homem e agora estão muito decepcionados.

Eu evito a internet o máximo possível e descubro, com certa distância, que Penelope está certa quando diz:

— A internet não é real.

O que é real somos nós, no chão do apartamento da Taryn, jogando jogos de tabuleiro com regras que não sabemos e não conseguimos entender nem com nossos quatro diplomas (Taryn tem dois), mesmo tentando. Real é Gwen cortar meu cabelo no banheiro de Taryn, porque ela diz que isso sempre ajuda, e que ela corta o próprio cabelo há anos. Foram só alguns centímetros, algumas camadas, mas ela tem razão. Eu me sinto mais leve.

Real é minha irmã ligar para a Penelope (cujo número ela sabe de cor desde que era adolescente) exigindo falar comigo e dizendo:

— Por que você não me contou?

A culpa aperta meu estômago.

— Desculpa, eu...

— Não acredito que você está namorando Parker Warren!

Essa culpa vira um ímpeto súbito de jogar o telefone pela janela. Paro um momento para contar a Cali sobre minha carreira. Ao que parece, ela não tinha lido o artigo.

Cali faz perguntas, diz:

— Eu amo esse filme! — Em seguida, diz: — Eu não tinha ideia de que você sabia ser engraçada.

Franzo a testa.

— Cali, esse nem é comédia.

— Ah.

Depois de alguns dias, abro uma página de internet com hesitação. Também começo a limpar minha caixa de entrada, apagando todos os convites da imprensa. Clico em todos depressa, grata por virem em menor número a cada dia. Então vejo algo que me faz parar.

É de uma mulher chamada Elena. Ela não é jornalista, é caloura em uma faculdade no Texas.

"Quando eu era adolescente, contraí mononucleose. Não por meio de uma coisa legal como beijar, e sim porque eu tinha o mau hábito de compartilhar canecas no refeitório. Fiquei semanas de cama na casa da minha avó. Ela deixava a televisão ligada em um canal, e seus filmes sempre passavam. Eu era uma espectadora involuntária, podemos dizer assim, mas fiquei grudada depois do segundo. Você se tornou minha roteirista favorita", escreveu ela. "Seus filmes se repetiam, mas eu não me importava. Sempre encontrava uma coisa nova para amar cada vez que um passava. Comecei a pensar na estrutura. Comecei a escrever filmes na minha cabeça, só por diversão. Nunca achei que pudesse fazer isso até uns dias atrás. Saber que foi você, uma mulher com vinte e poucos anos, que escreveu os meus filmes favoritos me fez sentir que talvez eu também consiga. Estou optando por escrita criativa como minha graduação principal e já comecei o meu primeiro roteiro. Quero que você saiba que suas palavras me ajudaram nos períodos mais difíceis da minha vida. Eu vi seu último filme com minha avó quando ela tinha acabado de ser diagnosticada com Alzheimer. Nós não concordávamos em muita coisa, mas amávamos aquele filme. Nós o citávamos o tempo todo. Era como uma língua, ou uma ponte, entre nós. Fiz uma tatuagem da nossa fala favorita depois que ela faleceu. Está no meu braço. Obrigada por esse presente. O presente da conexão. Minha única esperança é um dia poder oferecer isso a outra pessoa."

Só percebo que estou chorando quando as lágrimas caem no teclado. Meu rosto está virado para a tela, relendo cada linha.

Ninguém nunca me disse que minhas palavras causaram impacto. Nunca dei oportunidade a ninguém para isso.

Ninguém nunca me disse que fui uma inspiração, porque as pessoas não sabiam quem eu era.

Releio a última frase várias vezes, porque me lembra da minha mãe. Ela odiava o hospital. Odiava o fato de estar fraca demais no fim para fazer qualquer coisa além de passar um batom. "Eu abomino este lugar", dizia ela, e os filmes eram sua fuga. Cada vez que eu ia visitar, levava um novo, um favorito novo. Nós assistíamos, e ela segurava a minha mão e dizia "Mal posso esperar pra ver seu filme. Vou estar lá, na estreia. Eu prometo".

Ela não viveu o suficiente para ver a venda do meu primeiro roteiro.

Nem *eu* fui à estreia.

Fecho o notebook. *Já valeu a pena*, penso. *Se uma pessoa tirou algo bom disso, qualquer mal é apagado.* As palavras de Elena são como uma armadura à minha volta. É por isso que faço o que faço. Foi por isso que eu quis me tornar escritora.

A notícia começa a ser deixada de lado. Menos de uma semana depois, Penelope precisa voltar a Los Angeles, e está na hora de eu ir para casa.

— Obrigada por me receber — digo a Taryn.

— Pra que servem as amigas? — responde ela, e outro lugar anteriormente vazio agora parece cheio e quente.

Os *paparazzi* vão embora. Já estão atrás da próxima história.

Vou até o meu apartamento e estou prestes a bater quando a porta se abre. Um homem de um metro e noventa e três sai. O sorriso dele fica tenso quando me vê.

— Luke? — digo perplexa. São nove da manhã. De sábado.

— Ah, oi, Elle — diz ele e praticamente corre para o elevador.

Penelope está à porta. Ela está usando pedaços de seda como pijama e o cabelo está desgrenhado.

— Ah, meu deus — digo. — Você transou com o meu empreiteiro?

Penelope inclina a cabeça.

— Bem, ele não é bem seu empreiteiro, é da sua irmã. E não é mais bem da sua irmã, porque ele terminou o trabalho ontem. Mas, sim. Sim, transei. Várias vezes.

Semicerro os olhos.

— Na minha cama?

— Bem...

— Você sabe o que quero dizer!

— Não — diz ela, e meu corpo todo relaxa de alívio. — Foi mais uma situação de roupas ainda no corpo, prensada na parede. Na primeira vez, pelo menos. Aí, a gente foi para o chão. E para a bancada da cozinha. E...

— Será que tem aquelas tendas de dedetização, só que com álcool em gel? No apartamento todo?

Ela ri quando entro. Eu a vejo me olhando quando estou botando as bolsas no chão.

— Você está com uma cara boa.

Eu me olho no espelho mais próximo. Pareço uma pessoa que passou a maior parte da semana oscilando entre chorar e escrever furiosamente um roteiro.

— "Melhor" talvez seja uma palavra mais precisa — diz ela.

Suspiro. Eu me sinto melhor. Mostro a Penelope o e-mail de Elena, e ela parece estar quase chorando quando devolve o notebook.

— Sabe, acho que isso pode ser uma coisa boa — diz ela. — Depois que você superar o trauma e tal.

Olho para ela.

— Agora, você pode fazer as coisas que nunca pôde. Pode ser mentora de outros escritores. Dar entrevistas sobre seus processos. Tirar onda com os colegas de escola no Facebook.

Isso me faz rir.

Ela bate de leve no meu braço com o dela.

— Você sabe o que eu estou querendo dizer.

Eu sei. Ser anônima me impediu de ter que crescer. Posso ter desejado me revelar do meu jeito, na minha linha do tempo, mas, agora que aconteceu... não precisa ser tudo ruim. Sei disso agora.

Nós passamos o dia na cidade, indo a lugares de que temos saudade da época de faculdade. Ficamos impressionadas com as lojas que fecharam, as que estão iguais. Eu a levo a algumas das minhas novas favoritas.

— Não sei como passei este verão sem você — digo a ela quando estamos pegando no sono na mesma cama, como fazíamos na faculdade, quando uma de nós estava passando por algo.

— Nem eu — diz ela. — Mas estou feliz de você ter saído. Estou feliz de você ter deixado de ser uma ilha.

— Eu também — digo. E, apesar de ter me feito sofrer, falo sério.

25

Penelope está em um avião, voltando a Los Angeles. Estou na cozinha com 90% do meu roteiro impresso e arrumo coragem de ligar o celular. Sou bombardeada por notificações. Dezenas de ligações de números desconhecidos, mensagens de pessoas que conheço, mas com quem não tenho contato.

Então, estranhamente, o telefone começa a tocar.

É Paola.

Olho o registro de ligações. Ela ligou quatro vezes na última hora, e cada ligação caiu direto no correio de voz.

— Ela está bem? — digo, porque Paola nunca me ligou por vontade própria na vida.

— Ela está em trabalho de parto! — diz Paola. — Estamos ligando há horas!

Os números desconhecidos. Eu pensei que eram só repórteres, mas...

— *Como assim, ela está em trabalho de parto?* — Minha voz sai num grito. Não, a data dela é na terceira semana de setembro. Está cedo demais. Eu tinha planejado pegar um avião de Los Angeles depois de entregar o roteiro.

Deixo os papéis caírem. Derrubo um quadro da parede quando me apoio nela. Cai no chão de madeira com um estrondo.

Ouço batidas à minha porta.

— Elle. Elle, você está bem? — Não digo nada, não consigo, estou respirando rápido demais. Eu não conseguiria me mexer nem se quisesse. — Vou entrar — diz ele, e a porta é aberta.

Parker está na minha frente em um instante.

— Você precisa vir pra cá agora — diz Paola. — Ela não para de chamar por você. — Ela me dá o endereço do hospital e desliga.

Minhas mãos estão tremendo enquanto olho o telefone, desesperada. Parker está de joelhos, pegando cada página do meu roteiro.

Lágrimas turvam a minha vista.

— Não. *Não.*

Ele se ajoelha diante de mim.

— Elle, o que houve? — pergunta ele, a voz a única coisa firme ao meu redor.

— Minha irmã está em trabalho de parto. Ela precisa de mim. Eu... eu tenho que estar lá com ela. Mas estamos no meio da noite, o próximo voo chega lá daqui a doze horas, depois tem a conexão, e vai ficar tarde demais! Já é tarde demais, e eu...

— Meu jatinho chega aqui em uma hora — diz Parker.

Eu pisco.

— Você tem um jatinho?

Ele assente.

Balanço a cabeça.

— Jatinhos... são péssimos para o meio ambiente.

— Eu compro o dobro de créditos de carbono, é o que sempre faço — diz ele.

— Não, isso não melhora em nada — digo. Apoio a cabeça na parede. Eu não deveria ter desligado o celular, deveria estar disponível para ela. *O que eu vou fazer?* Se eu não tivesse...

— Eu vendo — diz ele, falando sério. — Essa vai ser a última viagem dele. Nunca mais vou andar de jatinho. Vou comprar os créditos de carbono e vou vender a aeronave assim que a gente pousar. Ou vou doar a uma organização beneficente. O que você quiser.

O quê? Balanço a cabeça.

— Não, Parker — digo. — Eu não quero que você faça isso só porque acha que eu quero que faça.

— Não vou fazer por isso. — Vou fazer porque é a coisa certa a ser feita. — Ele está ajoelhado na minha frente. — Por favor, Elle. Me deixe te ajudar. — Ele me oferece a mão.

E eu aceito.

O jatinho de Parker é enorme.

Durante toda a viagem, fico olhando pela janela, tentando não pensar se vou chegar tarde demais e no quanto a minha irmã precisa de mim.

Eu me lembro de olhos castanhos enormes… olhando em volta. Cali, me procurando na fila da saída da escola. Cali, acordada antes de mim, perguntando se eu podia fazer rabanada para ela porque era sábado. Cali, implorando para eu não contar à mamãe que ela tinha deixado os livros no armário da escola. Eu, dirigindo até a escola primária no carro da mamãe tarde da noite para buscá-los.

Cali não falou comigo por uma semana depois que contei que me mudaria para o outro lado do país para fazer faculdade. *Mas você tinha que ficar comigo. Sempre.* Minha mãe não a entendia. Sem mim como amortecedor, elas brigavam mais. Isabella Leon tinha padrões altos e não entendia por que Cali matava aula para ir à praia, por que ela parecia não se importar com as notas.

Prometi visitar, mas os voos eram caros. Quando entrou no ensino médio, ela se tornou mais distante. Mais fria. Em pouco tempo, em vez de me ligar todas as noites, era eu que tentava falar com ela e não conseguia.

Quando minha mãe ficou doente, Cali mal conversou comigo sobre isso. Depois do enterro, ela saiu de férias, passou a fazer uma viagem atrás da outra, como se pudesse fugir da dor do luto.

Nós brigamos. Discordamos. Ficamos semanas sem nos falar.

Eu deveria ter tido mais empatia por ela. Deveria ter ligado mais, mesmo ela não atendendo. Deveria ter tentado entendê-la, mesmo que não entendesse as escolhas dela.

Agora, ela está sozinha… me chamando. E eu não estou lá.

— Tenta descansar — diz Parker de forma delicada. Ele me oferece o quarto. Eu recuso, e ele também.

Nós ficamos sentados em silêncio até pousarmos.

Assim que chegamos a Palermo, Parker diz aos comissários e ao piloto:

— Esta foi a última viagem. Fiquem pousados até receberem instruções, por favor, e vou enviar suas passagens de volta para casa.

Ele me ajuda a descer a escada sem olhar duas vezes para o jatinho.

O carro está muito devagar, penso, segurando o apoio de cabeça, olhando para baixo e vendo a hora. Só se passaram sete horas desde que Paola me ligou. Mesmo que tivesse voo disponível, eu nunca teria chegado tão rápido, sei disso. Acho que deveria agradecer a Parker por me ajudar, por ir até lá comigo, mas vou fazer isso depois. Só consigo pensar na minha irmã.

Entramos correndo no hospital, e tudo é um borrão. Colocar roupas estéreis. Olhos castanhos enormes… se arregalando quando me veem. Fico ao lado de Cali por horas enquanto ela empurra e empurra, e as contrações a fazem gritar. As unhas dela cravando no meu braço. O rosto de Cali ficando vermelho com o esforço.

E então, um som que nunca vou esquecer na vida, um choro que muda tudo.

E um bebê.

Cali está sorrindo quando o bebê é colocado sobre seu peito. Pierre está presente, parecendo tão feliz e apaixonado pela minha irmã que decido que, de agora em diante, não tenho alternativa a não ser gostar dele.

Quando o bebê é passado para mim, não consigo nem respirar direito. É uma menina.

O nome dela é Isabella.

Não quero chorar. Já chorei demais. Entretanto, choro. Estou tão cheia de felicidade que não sei como pode caber dentro de mim.

Parker está na sala de espera. Ele se levanta assim que me vê e relaxa de alívio com o sorriso no meu rosto.

— Quer conhecê-la? — pergunto. Ele quer.

E é intenso demais para mim vê-lo segurando um bebê, que agora amo mais do que qualquer outra coisa no mundo. Isabella fica tão pequena nos braços dele, mas Parker toma cuidado. Ele a embala de um lado para o outro até ela adormecer.

Nós voltamos à sala de espera e deixamos minha irmã descansar. Pierre e Paola começam a arrumar as coisas.

— Obrigada — digo a Parker. — Eu… estou muito feliz de não ter perdido isso. Obrigada também por conseguir abrir a porta do apartamento?

Percebo que ele poderia ter feito isso na noite em que fiquei do lado de fora. Ele parece ler meus pensamentos, porque diz:

— Eu aprendi depois daquela noite. Para o caso de acontecer de novo.

— Bem, obrigada — digo com sinceridade.

— Foi o mínimo que eu podia fazer, Elle — diz ele. Parker não fala mais nada, e eu fico agradecida.

Paola, apesar da aversão que tem a mim e a todos os meus telefonemas, é incrível no que faz. Ela aluga uma casa e a enche de coisas para o bebê antes de sairmos do hospital. Os dias seguintes são uma confusão de felicidade, choro de bebê e leite de mais.

Faz anos que não passo tanto tempo com minha irmã. Fico ao lado dela na maior parte do tempo, pego o bebê quando ela precisa descansar, ajudo com a troca de fraldas quando Pierre sai para comprar mais coisas.

Parker cozinha para todo mundo. Ele vai a mercados locais, e nós todos jantamos juntos. Pierre tenta conversar com Parker sobre criptomoedas e aprendizagem de máquina, e ele é surpreendentemente paciente.

— Você não precisa ficar — digo a Parker. — Eu sei que você é ocupado.

— Você quer que eu vá embora?

Respondo com sinceridade:

— Não.

— Me avise se isso mudar.

Nós dormimos em quartos separados, mas, toda manhã, ele bate à minha porta com um *latte* na mão. Os cappuccinos italianos não têm leite suficiente para mim, então ele comprou uma máquina, levou para casa e aprendeu a fazer.

— Fiz uma videochamada com Jeremy do café — diz ele —, e assisti a tutoriais on-line.

Ele segura Isabella quando meus braços começam a doer e minha irmã e Pierre estão dormindo.

— Você quer filhos? — pergunta ele certa noite.

Tento não derreter quando o vejo segurar Isabella com tanta delicadeza junto ao peito.

— Quero — digo. — Mas só daqui a alguns anos. Sou egoísta demais agora. Quero mais alguns anos sendo egoísta. — Olho para ele. — Você quer?

— Quero. Daqui a alguns anos... quero.

Ajudo minha irmã a colocar Isabella na cama e a observo quando saímos do quarto devagar.

— Você está feliz — digo. — Nunca te vi tão feliz.

Ela assente.

— Eu estou. Não sou como você, Elle — diz ela quando nos sentamos na sala. Pierre e Parker saíram para fazer compras. Paola está planejando a próxima parada da viagem deles. — Meu grande sonho não era uma carreira... era isso. Ter uma família.

Não quero estragar isto, penso. Este momento com minha irmã. Contudo, não consigo ficar sem dizer:

— Cali, você queria ser curadora de arte.

Ela dá de ombros.

— Acho que queria. Era a carreira dos meus sonhos, mas não meu *sonho*, se é que isso faz algum sentido.

Não faz para mim. No meu caso, a minha carreira *é* o meu sonho.

— O papai me disse que te viu — diz ela, olhando para mim depressa antes de passar a olhar as unhas.

De repente, me arrependo de ter começado essa conversa.

— É. Eu queria que não tivesse visto.

Cali assente.

— Você vai perdoá-lo algum dia?

Perdoá-lo. Como se fosse um erro, uma coisa para *perdoar*, e não anos de abandono das filhas e uma tentativa de controlá-las.

— Não — digo com sinceridade. — E não sei como você conseguiu depois... depois de tudo que ele fez com a mamãe.

— Eu não perdoei — responde ela, os olhos mais intensos que já vi em anos. — Mas escolhi não ser órfã. Escolhi ter pelo menos um dos pais.

Dou uma risada sem humor.

— Você escolheu o *dinheiro*, Cali. Você escolheu uma vida fácil, em que recebe apartamentos e sua existência acaba sendo formada por viagens de férias infinitas.

Cali só me observa. Eu esperava que ficasse mais ofendida ou irritada, mas ela só parece triste.

— Sabe, a mamãe recusou a pensão. Nós *precisávamos* daquele dinheiro. Ela recusou por orgulho, e nossa vida ficou mais difícil. Ela não era perfeita.

Eu me lembro da nossa vida durante os anos mais difíceis, do apartamento de um quarto que nós três dividíamos, dos passeios de escola que perdemos, dos sapatos que machucavam por estarem pequenos demais. Só durou uns dois anos, e minha mãe arrumou um emprego melhor. Depois de um tempo, nos mudamos para uma casa. Ela foi capaz de nos dar tudo de que precisávamos.

— Como você pode dizer isso? Ela estava tentando nos proteger.

Cali assente.

— Eu sei. Ela fez tudo por nós, mas também errou.

Não quero ouvir isso sobre minha mãe. É desrespeitoso, é horrível. Eu me viro, os olhos ardendo.

— Eu sabia — diz ela do nada, como se as palavras tivessem escapado.

Olho para ela.

— Sabia o quê?

Por alguns momentos, só há silêncio.

— Ela ficou doente logo depois que você foi pra faculdade, Elle. Um ano antes de ela te contar.

Eu pisco. Balanço a cabeça.

— Não. Foi... foi de repente. — É parte do motivo de eu odiar mudanças. No dia em que recebi o telefonema, a vida foi virada de cabeça para baixo. A doença dela estava avançada demais, não havia quase nada a fazer.

— Não foi. Eu encontrei as contas dos médicos, e ela foi obrigada a confessar. E ela me fez jurar não contar a você.

Penso em como minha irmã ficou distante de repente.

— Você… parou de atender ao telefone.

Lágrimas descem devagar pelo rosto dela. Cali as seca no braço.

— Era impossível falar com você sem contar tudo. Eu… eu me sentia tão culpada de esconder, mas nossa mãe não queria distrair você da faculdade. Não queria que você parasse um ano. — Ela ri sem humor. — O fato de eu estar lidando com tudo sozinha parecia não importar. Ela só se importava com você.

Eu me lembro do Dia de Ação de Graças daquele ano, em que Cali saiu da mesa de jantar cedo para ir para o quarto e minha mãe ficou olhando para o prato cheio da minha irmã e disse:

— Ela está passando por uma fase terrível.

Minha garganta fica apertada. Não sei o que pensar, mas meus olhos ardem quando penso na minha irmã, aos quinze anos, tendo que lidar com tudo sozinha.

— Eu sinto muito — digo, passando os braços pelos ombros dela. Um momento depois, ela move os braços devagar para me abraçar.

— Tudo bem. Você não sabia. Ainda bem que você não sabia. — Nós ficamos um tempo assim, tão caladas que ouço o tique-taque do relógio da parede. Ela suspira. Abaixa os braços. Nós nos sentamos no sofá, as duas esgotadas, as duas esfregando os olhos.

— Sei que você não concorda com minhas escolhas, Elle — diz ela. — Mas eu as fiz. Eu sabia dos alertas, sabia do preço, e as fiz. — Ela dá de ombros. — Estou feliz. Isso não basta?

Não sei. Não concordo com ela. Nunca, em um milhão de anos, eu faria as mesmas escolhas.

No entanto, a vida dela não é minha, percebo. Não posso controlar Cali… nem iria querer.

— Fico feliz que esteja feliz — digo por fim, porque é verdade, e não quero perder minha irmã de novo. Não quero me tornar outra coisa da qual ela se livra e que esquece porque provoca estresse e é *ruim para o bebê*.

— Também estou feliz que esteja feliz — diz Cali. Ela desliza o olhar para a parte da casa em que Parker está dormindo. — *Ele* te faz feliz, não faz?

— Faz — digo, porque é verdade. No entanto, a felicidade é complicada. As pessoas são complicadas.

Eu abraço minha irmã de novo, inspiro o aroma dela e lembro quando éramos só nós, brincando de Barbie, pintando com os dedos na bancada da cozinha, vendo filmes numa colcha.

A vida pode ser complicada, mas o amor não é. É bem simples. É uma lança nos planos, na moral e no orgulho. Corta tudo. Não liga para a confusão que causa. *Dói*, e nós permitimos.

— Eu te amo, Cali — digo, o rosto no ombro dela. — Sempre.

— Eu também te amo, Elle. E estou feliz de você estar aqui. Estou feliz de você ter conseguido vir. Obrigada.

Eu a abraço com mais força.

Horas depois, no meio da noite, não consigo dormir. Pego água e vou para o terraço com vista para o litoral. Está tranquilo. Lindo.

Dou um pulo quando a porta se fecha atrás de mim.

É Parker.

A camisa de botão aberta que estou usando por cima de uma regata e um short de pijama sacodem energicamente com o vento. Lembra-me do que usei naquele dia no jogo dos Yankees.

Tudo me lembra dele.

Parker me assombra, e eu odeio isso.

Eu me viro para a água.

— Elle — diz ele, em tom sério. Nós evitamos toda conversa a sós por dias. Eu deveria saber que a conversa acabaria acontecendo. — Você não precisa falar comigo. Eu entendo que você seguiu em frente. Só… eu preciso que você saiba que sinto muito. Eu não queria que nada disso tivesse acontecido. Eu queria poder…

— Tudo bem — digo, ainda olhando para a água. — Não é culpa sua. — Então franzo a testa e me viro para ele. — Como assim, você sabe que eu segui em frente?

Um sofrimento, ou talvez seja raiva, passa pelo rosto de Parker. Ele vem até mim na amurada e se apoia nela. Não me olha quando diz:

— Eu te ouvi com ele, Elle. Eu o vi entrar no seu apartamento, e eu ouvi vocês…

O quê?

— Me ouviu com quem?

— Luke.

Quase engasgo com a água quando lembro que Penelope me disse que eles fizeram *várias vezes. Ele achou que era eu?*

— Parker — digo devagar. — O Luke literalmente acha que eu sou uma *serial killer*.

Ele me olha, perplexo.

— O quê?

— Deixe pra lá. Só... é que foi a Penelope que você ouviu. Não eu. Eu fiquei uma semana fora de casa.

Acho que nunca tinha visto Parker tão aliviado. Quase toda tensão parece sumir do corpo dele.

— Ah.

Eu inclino a cabeça.

— Você achou que eu tinha transado com outra pessoa, encostada na parede que divide nossos apartamentos, uma semana depois de a gente terminar, e mesmo assim me trouxe pra Europa pra ver minha irmã?

Parker dá de ombros.

— Eu te falei. Era o mínimo que eu podia fazer depois de... tudo.

Por alguns minutos, só olhamos a água.

— Eles vão embora amanhã — digo. — Vão ficar com a família do Pierre na Suíça.

— E você?

— Eu tenho que voltar. A data da entrega do meu roteiro é em uma semana. Só falta uma cena. A última.

Ele se vira para mim.

— Vamos — diz ele.

— Vamos?

— Pra última locação — continua. — A última da lista. — A que não era parte do nosso acordo, não que isso seja relevante agora.

— Paris?

O estúdio tem autorização para filmar na Torre Eiffel. Nunca fui lá, mas ia pesquisar uns vídeos para compensar.

Parker assente, de repente cheio de convicção. Os olhos dele estão ardentes.

— O verão não acabou ainda. Vamos.

Franzo a testa.

— Mas já estamos quase no feriado do Dia do Trabalho. Você não tem aquela coisa importante nos Hamptons?

— Foda-se os Hamptons.

Reservamos os voos. Nós nos despedimos de minha irmã, Isabella e, sim, Pierre. É difícil, mas Cali promete que volta logo aos Estados Unidos.

E seguimos para o aeroporto, para pegar um avião para Paris.

26

O PALÁCIO NA FRENTE DO QUAL PARAMOS ocupa a maior parte do quarteirão. É decorado e amplo, mas passa uma impressão de butique.

— Que hotel é esse? — digo, procurando uma placa.

— Não é hotel — diz Parker. — É minha casa.

Os homens do lado de fora não são porteiros. São seguranças.

— Ah.

A casa tem janelas em arco, varandas de ferro com design intrincado e um telhado azul-claro. Tem um portão, um pátio e degraus na entrada.

Do lado de dentro, somos recebidos por uma escadaria curva de mármore deslumbrante, também com corrimão de ferro. O pé-direito é alto, os acabamentos são dourados, o piso é um mosaico de pedra.

Eu me viro para Parker. Ele está me observando.

— Gostou? — pergunta.

Eu gostei, mas, por algum motivo, não digo nada. Só continuo andando até encontrar a primeira lareira. A sala é decorada com acabamentos elaborados, como se criada originalmente em outra era, mas os móveis são delicados, com um toque de modernidade. As almofadas brancas redondas nos sofás parecem pérolas gigantescas.

Parker me mostra tudo em silêncio. A cozinha também é moderna e lembra a do apartamento de Nova York. A escada faz uma curva aninhada numa parede de pedra com uma janela de vitral enorme em formato de arco. Todos os banheiros são de mármore que combinam com a cor do cômodo. Azul-claro. Rosa-claro. Roxo-claro. Os armários são pintados de um tom mais escuro.

Há infinitos terraços, e, do lado de fora, estendendo-se ao longe, tem um jardim. As plantas estão grandes demais, mas de um jeito intencional, com flores em tons pastel e roseiras.

— Não acredito que isto é seu. É tão lindo.

— Ia ser demolido, não estava em boas condições. Minha mãe sempre amou Paris e sonhava em ser decoradora, então comprei a casa, e ela decorou cada ambiente. Nós cuidamos pra que a reforma preservasse tudo de histórico.

Eu me viro para ele.

— Você está falando da mãe que comprou aquele vaso?

— É a única que eu tenho.

Ele deve notar a surpresa que estou me esforçando para esconder, porque diz:

— A minha mãe sabe que os vasos são feios, Elle. Esse é o ponto. Ela acha importante me dar coisas que estavam na nossa casa quando eu era pequeno. Pra eu não esquecer a minha origem.

Ele me leva até um relógio que parece completamente deslocado na casa. A tinta vermelha está lascada, e tenho quase certeza de que sai um galo de dentro.

— Nós compramos isso num bazar de quintal quando eu tinha doze anos — diz ele. — Foi assim que a gente obteve quase tudo que tinha. Assim ou em brechós.

— Ela... mora aqui? — pergunto, imaginando se devo correr para o banheiro mais próximo para tentar ficar apresentável.

— Não. Não agora, pelo menos. Ela cuida da minha fundação. Ela fica na Pensilvânia, fora da minha cidade.

Olho para ele.

— Você tem uma fundação?

Parker assente.

— Representa uma porcentagem grande das ações da minha empresa.

Isso nunca surgiu nas minhas pesquisas sobre ele na internet. Parker deve guardar segredo.

— Você nunca me contou isso.

— Você nunca perguntou.

Ele me leva até a biblioteca.

Parece uma coisa saída de um conto de fadas. Os livros vão até o teto. As estantes contam com escadas deslizantes. Poltronas confortáveis ocupam os cantos da sala. Uma escrivaninha ocupa o centro do cômodo.

Por um momento, penso que aqui seria o lugar perfeito para terminar meu roteiro.

— Acho que nunca gostei tanto de um lugar — digo baixinho. Com delicadeza, muita, ele segura minha mão.

— Eu também. Mas, por mais que eu ame esta casa... tem Paris lá fora.

Coloco um vestido leve e sapatos confortáveis para andar por horas. Minha única experiência de Paris é pelos filmes, e, mesmo romantizada, mesmo explorada em excesso, a realidade é ainda melhor do que na tela.

As construções são lindas, com telhados azuis e fachadas simples. Há cafeterias em toda parte, com mesas redondas, cadeiras em pares e guarda--sóis ondulados.

Nós nos sentamos em um chamado Carette, e peço o melhor chocolate quente que já tomei na vida. Vem com uma tigelinha separada de chantili, e digo "Você precisa experimentar isso" a Parker antes de dar uma colherada a ele. Como fica um pouco de chantili no lábio dele, eu o limpo instintivamente com o polegar. É um toque simples. Não espero sentir o arrepio pelo braço; não espero que os olhos dele fiquem intensos.

Abaixo a mão com a sensação de que a pele pegou fogo debaixo do sol de verão.

Ainda está de manhã, então pedimos croissants, cappuccinos e omeletes. Ficamos sentados lado a lado assistindo às pessoas passarem, e digo:

— Eu gosto disso.

— De quê?

Dou de ombros.

— De tudo. Comer ao ar livre numa rua movimentada. Tomar chocolate quente sem me sentir infantil. A gente sentar lado a lado à mesa em vez de um de frente para o outro.

Ao ouvir isso, Parker passa o braço em volta de mim. Os dedos dele fazem desenhos na lateral do meu corpo.

Nós andamos por ruas cheias de padarias, farmácias, lojas de queijo e de roupa.

Eu paro quando vejo a Torre Eiffel aparecendo entre prédios, de repente completamente visível no fim da rua, como um pote de ouro no fim de um arco-íris. Parker precisa me puxar para a calçada por causa do trânsito.

— Agora eu sei por que todo mundo ama a torre — digo. Não há arranha-céus a escondendo, como os novos prédios que sempre estragam a vista do Empire State Building, em Nova York. Não, ela está por toda parte, e parece uma brincadeira andar pela cidade e tentar encontrá-la de vários pontos.

Estou impaciente para vê-la de perto, e não só pelo roteiro.

— Vamos agora?

— Vamos de noite — diz Parker.

Nós andamos pela rue Cler, uma rua cheia de mercados com frutas, flores, chocolates, pães e queijos. Entramos e saímos de lojas, experimentamos coisas diferentes, dizemos um ao outro "Você tem que experimentar isso" em intervalos curtos. Vamos até a Shakespeare and Company, uma livraria com fila do lado de fora, onde não é permitido tirar fotos. Compramos crepe na rua e comemos enquanto andamos pela Notre Dame.

— Nós estamos perto do Jardim de Luxemburgo? — pergunto. Estamos.

O verde está por toda a cidade, emoldurado por flores coloridas, estátuas e cadeiras. As pessoas estão lendo. As crianças riem e fazem uma corrida de barco em um chafariz.

Seguimos para o Museu Rodin.

— Parece a sua casa — digo quando andamos até ele, porque parece mesmo.

A diferença é que a casa de Parker com certeza não é cheia de bustos de homens mortos há tempos. Nós passamos por uma parede de desenhos. Tem algumas peças neste museu de autoria de outros artistas, mas a maior parte é atribuiída ao próprio Rodin.

— Eu não sabia que Rodin fazia desenhos — comento, pois o conheço mais pelas esculturas.

— Acho que as pessoas acabam só sendo lembradas por uma coisa — diz Parker.

Eu me viro para ele.

— Pelo que você quer ser lembrado? Sua empresa?

Ele balança a cabeça.

— Não. Ele parece pensativo. — Eu espero um dia que minha empresa seja a coisa menos interessante a meu respeito.

Nós vamos para o jardim. É lá que fica *O pensador*.

— Esse aí sou eu antes de cada decisão da minha vida — digo, indicando a estátua. — Eu penso demais sobre tudo. — Franzo a testa. — Só que, em geral, dentro de casa.

— Não sei, Elle — diz Parker. — Você tem sido bem espontânea neste verão. — Ele faz um gesto ao redor. — E nós passamos boa parte dele fora de casa.

Parker tem razão.

Um homem passa por nós. Minha alma quase sai do corpo quando Parker pergunta em um francês perfeito se ele poderia tirar uma foto nossa. O homem responde que sim com alegria e tira a foto. Acho que vou desmaiar.

Estou olhando para Parker, esperando que ele me olhe, para poder lembrá-lo do ódio que sente por fotografias. Contudo, ele dá um peteleco de leve no meu nariz e sai andando.

Andamos o dia inteiro. Quando voltamos à casa de Parker, estou exausta. Com a intenção de *só fechar os olhos um minutinho*, acordo horas depois na escuridão total.

Descalça, sigo até o corredor. Está tão silencioso. Encontro Parker na biblioteca. Ele está fitando a parede, mergulhado em pensamentos, inclinado para a frente.

— Você não deveria estar no jardim? — brinco.

Ele me olha. Sorri. Fica de pé como os cavalheiros fazem nas adaptações de Jane Austen sempre que uma mulher entra no aposento.

— O que foi? Eu perdi a Torre Eiffel?

— Não. Eu já ia bater à sua porta.

Ele me diz que nós vamos jantar. Eu sei que há alguns restaurantes na Torre Eiffel, mas não me encho de esperanças, porque soube que é preciso fazer reserva com meses de antecedência. Acabamos de decidir vir a Paris. Mesmo se Parker tentasse, ele não conseguiria fazer uma mesa se materializar no ar.

As ruas estão mais tranquilas do que o habitual. Eu nem olhei o celular antes de sair.

— Que horas são? — pergunto.

— Quase meia-noite.

Meia-noite? O jetlag deve estar me afetando, porque só comecei a ficar com fome agora. Eu sei que os europeus jantam tarde, mas me pergunto se algum dos restaurantes está aberto.

Quando nos aproximamos da Torre Eiffel, ela está isolada.

Franzo a testa.

— Está fechada.

— Sim — diz ele. — Está.

Uma pessoa vem nos encontrar.

— Por aqui, sr. Warren — diz ele. Parker conseguiu fazer o restaurante ficar aberto até mais tarde?

Ele me vê tentar entender a situação achando um pouco de graça.

Nós somos os únicos no elevador. Parker segura meu ombro enquanto subimos depressa uma das pernas da torre rumo ao céu.

Vamos parar em um restaurante.

Está vazio demais, exceto por uma mesa solitária no centro. Paris está espalhada à nossa volta, há luzes por todos os lados.

Eu me viro para Parker.

— Você não alugou a Torre Eiffel. — Ele não diz nada. — Diga que não alugou a Torre Eiffel.

— Não posso.

Isso é possível? Em estado de choque, vou até a janela e me maravilho com a vista. Não tem igual. Paris à meia-noite está toda abaixo de nós, espalhada como um banquete.

Parker puxa a cadeira para mim. Senta-se do outro lado. Uma mulher se aproxima e serve vinho.

— Você disse que ia parar com os exageros — digo, sem saber se tudo isto é real.

Ele dá de ombros.

— Eu fiz isso por mim.

Nós fazemos uma refeição de seis pratos com estrelas Michelin. A melhor coisa que já comi é sempre o próximo pedacinho de que sou servida. No fim, fico agradavelmente satisfeita.

Quando terminamos, acho que é hora de ir, mas somos levados a outro elevador.

— Aonde nós vamos? — Não sei por que ele entraria por vontade própria em outro elevador se não precisasse.

— Você vai ver.

Nós subimos ainda mais pela estrutura enquanto Paris fica cada vez menor abaixo. Subimos mais alto, depois pegamos um lance de escadas, até estarmos no topo da Torre Eiffel.

E temos o espaço todo para nós.

O vento sacode meu cabelo. Fico encantada com a cidade adormecida lá embaixo. Eu me viro para Parker.

— Achei que você tivesse medo de altura.

Ele não está olhando para a cidade. Não está olhando para a torre. Está olhando para mim.

— Quando estou com você, eu não tenho medo de nada — diz ele.

Eu tenho, sinto vontade de dizer. Isso me *assusta*. Parece que estamos despencando contra algo o verão todo. E agora…

— Amanhã é o último dia de verão — digo quando ele se junta a mim na beirada. Parker está tenso, mas a mão repousa suave na minha coluna. Minha voz mal passa de um sussurro quando eu me viro para ele. — É uma pena que o verão acabe.

— Talvez este possa ser infinito — diz Parker.

— Nada na vida é infinito.

— O amor é, Elle.

Dou uma risada.

— E o que você sabe sobre o amor?

— Agora? Tudo.

Isto, penso. Esse calor no meu peito, preenchendo cada espaço vazio que eu não sabia que tinha, é a sensação do verão.

Nós nos beijamos. Meu corpo derrete no dele, como se de alívio, como se disesse: "Sim, aqui é exatamente onde devíamos estar".

Eu me afasto, e ele parece arrasado, mas digo:

— Em quanto tempo a gente consegue voltar pra sua casa?

Assim que passamos pela porta, jogo a bolsa longe, tiro os sapatos de salto, e ele me levanta. Cruzo os tornozelos nas costas dele e o beijo enquanto ele sobe a escada, sem errar um degrau.

Antes que eu perceba, minhas costas tocam o lençol mais macio que já senti na vida, e começo a tirar o vestido. Ele me despe num piscar de olhos, e de repente fico com frio, só com a lingerie que agradeço a mim mesma por ter levado.

Começo a tirar o restante, mas a mão dele cobre as minhas com gentileza. Ele prende meus punhos acima da minha cabeça.

— Deixa... deixa eu te olhar — diz Parker, com um carinho completamente contrário à necessidade primitiva nos olhos. Ele observa cada centímetro meu. — Perfeita — diz, tão baixinho que acho que ele nem sabe que falou em voz alta. — Sempre tão perfeita.

Eu me sento e começo a desabotoar a camisa dele. Minhas mãos estão tremendo, não de nervosismo, e sim de expectativa, e ele me ajuda. Encosto os dedos no cós da calça. Ele me faz parar de novo com um toque gentil.

— Tem certeza? — pergunta.

— Tenho — digo, e ele fica nu, de repente perdi a capacidade de respirar. Ele é grande. Eu sabia disso, mas...

— Não quero parecer ingrata — digo, engolindo em seco. — Mas é possível que grande demais exista, sim.

Parker abre um sorriso lento, revelando um pouco de ego.

— Você não vai dizer isso em alguns segundos. — Ele pisca.

Parker segura meus tornozelos e me puxa para a beira da cama. Em seguida, tira minha calcinha em um movimento fluido e se ajoelha diante de mim.

Eu me sento, os olhos arregalados, e ele me olha. Vê-lo ali, entre minhas pernas, o desejo explícito em seu rosto...

— Posso? — pergunta ele.

Assinto.

— Que bom. Agora se deite pra mim, meu amor — diz ele, a respiração quente nas minhas coxas. Eu me deito. Ele passa uma perna minha pelo ombro. E a outra. No primeiro toque da sua língua no meu ponto mais sensível, arqueio as costas na cama.

Xingo, olhando para o teto, e me contorço enquanto ele me devora como se nada fosse suficiente. No começo, os movimentos da língua são longos, lentos, sem pressa, mas então Parker faz um som de puro desejo e puxa meus quadris para a boca, ávido por mais, e minhas mãos agarram o lençol enquanto ele me lambe como se estivesse passando fome, como se estivesse esperando meses por isso.

Não consigo formar palavras ou pensamentos coerentes, só gritos que não parecem ter vindo de mim, e, quando ele enfia dois dedos em mim, desmorono, contraindo-me em volta dele, movimentando-me junto de sua língua buscando aquele prazer, até derreter na cama.

Eu me apoio nos braços, esgotada, o corpo mole, e vejo Parker ficar de pé, parecendo satisfeito consigo mesmo.

— Venha cá — digo, e ele vem, num ritmo lento. A boca sobe pela parte interna da minha coxa, meu quadril, minhas costelas, até chegar aos meus seios, enrijecidos embaixo da renda. O sutiã some em um instante e é substituído pelas mãos dele. Parker passa o polegar pelos mamilos, puxa, belisca, e eu latejo sem nada dentro de mim. Preciso dele. Preciso de tudo.

Parker abre um preservativo, e fico feliz de ele estar preparado. Quando coloca a camisinha, ainda estou tentando entender como isso vai funcionar.

Ele apoia os braços em volta da minha cabeça para me sustentar. E enfia a mão entre nós dois.

— Tem certeza?

Assinto.

Parker começa a me penetrar, e solto um ruído de surpresa só pelo seu tamanho. Ele para na mesma hora. Espera que eu assinta de novo.

Aos poucos, ele entra, entra, entra, abrindo espaço, preenchendo, e no começo sinto uma pontada de dor, que é substituída por um prazer ardente, e logo ele está se mexendo dentro de mim, alcançando um ponto que me faz ofegar, e cravo as unhas nos seus ombros para não gritar.

Por fim, Parker sai devagar, e nós gememos ao mesmo tempo. Estou tão cheia dele, tão cheia de desejo e necessidade e de uma dor implacável.

Com os olhares grudados, ele começa a se mexer.

Estou ofegando no rosto de Parker. Ele desce uma das mãos pelo meu corpo, segura a minha cintura e, quando toca naquele ponto dentro de mim de novo, inclino a cabeça para trás e grito, o prazer intenso, saturado. Ele encosta a testa na minha. Faz movimentos mais fortes e mais rápidos, e estamos nos olhando como já fizemos dezenas de vezes, a linguagem não verbal que desenvolvemos nas últimas semanas, como quem diz: "Isso é melhor do que achei que seria" e "Acho que posso fazer isso pelo resto da vida".

Parker diz o meu nome quando entra uma última vez, arregalando os olhos quando termina, e eu ofego quando chego ao clímax de novo com ele.

— Não acredito que a gente está fazendo isso — digo, ofegante.

— Não acredito que demorou tanto tempo.

Ele me colocou encostada na parede. Estou deslizando pelo mármore. Meus mamilos roçam seu peito por causa de meu movimento furioso, desesperada por cada centímetro dele. Parker está segurando meus quadris e me movendo nele, ajudando-me a montá-lo.

Estamos assim há horas. Quando terminamos na parede, visto uma das camisetas dele e encontro uma calça de moletom minha, e então descemos a escada para pegar água. Estou sentada na bancada da cozinha, com calor e saciada, quando ele vem até mim.

Meus seios estão rígidos debaixo da camiseta dele de novo. Parker segura meu cabelo com um toque delicado e o coloca atrás da minha cabeça.

— Você me deixou fora de mim naquela noite, quando ficou trancada do lado de fora — diz ele. — Eu estava tão duro que não consegui dormir. — Engulo em seco, e ele se abaixa para passar os lábios em meu pescoço. — Foi isso que eu quis fazer naquela noite — diz ele, a boca na minha omoplata.

Meus mamilos também estão rígidos embaixo dele. Com os olhos ainda nos meus, ele se abaixa e pega um com os dentes. Faço um ruído de prazer, e ele lambe no local da dor, suga meu seio por cima do pano, deixando-me transtornada. Parker ergue a mão para beliscar o outro.

Abro as pernas, cheia de desejo, e ele enfia a mão pela cintura da calça. Parker grunhe com o meu desejo.

— Sempre tão pronta pra mim — diz ele.

É verdade.

Eu não aguento mais.

— Vamos voltar — digo, e ele me ajuda a descer da bancada. Saio correndo da cozinha. Ele vem logo atrás.

Nós nem chegamos ao quarto.

Na escada, Parker puxa a minha calça de moletom e me penetra nos degraus. Minha camiseta ficou em algum lugar no caminho. Passo os joelhos no mármore frio; ele desce a mão para brincar com meu ponto sensível.

Meus gritos ecoam pela escada quando me estilhaço, mas ele continua, puxa-me para perto, aperta meus mamilos e move os dedos.

— Você pode gozar de novo — grunhe ele no meu ouvido, e eu posso, posso mesmo. Eu me entrego a Parker assim, empurro o corpo para ele, deliciosamente aberta, e ele aperta meu ponto sensível.

Chego ao clímax de novo, meu corpo quente junto ao dele, e Parker sente cada tremor. Ele bombeia uma última vez, chega ao ápice e suspira no meu pescoço.

— A gente não precisa ir embora nunca — diz ele. — Pode ficar bem aqui.

E eu queria de verdade que esta noite pudesse ser eterna.

27

Nós ficamos dias sem sair de casa. Parece que acabamos de descobrir uma nova linguagem que nunca é suficiente para nós. Parker disse uma vez que queria me debruçar em cada móvel da casa, e chegamos perto disso.

Ele faz uma pausa para atender a uma ligação de trabalho, e eu levo o notebook para o escritório. É lá que me sento e escrevo a cena que acontece na Torre Eiffel.

Duas horas depois, Parker beija meu pescoço, interrompendo-me, e nós fazemos um bom uso da escada deslizante. Com as roupas espalhadas por todo canto da biblioteca, entrego a Parker uma pilha de páginas impressas.

— Eu quero... quero que você leia — digo.

— Está pronto?

— Quase — digo. — Estou só terminando o final.

Não conto a ele que nunca deixei ninguém ler um trabalho em andamento. Acho que ele percebe pelo jeito como pega os papéis, com cuidado, como se eu tivesse dado a ele um presente inimaginável. Como se essa pilha de papéis valesse mais do que a casa toda.

— Obrigado — diz ele.

Parker lê na cama, e eu o vejo fazer anotações nas margens, da mesma forma que fiz quando vimos o filme juntos. No começo, acho que ele está me criticando, mas dou uma espiada por cima do ombro dele e vejo que são anotações de *Amei isso*, ou *Engraçado*. As palavrinhas fazem algo dentro de mim cantar.

Na manhã seguinte, ele me acorda com um *latte* e o roteiro, manuseado e cheio de anotações.

— Já acabou?

Parker se deita comigo na cama, e o colchão afunda. Ele rouba um gole do meu *latte* e o devolve.

— Não consegui parar. Fiquei acordado lendo. — Os olhos dele estão cheios de malícia. — Você não me deixou dormir por várias noites, sabia?

Um calor se espalha na minha barriga.

— Eu amei — diz, antes que eu possa perguntar. — E amei poder ver você nas palavras. O jeito como sua mente trabalha. — Ele beija minha testa, e acho que sou capaz de derreter em meio às cobertas.

— Significa muito pra mim você ter lido — digo a ele enquanto me aconchego ao seu lado. — Vou ler um pouco dos seus códigos de programação para compensar, ou seu contrato de aquisição.

Ele solta uma gargalhada. E suspira.

— Falando nisso.

— Nós temos que ir, né?

Nós dois temos que ir. A data de entrega do meu roteiro está chegando. Preciso melhorá-lo e enviá-lo a Sarah.

— Mas nós temos um tempinho — diz ele. — Nosso voo é à tarde.

Parker coloca meu café na mesa de cabeceira, e eu dou uma risada quando ele me tira da cama e me carrega até o chuveiro.

Eu sempre quis saber o que justificaria a primeira classe dos voos internacionais ser tão cara. O fato de o preço ser tão maior do que o da classe executiva não fazia sentido.

Agora, faz.

Nós temos uma salinha própria. Um quarto de hotel nos espera, e logo aproveitamos. Também há um restaurante com cardápio sem preços. Tudo está incluído no valor da passagem. Escolhemos o menu degustação.

Há centenas de lugares no voo, mas só doze na cabine de primeira classe. Tem tanto espaço nos nossos compartimentos que podemos sentar um de frente para o outro quando jantamos, com uma mesa entre nós, e um assento, com cinto de segurança e tudo, do outro lado. É assim que começa nosso menu degustação.

Comida de avião é sempre horrível, mas esta é tão gostosa quanto a de qualquer restaurante de qualidade. Nós tomamos sopa. Comemos uma salada. Frutos do mar. Um prato de queijos nos é servido entre etapas. Também um bom vinho, servido em taças de verdade. Filé mignon. Recebemos pijamas e edredons grossos. Tenho uma das melhores noites de sono da vida, e a mão de Parker procura a minha no espaço entre nós.

Por mais que eu tenha amado Paris, senti falta de Nova York.

A cidade cintila quando nos aproximamos dela de Uber. O novo porteiro ajuda Parker com nossa bagagem. No elevador, eu sento na mala e me pergunto o que acontece agora. Parecendo ler meus pensamentos, ele diz:

— Eu tenho algumas reuniões, mas posso cozinhar um jantar pra você hoje à noite?

Nós damos um beijo de despedida, e volto ao apartamento. Tanta coisa mudou em tão poucos dias.

Sarah me envia uma mensagem de texto. Um executivo do estúdio quer me conhecer em pessoa na outra semana. Ela diz que é para uma oportunidade ótima.

Meu estômago se contrai de nervosismo. Não estou acostumada a ter esse tipo de reunião. Entretanto, percebo que fico mais empolgada do que com medo.

O quadro que derrubei com o choque ainda está no chão. Eu o coloco de volta. E, devagar, ando pelo apartamento. A reforma acabou. Luke e a empresa dele fizeram um bom trabalho, preciso admitir.

Meu roteiro monstro de Frankenstein ainda está no chão. Não preciso mais dele. Aos poucos, um a um, começo a descolar os post-its do chão.

Recebo uma notificação no celular que lembra que meu voo para casa é em quatro dias. Consulto se posso mudá-lo, só por garantia. Não posso.

Tudo bem, penso. *Eu tenho a reunião mesmo. Já fiquei tempo demais longe de casa.*

Está chovendo. A água escorre pelo vidro, as nuvens de tempestade bloqueiam a vista, e então me sento no chão e começo a fazer a mala. *É melhor fazer um pouco cada dia*, penso, *para garantir que não vou esquecer nada.*

Assim como a cidade, quase todas as peças de roupa que dobro parecem carregar uma lembrança. O vestido da boate. A saia e a blusa áspera que usei para o jantar com karaokê com Taryn, Emily e Gwen. O macacão que usei no voluntariado.

Não quero ir, percebo.

Contudo, aqui não é a minha casa.

Nunca foi. Sempre foi temporário.

Parker faz todas as comidas favoritas dele, a pedido meu. Quero saber do que ele gosta. Ando pela cozinha, tentando ajudar, mas sou chamada de *distração*, o que pode ser porque fico tocando nele. Não consigo evitar. Ver os braços e as costas dele se flexionarem numa camiseta quando está cortando legumes tem um efeito estranho sobre mim.

Boto a mesa, acrescento velas, tento deixar tudo bonito, e o ajudo a servir os pratos. Parker fez frango com parmesão, massa picante e cogumelos grelhados.

— Eu achava que sua alimentação era saudável — digo antes de soltar um ruído de satisfação com a primeira mordida.

— E é. Mas você pediu minhas comidas favoritas. — Ele me olha. — E para de fazer esse barulho. Eu detestaria estragar a mesa linda que você pôs debruçando você nela.

O desejo atravessa meus ossos, mas eu me controlo, como toda a comida, maravilhada porque é ainda melhor do que a de restaurante.

— Está tão bom — digo. — Vou sentir falta da sua comida.

O garfo dele para no prato. Devagar, Parker me olha.

— Por que você sentiria falta? — pergunta.

Nós nos encaramos por cima da mesa.

— Meu voo é em quatro dias.

— Cancela.

— Não posso.

Parker volta o olhar à comida. Por alguns minutos, só há silêncio, nós dois comendo cada um em seu canto, e sinto um abismo se abrindo entre nós, até ele dizer tão baixinho que eu mal escuto:

— Achei que você fosse ficar.

Coloco os talheres no prato.

— Onde? Aquele apartamento não é meu. Eu moro em Los Angeles. A minha vida toda está em Los Angeles. — Falo como se não pudesse escrever em qualquer lugar. Falo com se houvesse qualquer pessoa além de Penelope tentando me segurar na Califórnia. Balanço a cabeça. — Você também vai embora. Quando a aquisição for efetuada, né? Vai pra São Francisco.

Parker franze a testa. Uma dor surge nos olhos dele por um momento.

— Então é isso? — diz. — Só um... adeus?

— Não sei. Eu não quero que seja... mas isso era para durar apenas durante o verão.

Nós temos vidas completamente diferentes, a começar pelas carreiras.

Parker não tem tempo para um relacionamento. Sobretudo agora que está prestes a se tornar o CEO da Virion.

Nós não brigamos pelo restante da noite, mas também não conversamos muito. Há um silêncio em vez da nossa conversa de sempre.

E isso é ainda pior.

28

Quase não vejo Parker nos dias seguintes, exceto pelos links de notícias que Penelope me envia, um vazamento anunciando a ascensão iminente de Parker a CEO da Virion. Parece que a aquisição vai enfim acontecer. As ações da Virion sobem de imediato.

Taryn, Emily e Gwen me levam para um jantar de despedida. Desta vez, comemos tacos no Tacombi e conversamos sobre nossos outonos tomando margaritas e comendo guacamole.

— Você tem que vir nos visitar! — diz Gwen. — O inverno na cidade é tão divertido, tem os mercados de fim de ano e a patinação e a árvore.

— Ela sabe — diz Taryn. — Ela estudou em Columbia, lembra?

— Ah — diz Gwen, franzindo a testa.

Sorrio para ela.

— Eu adoraria.

Se Cali decidir enfim se mudar para aquele apartamento, seria bom passar as festas com Isabella.

Eu me pergunto... o que Parker vai estar fazendo nas festas de fim de ano. Sorrio quando me lembro da árvore de Natal pequenininha do jardim botânico.

— Nós a perdemos — diz Emily. — Você está pensando nele, né?

Fui basicamente forçada (tudo bem, eu adorei) a contar a elas tudo sobre Paris, com detalhes (*Na escada?!*), e elas estão convencidas de que é possível que tenhamos um relacionamento à distância entre Los Angeles e São Francisco.

— Óbvio que está — diz Taryn, tomando um gole de bebida. — Ninguém faz sexo na escada e depois não pensa na pessoa.

Quase engasgo com um nacho.

— Me lembrem de nunca mais contar nada a vocês.

Na manhã seguinte, escuto uma batida na porta. Ainda estou de pijama. Abro a porta e dou de cara com Parker, pronto para uma corrida.

— São seis da manhã — digo. Nós costumamos correr às sete. Faz dias que não corremos, já que ele tem estado ocupado. Ou, talvez mais precisamente, me evitando.

— Nós temos um longo dia pela frente — diz ele.

Eu pisco, sem entender.

— Temos?

Parker me entrega um *latte*. A embalagem é da cafeteria dele. Franzo a testa.

— Não abre tão cedo.

— Eu sei. Fui lá e preparei eu mesmo.

Tomo um longo gole e suspiro.

— Esse é o melhor *latte* que já tomei — digo, falando sério. — Não conte a Jeremy.

Ele sorri, mas o sorriso não chega aos olhos. Tem algo errado, mas não sei bem o quê.

— Achei que você estivesse ocupado — digo.

— E estou — admite ele. — Mas nós dissemos que faríamos isso antes do fim do verão. Já estamos meio atrasados.

Faríamos o quê? De repente, eu me lembro. Então pisco, considerando a ideia.

— Parker. Você não pode estar falando sério.

Ele parece totalmente sério.

Não sei o que me faz colocar uma calça de ioga, uma camiseta e meus tênis, mas talvez seja porque estou cansada dele me evitando. Vou embora no dia seguinte. Se Parker está disposto a me dar o dia todo... eu aceito.

— Não acredito que a gente vai fazer isso — digo quando pegamos o metrô até a ponta mais ao norte de Manhattan.

Eu não pretendia citar a mim mesma, mas ele se vira para mim e diz:

— Não acredito que demorou tanto tempo.

E sinto minhas bochechas esquentarem.

"Entrando em Manhattan", anuncia a placa dos dois lados, com dois desenhos de folhas.

— Pronta? — diz Parker.

— Pronta.

Estou grata por ser tão cedo, porque ando num estado de torpor, parte de mim ainda dormindo. Depois de dez minutos, chegamos aos degraus da 215th Street, subindo como uma onda picotada. Parece que são um milhão.

— Quanto alguém teria que te pagar pra você subir e descer correndo esses degraus agora? — pergunto a Parker. Ele está cansado. Vejo que está cansado, embora esteja bem mais desperto do que eu agora.

— Não existe dinheiro suficiente no mundo.

O sol já nasceu, mas as ruas estão razoavelmente vazias. Em uma hora, chegamos à ponte George Washington e ao mercado. Nós andamos num silêncio confortável conforme ambos vamos despertando, junto do mundo ao nosso redor. Com o passar das horas, mais gente aparece nas ruas. Placas de lojas são viradas. Portas são abertas.

— A primeira cafeteria está quase chegando — diz Parker. Olho para ele. — Eu encontrei lugares para você pegar um café. Em intervalos de horas.

Devo parecer surpresa ou tocada, porque ele só dá de ombros.

— Pareceu crueldade e uma punição estranha não fazer isso.

Estamos na 72nd Street. Tem bancos e um food truck de café. Peço um café gelado, e Parker compra água para nós dois.

Um pouco depois, seguro a camiseta dele, parando diante da surpresa.

— Olha! — digo. Há uma livraria chamada Shakespeare & Co. Não é a mesma, mas me lembra da livraria em Paris.

Parker me olha como se também estivesse se lembrando de Paris.

Chegamos ao limite do Central Park, em Columbus Circle. Há um carrinho de cachorro-quente na esquina, perto da rotunda, e amontoados de ciclotáxis. Uma estátua dourada como o sol sobre um pilar reflete a luz do sol da manhã.

Quatro horas depois de começar a caminhada, começamos a ver outdoors anunciando shows da Broadway e teatros pintados para se parecerem com as peças em cartaz. Avisto uma placa do Applebee's com uma maçã gigante do lado de fora e digo:

— Eu me pergunto quantas pessoas postam uma foto na frente disso sem a menor ironia em mente.

Nós passamos por um restaurante Olive Garden imenso.

E então chegamos ao coração da Times Square, na terra dos paus de selfie, dos mascotes e das sinalizações agressivas. Todas as lojas têm luzes piscantes na fachada, de bares a padarias.

Outdoors ondulam ao nosso redor, exibindo um anúncio atrás do outro, carros, filmes, músicas, maquiagens, roupas e até planos de telefonia celular. Nós paramos lado a lado e olhamos as telas, recebendo de bom grado os comerciais. *É estranhamente bonito*, penso. Tomamos água sentados nos degraus vermelhos.

— Como você está?

— Meus pés estão prestes a entrar em greve — digo. — E os seus?

— Também.

São quase dez horas.

— Seus planos incluem um brunch?

Lógico que sim.

Vinte minutos depois, em NoMad, paramos no Smith para comer. Meu prato tem ovos mexidos, bacon e abacate, e Parker come uma salada.

— Se hidrata — digo, e nós dois bebemos água, os olhares grudados. — Eu não quero te alarmar, mas acho que, se tentar sair desta mesa, as minhas pernas vão cair.

Parker assente.

— Estou sentindo uma coisa parecida.

Vamos ao banheiro e depois seguimos pela Broadway até o Flatiron Building. Nós paramos e o admiramos.

— Parece um nariz — diz Parker.

Parece mesmo.

Entramos na Quinta Avenida para apreciar uns dois quarteirões do que Parker chama de "parada número dois para o café da Elle". Já estive aqui. O Ralph's Coffee disponibiliza cadeiras verdes ao ar livre e mesas circulares que me lembram de Paris. Nós esperamos na fila, e peço um mocha gelado. Parker pede chá gelado com uma fatia de limão. Enquanto esperamos, eu me viro e vejo um espelho enorme na parede.

E me arrependo na mesma hora.

Pareço uma pessoa que acordou às seis da manhã e está andando pela maior parte do dia. Solto o rabo de cavalo e começo a ajeitar freneticamente com os dedos a parte de cima do cabelo.

— Por que você não me avisou que eu estava assim? — digo, amaldiçoando o fato de que eu estava ocupada demais lavando as mãos no banheiro do restaurante para notar.

Parker me puxa para perto.

— Você está perfeita — diz ele e tira uma foto minha. Arranco o celular de sua mão e tiro uma foto de nós dois na frente do espelho. Parker está de cara amarrada em nítida oposição à foto estilo influenciador.

Nós pegamos nossas bebidas e voltamos à Broadway. Passamos por um teatro e pela ABC Carpet & Home, uma loja de móveis de alto nível que também, estranhamente, tem três filiais de grandes restaurantes. Nosso caminho nos leva diretamente pela Union Square.

Está quente na rua, o sol ardendo forte, e, por insistência minha, entramos na Barnes & Noble de quatro andares para apreciar um ar condicionado bem necessário. Andamos pela loja, e eu aponto livros que já li, Parker cada vez mais intrigado com as capas. Ele folheia alguns.

— Todos os livros têm mapas? — pergunta ele.

— Não — digo. — Só os melhores.

Paramos em frente a uma bancada de romances. Parker pega um livro e lê a parte de trás. Franze a testa. Pega outro. Faz o mesmo.

— Nenhum deles te interessa? — pergunto.

Ele coloca o terceiro de volta na mesa.

— Não. Porque nenhum deles parece a gente.

— Acho que alguém vai ter que escrever esse, então.

Adequadamente refrescados, atravessamos a rua para a feira. As barracas vendem lavanda, mel, pretzels, pão e flores. Nós paramos e compramos um doce, o qual dividimos, passando de um para o outro até as nossas mãos estarem grudentas. Limpamos com papel toalha e seguimos andando, até passarmos pela Strand, outra livraria famosa.

— Mais ar condicionado? — pergunta Parker quando entramos.

— Não — digo. — Mais livros.

Não sou escritora de livros, mas adoro estar entre histórias. Há algo pacífico em andar por uma livraria, sabendo que há infinitas palavras esperando serem descobertas. Sabendo que há sempre uma fuga se precisarmos.

— Todo mundo vende coisas de marca própria — diz Parker, e então compra pins da Strand para nós dois como recordação do dia. Em seguida, voltamos à rua. Os prédios começam a exibir faixas roxas da NYU. Nós entramos em NoHo. Tem outra cafeteria boa lá, a La Colombe, mas faço que não. Prefiro seguir em frente a ter que ficar procurando por banheiros.

O SoHo está lotado, e passamos por uma variedade de lojas de marca que já vimos várias vezes.

— Acho que essa é a quinta Sephora de hoje — comento, e Parker nem sabe do que estou falando.

O Jenga Building está ao longe agora, e nós o usamos como estrela-guia, até chegarmos ao Financial District. A essa altura, só consigo seguir porque Parker fica repetindo:

— Estamos pertinho.

Nós passamos pela prefeitura. Alguns quarteirões à frente, há uma fila de pessoas esperando para tirar uma foto com o Touro de Wall Street, uma escultura de bronze.

E então, por fim, misericordiosamente, nós chegamos ao Battery Park. O prédio da Staten Island Ferry é o sinal de que conseguimos.

— Se eu desabasse, você me seguraria antes de eu cair no chão? — pergunto.

— Com certeza — diz ele.

No entanto, não desabo. Na verdade, com um pico de energia, dou um pulo e o abraço. Ele me gira.

— Nós conseguimos — digo.

— Você nem morreu.

— Eu sei, foi ótimo!

Pego o celular dele e tiro uma foto de nós.

— Depois me manda — digo, e aí lembro que nós não temos o número do celular um do outro.

Talvez seja melhor assim, penso. *Se eu for embora e ele nunca me ligar, é melhor que seja porque não pode.*

29

Estou na banheira quando ouço uma batida à porta. Pego uma toalha, seco os pés e a abro.

Parker está do outro lado. Ele parece ter tomado um banho e feito a barba, e o cabelo ainda está meio úmido.

O olhar dele desce até minha toalha. É a menor que eu poderia ter escolhido.

— Desculpa te interromper — diz ele. — Eu posso ir embora se...

— Não — digo. — Não vá.

Parker entra e fecha a porta. A minha toalha cai no chão. Ele vem até mim, e eu ando para trás, até bater com as costas nuas nas janelas que vão do chão ao teto.

— Me diga o que você quer — diz ele, a voz mais torturada do que eu esperava.

— Tudo, Parker — digo. — Eu quero tudo.

Ele fica de joelhos. Passa uma das minhas pernas pelo ombro, depois a outra, e eu solto um ruído de surpresa, só com as costas apoiadas no vidro. Ele enrosca as mãos nas minhas coxas para me dar firmeza. E começa a me devorar.

A língua dele me abre, e derreto na mesma hora, com dificuldade de me manter na posição. Ele passa os dentes de leve no meu ponto mais sensível, e dou um grito e me esfrego sem a menor vergonha na cara dele até me despedaçar, quase me contorcendo na parede, enquanto Parker pressiona uma das mãos no meu quadril. Aos poucos, ele bota uma das minhas pernas no chão e depois a outra.

Eu o levo até o quarto e não acendo a luz. Nós temos as luzes da cidade cintilando abaixo. No escuro, não me apresso: tiro a camisa dele, passo as mãos em seus braços e peito como se estivesse guardando todas as partes na memória. Porque estou mesmo.

Quando me abaixo para tirar a calça dele, fico de joelhos, e Parker diz:

— Você não precisa fazer isso.

— Eu sei — digo, encarando-o. — Eu quero.

E então envolvo-o com meus lábios. Parker fala um palavrão e se apoia na parede mais próxima. Não sou boa nisso, não tenho muita prática, mas ele me diz o quanto é gostoso e enrola meu cabelo úmido no punho sem apertar para que não atrapalhe.

Quando acho que pode estar quase lá, ele me puxa para ficar de pé e diz, com uma voz de pura necessidade:

— Fica de quatro.

Eu fico, as costas arqueadas, a expectativa me deixando sem fôlego, e ele pega a camisinha que diz que começou a carregar na carteira depois de Paris. Ele a coloca e me penetra devagar, e eu me contraio por reflexo, fazendo-o xingar um palavrão junto da minha coluna. Quando me acostumo, ele sai devagar e em seguida se enterra em mim com um movimento suave, com um brilho de prazer que inibe minha visão.

Parker puxa meus quadris para trás, para mais alto, e solto um ruído ofegante no travesseiro quando ele entra em mim com mais força, mais rapidez, até eu não conseguir pensar em nada além das fagulhas subindo pela minha coluna. Quando acho que não aguento mais, ele sai e me vira com delicadeza para ficar deitada de costas.

— Quero olhar pra você — diz ele quando se curva sobre mim. — Pela última vez.

Também quero olhar para ele. Desta vez, quando Parker entra em mim, não é nem um pouco parecido com antes. Ele vai devagar. Encosta a testa na minha. Aninha minha bochecha com a mão.

Nossos olhares não se separam enquanto ele me penetra, enquanto acompanho cada arremetida. Ergo a mão e toco o rosto dele *pela última vez.*

Os lábios de Parker encontram os meus, e o beijo é uma punição. O ritmo dos quadris dele aumenta, e a língua acompanha, sentindo meu gosto, percorrendo minha boca, meus dentes, me marcando, até eu estar gemendo, até estar me contorcendo no membro dele cheia de anseios, como se Parker quisesse que eu lembrasse para sempre deste momento.

Ele segura minha bunda, ergue meus quadris, e eu me desfaço. Solto gemidos, contraio-me em volta dele, um prazer que me inunda como a maré, afogando-me, apenas para se retirar de novo, e ele liberta minha boca para me olhar.

— Parker — digo, e a mão dele viaja até minhas costas, me puxa para o peito quando vai fundo dentro de mim e termina, pulsante, apertando mais forte. Parker me segura assim por alguns segundos, nossos corações falando em código Morse um com o outro.

Ele me coloca na cama, e nós nos olhamos. Só olhamos e olhamos, um guardando o outro na memória.

Sabemos o que é isto, sem dizer as palavras. Esse sempre foi nosso superpoder. É a última vez antes de eu ir embora e nossa vida voltar a divergir.

Que dádiva que tenham convergido, ainda que só durante o verão.

30

A NOTÍCIA SAI ESTA MANHÃ: "Depois da ameaça de desistência, Virion compra a Atomic por 15 bilhões de dólares".

Devem ter sido todas as reuniões, penso. *Negociando o preço para ficar ainda mais alto. É por isso que ele anda tão distante.*

Lógico que a aquisição da empresa dele seria mais importante do que passar meus últimos dias na cidade juntos. Faz sentido. Ainda assim, a flor que tinha florescido em meu peito ao longo do verão parece estar murchando.

Estou com as malas arrumadas quando ouço uma batida à porta.

É ele. Parker está arrumado demais, como se fosse aparecer na televisão. É para uma entrevista sobre a aquisição? Não importa. Eu já vou embora.

Olho para Parker com expectativa, mas ele não diz nada. Não se mexe para entrar. Está sério demais. É agora, não é? A despedida constrangida antes de seguirmos caminhos diferentes e fingirmos que o verão não existiu.

— Você deve estar feliz — digo a Parker, tentando sorrir e falhando. — Pela aquisição.

Ele não parece nem um pouco feliz. Não, parece cansado. Irritado. Olha para minha bagagem como se quisesse tacar fogo nela.

— Antes de você ir embora — diz ele —, eu… queria te mostrar algo.

Olho ao redor.

— Não sei... Ainda tenho que fazer uma limpeza aqui, e não gosto de me atrasar para meus voos.

As palavras pulam pelos lábios dele.

— Por favor. Não vai demorar.

— Tudo bem — digo, porque, apesar de eu conseguir sentir os muros que Parker derrubou começarem a subir de novo, como quando se cobre janelas com tábuas antes de uma tempestade, eu devo ser masoquista, porque quero passar cada momento que resta em Nova York com ele. Mesmo que alguns machuquem.

Um carro nos espera em frente ao prédio. Não pergunto aonde vamos, não importa. Os lugares nunca importaram. O que importou no verão fomos eu e Parker. É isso que percebo quando vejo a cidade passar pela janela atrás dele.

Ele foi o meu verão. E, agora, acabou.

Parker não diz nada. Nem me olha. Estamos tão diferentes agora, eu com minha roupa confortável de viagem, ele usando um terno que parece o que usou para o depoimento no Congresso. É um lembrete forte de que não fomos feitos para combinar.

Minha garganta já está apertada por eu saber que esta é a despedida. Por saber que vou pensar neste momento um dia e desejar ter dito *algo*. Contudo, não digo. Eu me viro para a janela e vejo prédios comerciais virarem lojas bonitas que ocupam a Quinta Avenida como se fossem presentes. Durante as festas de fim de ano, elas são envolvidas em luzes, mas, mesmo agora, cada fachada está perfeitamente cuidada. Tem um bloqueio na rua à frente. O carro para.

Parker abre a porta. Franzo a testa. Está tendo um desfile? Vamos ter que seguir andando?

Sem hesitar, ele me ajuda a sair do carro e me leva para depois das placas e barricadas.

— Eu... acho que a rua está fechada — digo, olhando em volta. Nunca vi Nova York tão vazia. Nós seguimos andando, e vejo tudo até o parque. Não tem nada bloqueando a vista. Ninguém empurrando para passar, nenhum ciclotáxi cobrando o valor de uma passagem aérea para percorrer alguns quarteirões, nenhuma buzina agredindo os tímpanos. Tudo está silencioso.

Quase parece que estamos em um cenário de filme. A percepção chega mais tarde do que deveria. Ele fez isso.

Nova York não dorme, não para, mas parou para Parker Warren.

— Você literalmente parou o trânsito — digo, parada no meio da rua. — Por quê?

Para que ele precisava alugar a Quinta Avenida? Espero uma resposta que não chega nunca e me viro para dar uma última olhada na cidade que eu costumava odiar. Eu a vejo com uma vista desobstruída, as sombras longas no asfalto, a luz do sol reluzindo nos acabamentos de metal. A cidade fica linda no verão, dourada, cintilante.

Eu me viro para Parker, esperando que ele também esteja olhando para a cidade, mas ele só me encara. E está sério demais.

— O que houve?

— Não vai.

Engulo em seco. Era isso que eu queria ouvir, não era? No entanto, não. Não faz sentido. Por mais que eu não queira que o verão termine, a realidade é como a gravidade, que vai afastando a razão do sentimento.

— Parker, você mesmo disse. Você não tem tempo para um relacionamento. E eu não sou boa nisso, eu...

— Não vou aceitar o acordo da Virion — diz ele.

O quê? Franzo a testa.

— Vão te dar mais bilhões de dólares — digo, como se talvez ele não tivesse percebido essa parte.

— Em junho, eu talvez tivesse aceitado. Mas agora... não posso.

— Por quê?

— Eles insistem em vender os dados dos nossos clientes. Negociei algumas limitações, e acabaram aceitando e subindo o preço, mas eu... não posso. Eu *me importo*, acho. E todo mundo precisa de algo com que se importar. — Ele está repetindo as minhas palavras. Uma coisa no meu peito se aperta. Ele se lembra de tudo, acho. Como se cada palavra que sai da minha boca fosse um roteiro estudado e anotado.

— Isso quer dizer que você não vai receber o dinheiro? Que não vai concretizar a venda?

Ele assente.

— Vou voltar a cuidar dela. Vai ser bem menos dinheiro no meu bolso, mas pelo menos vou ter a liberdade de fazer o que achar certo.

— Você ainda vai estar ocupado — digo. Talvez não tão ocupado quanto estaria caso se tornasse CEO da Virion, mas vai continuar sendo o CEO da Atomic.

Foi isso que ele disse, o motivo por que isso não poderia dar certo. Parker estava ocupado demais para um relacionamento.

— Vou estar — diz ele. — Mas nunca ocupado demais pra você.

Engulo em seco. Quero que seja verdade. Quero que nossa vida encaixe como peças de um quebra-cabeça, mas nós dois somos peças de canto.

— Você disse que sua empresa vem primeiro. Que sempre virá.

— Elle, por você eu trago a empresa pra cá, pra Nova York. Por você, eu contrato outro CEO. Por você, doo todo o meu dinheiro. Eu não ligo. Nada disso importa. Não como você importa.

Ele não pode estar falando sério. Além do mais, eu não *quero* isso.

— Eu não quero que você se ressinta de mim. Não quero que faça algo só porque acha que é o que eu quero. Não quero que você abra mão de todas as coisas que sempre quis.

— Eu não faço nada que eu não queira — diz ele. — E, Elle, só pra deixar tudo registrado: eu nunca quis nada como quero você.

Não sei se estou respirando. Meus olhos estão ardendo.

Parker dá um passo até mim, no meio da rua vazia. Os olhos dele estão me prendendo no lugar.

— Eu te amo, Elle.

— Não — digo, balançando a cabeça. — Não ama, não.

— Amo — diz ele, a voz tão sincera que meu coração se parte.

— Não. — Dou um passo para trás. — Você não entende. Você não me conhece. Eu sou horrível. Se eu tenho um compromisso, não consigo fazer mais nada no mesmo dia. É patético. Eu fico feliz demais quando o barista se lembra do meu nome. Eu tenho que ter um papo motivacional comigo mesma por quinze minutos antes de ligar para o consultório médico. — Não consigo parar de falar, as palavras estão jorrando, porque, se eu parar, ele vai dizer outra coisa, e eu estou com medo de como posso acabar me sentindo. — E, falando nisso, como todo mundo é tão… responsável?

Como as pessoas simplesmente... vão aos correios? Ou fazem a declaração de imposto de renda no prazo? Eu sou tão enrolada que é inacreditável. Vai por mim.

O canto da boca dele arqueia.

— Elle, você está tentando me convencer a não te amar?

— Estou! — digo. — Exatamente.

— Tarde demais — diz ele. — E, sim, Elle, eu te conheço. Eu te conheço e te amo.

Ele está bem na minha frente agora. Passa o polegar pela minha bochecha, e é nessa hora que percebo que estou chorando. Por que estou chorando?

É porque eu sei. Sei que ele está falando a verdade. Nesse verão, permiti que ele se aproximasse, que me visse, que me *conhecesse*. E ele me ama.

É assustador. Para me amar é preciso conhecer as minhas cicatrizes, e eu sou a única que já viu todas.

Entretanto, eu quero que ele me veja. Quero jogar os espinhos fora, deixar que ele aprenda cada pedacinho de mim e me ame por inteiro.

— Eu te conheço e eu te amo também — digo antes que consiga me segurar. Engasgo com o choro. É verdade. Eu o amo há um tempo. Não adianta negar agora, apesar de eu estar prestes a entrar num avião para voltar para casa. Balanço a cabeça. As lágrimas estão correndo a toda agora, e eu quero que parem, mas elas não vão parar. — Meu Deus, sentimentos são uma coisa tão constrangedora — digo. — É por isso que eu só escrevo. E faço outra pessoa dizer.

É nesta hora que Parker fica de joelhos devagar, sem tirar os olhos dos meus.

Meu corpo fica imóvel. A cidade está quieta ao nosso redor, como se estivesse prendendo o ar.

— O que você está fazendo? — digo, o sentindo o pânico crescendo, enfim compreendendo tudo. — Você não quer se casar — lembro a ele. — Você disse que era o contrato mais burro do mundo.

Ele está sorrindo agora.

— Se você se casar comigo, Elle, vai ser o melhor contrato que eu vou assinar.

Não há aliança. Eu não ligo. Só o vejo, e meus sentimentos estão um caos agora. Todas as emoções que sufoquei no verão estão emergindo, e *eu quero isso*. Não quero que o verão termine. Não quero ir embora. Não quero ficar longe dele de novo.

— Casa comigo, Elle — diz ele. — A gente pode resolver o restante depois. Juntos.

— Sim — digo, antes que possa pensar em todos os motivos para não fazer isso. O sorriso dele se alarga, os olhos se enrugam. Nunca o vi tão feliz.

Parker me beija.

Ele me beija, e eu consigo vislumbrar tudo. Um futuro. Uma vida. Um verão infinito.

— Tem mais uma coisa — diz ele e pega a minha mão. Parker me leva até a loja mais próxima. A porta parece um portão em arco, como algo saído de um conto de fadas. As janelas são cobertas por verde.

Harry Winston. Está vazia por dentro, como as ruas. As vitrines estão todas abertas.

Engulo em seco. Já vi esse filme.

— Eu tenho que... você sabe... *escolher um*? — digo.

Parker franze a testa, como se não entendesse a referência. Como se não tivesse ideia do que estou falando.

— Não, são todos seus.

Eu pisco.

— Parker, eu não preciso...

— São 94. Um pra cada dia que nós passamos juntos no verão. Comprei todos. — Ao sentir a minha relutância, ou talvez horror, ele diz: — Venda. Doe pra uma instituição de caridade. Eu não ligo. Eles são seus.

Ele enfia a mão no bolso do terno.

— E tem outra coisa.

Parker pega um pedaço de papel e me entrega. É uma escritura. Semicerro os olhos, sem entender, até ler o endereço.

Eu o conheço melhor do que o meu. Já o pesquisei múltiplas vezes, nos meus piores bloqueios de escrita. Tenho o anúncio impresso e colado no quadro de tarefas que Penelope fez para mim três Anos-Novos atrás. É a casa dos meus sonhos.

Atrás das minhas costelas, meu coração se parte.

— É sua.

Não. Aos poucos, tudo de bom fica amargo. Pisco vezes demais, torcendo, desejando que isso não seja o que acho que é.

Quando olho para Parker, ele deve sentir o meu horror, porque o sorriso dele desaparece de repente.

— Elle...

Contudo, eu já me afastei. Balanço a cabeça, como se talvez minhas emoções voltem ao lugar, como se talvez tudo passe a fazer sentido, como se talvez os últimos momentos possam ser engolidos e não haja essa semente de traição criando raízes no meu estômago.

— Você não fez isso, Parker. Me diga que não fez.

Ele está confuso. Em pânico. Não sabe o que fez de errado, e essa é a pior parte.

Parker aponta para uma parte do documento.

— Isso é um documento de transferência. Quando você assinar, vai para o seu nome. É sua. Não vou ter controle sobre ela. Vai...

— Você não entende, Parker — digo, a voz falhando. — Não tem só a ver com controle. Tem a ver com *orgulho*, tem a ver *comigo*. Eu queria comprar com *meu próprio trabalho*, nos *meus termos*. Você tirou isso de mim. Você... você nem *entende* por que isso tem importância pra mim.

Meu mundo começa a girar.

É ele na escada, dando a entender que poderia comprar meu afeto. É meu pai pagando meus empréstimos estudantis antes de mim.

Esse era *meu sonho*. Para o qual eu estava economizando. O que eu tenho desde os dezoito anos.

E ele acabou de tirar isso de mim.

Ouço a minha mãe na minha cabeça. O que estou fazendo? Como pude pensar que tinha como dar certo?

— Elle — diz ele, estendendo a mão para mim —, qual é o problema?

Tudo. Simplesmente tudo.

Dou um passo para trás, para longe do alcance dele.

— Não posso fazer isso — digo. — Desculpa. Eu só... não posso. — Eu me viro para ir embora.

Parker segura meu antebraço com gentileza. Os olhos dele estão arregalados. Nunca o vi com tanto medo. Nem na frente do Congresso, nem quando a aquisição não estava sendo aprovada. Ele estava sempre sob controle. Sem se preocupar. Agora, seus olhos estão brilhando.

— Por favor, Elle. Me deixe resolver isso.

No entanto, não há como resolver. Nunca houve. Eu soube desde o começo que a relação não daria certo. Deveria ter ouvido a mim mesma. Deveria ter percebido que um verão não era o suficiente para mudar ninguém.

Posso comprar o que eu quiser.

É isso que ele pensa? Que pode me comprar? Comprar meus sonhos? Comprar meu amor? Eu estava errada. Ele não me conhece. Não me entende. Como poderia?

— Elle — chama ele enquanto fecho a mão na maçaneta. — Não faça isso.

Entretanto, tenho que fazer.

Saio da joalheria. Sinto que ele vem atrás de mim. Ouço-o chamando meu nome.

A rua está fechada, não há nenhum táxi. As lágrimas borram minha visão. Começo a andar o mais rápido que consigo, depois saio correndo, e começo a *chorar de soluçar*, porque achei que tinha acontecido. Que eu enfim tinha encontrado alguém que entende o tom único e complicado que há em mim.

Eu me enganei.

As ruas passam, e eu encontro carros, e parece que a cidade enfim soltou o ar. As calçadas estão lotadas de pessoas, passando e esbarrando em mim, que não ligam para o fato de o meu peito estar trancado de vez.

Balanço a mão freneticamente, até que um táxi fica com pena de mim.

É tudo um borrão. Pegar minha bagagem. Sair do apartamento onde passei o verão. Sair do prédio. Dizer adeus à cidade.

E pegar outro táxi para deixá-la.

31

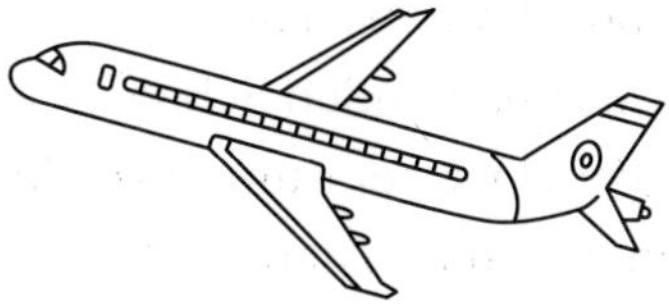

Os filmes têm uma fórmula. Uma estrutura de três atos. Uma resolução. A vida não é assim. A vida não cabe em caixas bonitas, não parece um esboço, não funciona desse jeito.

A vida seria um filme péssimo.

Horrível.

Um fracasso de bilheteria.

Sem bônus.

Nenhum.

O verão acabou. Meu roteiro está pronto. E estou voltando a Los Angeles. *Era para ser assim*, digo a mim mesma. *Era o melhor cenário possível.*

Então, por que tenho a sensação de que perdi tudo?

Penelope vai me buscar no aeroporto. No carro, conto tudo a ela. Penelope para no estacionamento, e eu desabo em cima dela, ofegante, chorando.

— Eu o amava — digo a ela entre soluços. Falo no passado, como se não fosse amá-lo mais pelo restante da vida. — Eu o amava de verdade.

— Eu sei — diz ela, fazendo carinho no meu cabelo. — Sei que amava.

Os executivos do estúdio me oferecem um contrato de três filmes. Eles amam meu roteiro. As filmagens começam no outono.

— Vão usar computação gráfica pra fazer parecer que é verão — garante Sarah. Sou convidada a ir ao set. Eu recuso. Voltar a cada locação, voltar à cidade, seria doloroso demais.

Eu me jogo na escrita. A dor produz um roteiro atrás do outro. Cali bota o apartamento à venda.

A cidade é ruim para o bebê.

Passo as festas com ela, a pequena Isabella e Pierre na Suíça, antes de eles irem passar um tempo com nosso pai.

Gwen está fazendo MBA na London School of Economics e nos convida a visitá-la. Nós vamos. Penelope tem um envolvimento breve e previsível com um professor de trinta e poucos anos de lá.

Em intervalos de poucos meses, sempre há uma manchete nova.

"Atomic descarta acordo da Virion — Parker Warren continua como CEO da empresa de tecnologia em crescimento."

Depois: "Atomic se torna pública", acompanhada de uma foto de Parker tocando o sino. Ele está sorrindo, mas o sorriso não alcança os olhos, que nem se enrugam.

Por fim: "Solteirão Bilionário não é mais bilionário: gênio da tecnologia doa boa parte de sua riqueza para instituições."

Penelope bate com esse jornal na minha mesa.

Olho para ela.

— O que tem?

— O que tem? Esse homem literalmente deu o dinheiro todo dele por você.

Reviro os olhos.

— Ele ainda tem dinheiro à beça. — Com os juros, sério, é provável que Parker vá ter que se esforçar para *não* ser bilionário com regularidade se isso for tão importante para ele. — E ele não fez isso por mim. Fez porque acha que é a coisa certa a fazer.

Penelope parece exasperada.

— Não entendo. Você está infeliz, Elle. Você o ama.

— Ele é CEO de uma empresa de tecnologia enorme com milhares de funcionários. Sempre vai ter mais dinheiro, mais poder. Ele vai me diminuir.

Ao lado dele, sempre vou ser ninguém. Todo mundo vai achar que sou uma esposa-troféu, nenhuma das minhas realizações vai importar.

— Não acho que isso seja verdade, Elle, eu...

— A minha mãe o odiaria.

Penelope franze a testa.

— Elle, sua mãe iria querer que você fosse feliz — diz ela.

— Eu sou feliz — digo, um pouco na defensiva demais.

Ela não parece convencida.

— Eu não te entendo. Por que você é tão obcecada por dinheiro?

Chego para trás.

— Obcecada por dinheiro? Se tem alguém obcecado, é ele.

Ela balança a cabeça.

— Você é mais obcecada por dinheiro do que qualquer pessoa que eu conheça, e está deixando o amor da sua vida escapar por causa disso.

Meus olhos ardem.

Ela tem razão.

No entanto, não sei como resolver.

32

UM ANO E MEIO DEPOIS

— É uma boa manchete — diz Sarah.

"Conheça Elle Leon: o cérebro por trás do maior sucesso do verão."

É ótima, e é minha primeira entrevista.

O filme estreou com críticas incríveis. Não li nenhuma. Quando passou do ganho projetado de bilheteria, nem sequer olhei os números.

Na entrevista, o jornalista me perguntou:

— Onde é seu lar? Onde você é mais feliz?

A minha resposta foi genérica. Eu que não transformaria uma entrevista em sessão de terapia.

Por dentro, entretanto, eu sabia a verdade.

Los Angeles não pareceu um lar quando voltei. Não mais. Meu lar era do outro lado do país, em uma cidade para a qual eu não tinha coragem de voltar.

Quanto ao lugar onde sou mais feliz, eu não saberia responder. Porque, como Penelope tinha dito, já faz um tempo que não sou feliz.

Nos últimos dias de vida, minha mãe queria ir para casa. Ela teve que ficar no hospital e odiou.

"Não se lembre de mim aqui, neste quarto", disse ela. "Lembre-se de mim feliz. Lembre-se de mim com você, na cozinha, fazendo arepas.

Lembre-se de nós dançando na ponta dos pés e pintando com os dedos." Eu chorei, segurei a mão dela e prometi. Eu só me lembraria dela feliz.

Penelope tinha razão. Ela iria querer que eu fosse feliz também.

Dirijo duras horas até o depósito onde minhas melhores e piores lembranças ficam guardadas. Não vou lá desde que ela morreu.

O que veio depois foi um caos. *Eu* fiquei um caos. Voltei para casa por algumas semanas, para resolver tudo. Contudo, não me pareceu a minha casa estando vazia.

Não, não completamente vazia. A casa estava cheia de plantas, os bens mais preciosos da minha mãe, variedades exóticas que ela tinha reunido ao longo do tempo. Cada uma tinha nome. Ela *falava* com as plantas. Quando perguntei por que, ela disse que as plantas ouviam. Disse que isso as fazia crescer mais fortes. Eu tinha que admitir que dava certo. Ela dizia como elas estavam bonitas, e elas floresciam. Eram vibrantes, coloridas, saturadas e estavam sempre viradas para o sol. Ela tinha tentado me ensinar a molhá-las, mas eu não tinha prestado atenção.

Eu tentei. Durante semanas, tentei, mas todas morreram, uma a uma, e parei no meio da sala chorando, *gritando*, porque elas eram como a minha mãe. Tão vibrantes, tão vivas, e de repente murchando. De repente, *morrendo*.

A vida não ligava para a dor. O banco também não. As contas tinham que ser resolvidas. A casa tinha que ser esvaziada para ser posta à venda, para que as dívidas fossem quitadas. Tive que encontrar aquele depósito e guardar todos os nossos momentos. Fechar a porta dele pareceu outro enterro. A única coisa que guardei comigo foi o colar. Toco nele agora, quando alguém do depósito abre a fechadura.

Eu me sento no chão como uma antropóloga e junto as peças do nosso passado. Sorrio de leve por causa dos projetos de arte horríveis que minha mãe insistia em guardar: o quadro que Cali fez com maquiagem porque se esqueceu de levar o material para casa, as fotos com moldura de macarrão que nós duas fizemos no segundo ano, nossos sorrisos sem os dentes do meio.

Faço descobertas, como a única prova de que minha mãe teve vida antes das filhas: livros em espanhol, da universidade, antes de ela abandonar o curso. Minha mãe os guardou. Eu queria poder perguntar por quê. Queria poder perguntar se ela voltaria e faria as mesmas escolhas, sabendo como terminavam.

Queria poder perguntar se o ódio a levou a algum lugar. Se seguir as regras de vida que ela criou fez com que viver ficasse mais fácil.

Queria poder perguntar sobre quebrá-las.

Minha mãe sempre olhou para mim como se eu fosse seu espelho. Como se eu fosse sua versão do passado. Como se ela pudesse sacudir meus ombros e me avisar para não seguir o caminho que ela já tinha percorrido.

Penelope diz que minha mãe iria querer que eu fosse feliz, mas por que ela não escolheu a felicidade?

Na última caixa, encontro coisas do hospital. Quase não olho, mas suspiro e reúno coragem. Aos poucos, vou tirando as coisas de dentro. As últimas revistas que ela folheou. Os últimos cartões que amigos e colegas enviaram.

No fundo tem pilhas e pilhas de papéis. Não, não só papéis. Roteiros. Os que a minha mãe insistia que eu imprimisse para ela.

— Me deixa ler o que te dá mais orgulho — dizia ela.

Eu os deixava no quarto dela, mas minha mãe estava fraca no fim, quase nunca acordada, e eles estavam intocados na época em que ela faleceu.

Ou foi o que pensei.

Agora, quando os folheio, vejo algo que me deixa imóvel. Anotações nas margens. Possivelmente, as últimas palavras que ela escreveu.

Com os dedos trêmulos, eu viro as páginas.

São críticos e precisos. Ela risca trechos inteiros de diálogo. Diz que o conflito não é forte o suficiente.

Ela me diz quais partes ama. Em quais personagens me vê. De que falas gostou tanto que chegou a sublinhá-las três vezes.

Na última página, há um parágrafo escrito às pressas, como se ela quisesse ter certeza de botar todas as palavras no papel:

"Elle. Minha leoazinha. Não seja uma daquelas escritoras que guarda todas as suas melhores falas para os personagens. Diga-as você. Não guarde as melhores histórias para seus roteiros. Viva-as. A vida não é um filme. Nunca tem só um começo ou um fim. Sempre existe a chance de recomeçar. Meu maior arrependimento é não me dar novos começos. Não cometa os erros que cometi. Comece de novo e de novo e de novo. A promessa de um novo amanhã é a melhor parte de viver. Eu amo você e sua irmã mais do que tudo. Cuidem uma da outra."

Choro segurando o papel junto ao peito, como se pudesse gravar as palavras na minha alma. Como se pudesse abraçar minha mãe uma última vez.

Como somos tolos, cautelosos, sabendo que tudo que amamos um dia vai se perder.

É a maior regra da vida. Tudo sempre termina... e, ainda assim, nós recomeçamos.

É assim que vou parar em um avião para Nova York, o último lugar em que vivi uma vida melhor do que a dos meus filmes.

O fantasma dele está por toda parte, tocando tudo, como o sol. A cidade está carregada de lembranças. Não dá para me esconder delas, então não o faço. Vou aos mesmos lugares, mas eles estão diferentes, como se a alma tivesse sido roubada.

Tenho dinheiro para a casa agora. Paro na frente dela e não vejo nenhuma placa de venda. A parte de fora está pintada de outra cor. Parker deve ter vendido depois que fui embora. Queria saber a quem pertence agora.

Depois de vários e-mails, a corretora de imóveis diz que o dono aceitou me deixar vê-la, mesmo fora do mercado. Ela tem cabelo armado e anda rápido demais de salto. Sobe a escada em um piscar de olhos e coloca a chave na fechadura.

A porta se abre.

Não está nada parecida com o que era quando eu dava aula aqui. Não, está evidente que passou por uma longa reforma. Eu me lembro de ter visto os empreiteiros entrando e saindo. A sala de estar foi transformada em biblioteca, com estantes do chão ao teto. Tem um assento de janela para leitura. A cozinha é branca, com uma ilha de mármore em cascata e uma bancada cheia de máquinas de café. A lareira foi refeita em pedra. Quando chego mais perto, vejo que tem uma estampa floral.

— Vou deixar que você conheça a casa — diz a corretora, e fico grata. — É uma propriedade bem atípica — acrescenta ela. — Muito... específica. — E ri. — O andar de baixo é uma quadra de basquete, dá para acreditar?

Estranho.

Subo a escada. O segundo andar tem um quarto de hóspedes e um escritório. A escrivaninha fica junto da janela. Há uma impressora ao lado. Fotos estão penduradas nas paredes, mas não dou muita atenção a isso. Não continuarão aqui se minha proposta for aceita. O terceiro andar abriga um cinema, até com máquina de pipoca e projetor. E outro quarto.

Vou para o último andar. É a suíte com a claraboia. Nesta hora, fico paralisada.

As paredes... estão cobertas de fotos.

De Nova York.

De mim.

De *nós*.

Todas as fotos que Parker tirou, algumas que eu nem percebi, estão penduradas lá, emolduradas como obras de arte.

Não, isso não pode estar certo. Eu supus que Parker a tinha vendido logo depois de eu ter ido embora. Por que ele ficaria com a casa?

Abro a porta de maneira distraída e vou para o terraço.

Está tomado de flores. *Rosas*. Cor de manteiga, cor de cereja, rosa--bailarina; algumas são listradas, como balas.

Desço a escada correndo para o escritório. As molduras nas paredes abrigam os meus roteiros. Todos os que vendi estão pendurados na parede, expostos com orgulho.

Meu corpo perde a força quando desço para a cozinha.

— Quem é o vendedor?

— Um CEO de tecnologia — diz ela. — Ele nunca morou aqui, mas está bem-cuidada. Uma equipe vem toda semana para manter a casa na melhor condição.

— E quando foi comprada? Quando foi reformada?

Ela olha para os papéis à sua frente.

— Comprada no fim de junho, dois verões atrás. Reformada logo depois.

Se isso for verdade... ele começou a reformar a casa quando estávamos nos apaixonando. Esta casa...

É uma carta de amor para nós. Uma carta de amor para o nosso verão.

Ou, pelo menos, era.

Acho que vou vomitar.

A corretora suspira.

— Eu tive várias propostas pela propriedade, mas ele se recusou a vender até agora, até eu mostrar sua carta pra ele. — Eu tinha escrito uma para convencer o vendedor a me deixar ver a casa, pois não estava à venda. — Você deve ter causado uma impressão e tanto. Ele diz que você é a única pessoa a quem venderia.

Parker leu a minha carta. Ele sabe que estou visitando a casa. Meu peito começa a se apertar. De repente, estou de volta àquele quarteirão vazio de Manhattan, fugindo dele, do nosso futuro.

Engulo em seco.

— Quanto ele pagou por ela?

Ela me diz.

— Essa é a minha proposta — digo.

A corretora digita. Envia. O telefone dá um toque.

Foi aceita.

A porta do elevador se abre e sou recebida por um poodle miniatura.

E outro.

E outro.

São todos idênticos.

— Nós gostamos de reunir todos de vez em quando — diz uma voz, tão forte quanto antes.

Edith Adelaide.

Ela é uma das principais doadoras da organização com a qual estou envolvida, para levantar dinheiro para programas de arte. Quando recebi o convite da festa uns dias atrás, quase o joguei fora. Eu sabia que este lugar desenterraria todos os tipos de lembrança. Ainda assim, eu fui. Parte de mim queria lembrar, talvez.

Sou uma das primeiras a chegar. Tem caixas encostadas nas paredes. Funcionários entram e saem.

— No processo de vender tudo — diz Edith. — Quando se chega perto dos noventa, não há certeza. Decidi que não confio que algum parente distante não vá contestar meu testamento quando eu morrer. Estou dando tudo aos poucos, enquanto ainda estou respirando.

O estúdio me deu liberdade total sobre meu próximo projeto. Penso em Edith e na sua história. Ela me interessa por vários motivos. Há uma pergunta que quero fazer há algum tempo. Parece grosseria, mas ela é uma pessoa direta. A pergunta simplesmente sai.

— Como você lida com isso?

— Com o quê, querida?

— Com as pessoas sempre supondo que foi seu marido quem fez fortuna. Com as pessoas supondo que você tem tudo isso — indico o apartamento — por causa de uma herança, e não por que você foi uma das primeiras pessoas a investir em empresas de internet?

Ela inclina um pouco a cabeça.

— Eu não lido — diz. — Me deixa furiosa. — Ela dá de ombros. — Mas eu não vivo minha vida para as outras pessoas. Vivo pra mim. A falação não importa de verdade. — Ela parece pensativa. — Uma pessoa próxima me disse certa vez que, no fim das contas, a única coisa importante na vida é quem você ama... e quem ama você.

O elevador apita. Ela sorri para mim.

— Com licença, querida.

Há poetas, autores, roteiristas e artistas famosos presentes, junto de outros apoiadores de arte. Nós falamos sobre programas escolares futuros. Marcamos datas para diferentes iniciativas. É bom conversar com as pessoas que vi em outros encontros a que fui.

Estou perto da mesa de comidas, olhando para uma fileira de queijos e me perguntando se seria grosseria colocar a tábua inteira no meu prato, quando uma voz fala atrás de mim:

— Elle Leon? — Eu me viro e me deparo com uma mulher estilosa. O cabelo grisalho está preso em um coque, e ela está usando saltos que eu mataria para ter e para conseguir usar de forma confortável. — É você! Sou uma grande fã sua.

Sorrio. Não é a primeira vez que isso acontece desde que a minha identidade foi revelada, mas nunca fica menos surpreendente. Não só que alguém tenha visto um filme que fiz, ou que minhas palavras tenham virado um filme, mas também saber que fui eu quem o escreveu.

É gratificante conhecer a plateia. Lembra para quem estou escrevendo: a garota que era como eu quando adolescente, procurando uma fuga. A mãe e a filha vendo juntas para tentarem se entender. Essa mulher elegante na minha frente, que me diz que meu filme mais recente a ajudou a passar por um rompimento.

— Namorar na minha idade é um desafio — admite ela. — Mas nunca desisti do amor.

— E não deveria mesmo — digo, apesar de ter desistido muito tempo atrás.

Ela está me olhando com atenção. Sorri.

— Tenho a sensação de que conheço você — diz ela, enrugando os olhos, e isso não é algo inédito para mim. Penso nisso como uma dádiva, o fato de eu ter conseguido escrever histórias que fazem as pessoas se sentirem tão próximas. — E não só por causa dos seus filmes. Eu...

— Mãe — alguém diz. Ele parece irritado, como se quisesse ir embora. — Nós temos que ir ao outro lado da cidade pra...

E aqui está ele.

Parker Warren.

Não, não pode ser ele. No entanto, é, apesar de ele estar um pouco diferente. Mais severo. As maçãs do rosto estão um pouco mais pronunciadas, o cabelo está um pouco mais desgrenhado. Ele está com a cara amarrada até olhar e ver com quem a mãe está falando.

Parker para de falar. Nem tenta terminar a frase. Só me olha com uma descrença e uma intensidade que reconheço, com olhos verdes que tentei esquecer.

Eu deveria ter imaginado que havia uma chance de ele estar aqui também, mas não. Parker mora em São Francisco, e esta é uma reunião de uma instituição beneficente dedicada à *arte*.

Meu coração dispara. Não consigo fazer isso. Não consigo sorrir e falar com ele e fingir, e acaba sendo a coisa mais grosseira que já fiz na vida, mas digo "Com licença" para a mulher adorável com quem eu estava falando e saio correndo.

O elevador está demorando. Aperto o botão mil vezes, mas é um treco velho, e as luzinhas estão demorando demais, e nós estamos na cobertura, e eu não consigo respirar. Então, faço a única coisa que posso.

Vou de escada. Encontro a porta e começo a descer, mais rápido do que já desci na vida. Um lance após o outro.

Em determinado momento, ouço a porta se abrir e então se fechar.

— Elle.

A voz dele ecoa. Não o ouço dizer meu nome há tanto tempo que essa palavra me deixa imóvel. *Elle*. Na boca de Parker, meu nome parece pertencer a outra pessoa. Uma pessoa que era feliz, uma pessoa de quem estou começando a me lembrar agora.

Hesito o suficiente para ele descer três lances de escada e então aparecer bem aqui, acima de mim.

Nós só nos olhamos.

— Você não parou de correr, parou? — diz ele, a voz um sussurro, os olhos cheios de algo que parece ser esperança.

Estou encostada na parede, apoiada como se ela pudesse me proteger desses sentimentos intensos que estão começando a corroer minhas costelas.

— Está bem óbvio que acabei de parar.

Ele balança a cabeça.

— Não, estou falando de correr regularmente. Como exercício.

Ah. Eu me pergunto se o fato de não estar curvada respirando com dificuldade depois de descer correndo vários lances de escada é o primeiro indício.

Ele tem razão. Continuei correndo, mesmo depois daquele verão. Eu corro quase todas as manhãs agora. É a única coisa que espairece minha cabeça.

É uma parte dele que eu não quis que terminasse.

Há só dez degraus entre nós. Ele desce um, e restam nove.

— Você deveria estar em São Francisco — digo em tom de acusação.

Ele balança a cabeça.

— Eu montei um escritório aqui. Transferi a maior parte da base da empresa para Nova York.

— Por quê?

— Todas as minhas melhores lembranças estavam aqui — diz ele com simplicidade.

Parker desce outro degrau. O olhar dele está me grudando no lugar. Eu me sinto um espécime preso num microscópio, mexendo-me sob a observação implacável dele.

— Você está feliz? — pergunta. A voz está precisa, direta. Outro degrau.

Não consigo encontrar forças dentro de mim para ser qualquer coisa que não seja sincera.

— Não. Você está?

— Estou infeliz pra caralho. — Outro degrau. — Estou infeliz desde o dia em que você me deixou na joalheria.

Engulo em seco. Os olhos dele estão de repente no meu pescoço.

— Sinto muito — digo, e falo com sinceridade. — Pelo... jeito como fui embora. Sei que você me odeia. Sei que você não queria me ver aqui e...

— Eu não te odeio, Elle. Eu nunca poderia te odiar.

— Eu me odiaria — digo. *De certa forma, eu* me odeio *mesmo*, penso. Outro degrau. E mais outro. Ele está tão perto agora. A única coisa que ainda ocupa o espaço entre nós é eletricidade, e fico com medo pelo tanto que quero estar perto dele, mesmo depois de tanto tempo. Então, preencho o espaço com palavras, como sempre fiz. — Eu... vi a casa — digo, apesar de ele saber disso, obviamente, porque acabei de comprá-la.

Algo brilha nos olhos dele. Dor. Outro degrau.

Lógico. Ele não só comprou a casa... também a mudou. Reformou. Minha voz é um sussurro.

— Você a fez pra mim.

— Eu a fiz pra nós, Elle.

Estamos no mesmo patamar agora. Curvo o pescoço para olhar para ele. Eu quase tinha esquecido como ele é alto.

— Parabéns pela compra. — Ele parece feliz por mim, mas os olhos não perderam aquela intensidade, como se fosse uma tortura para ele ficar aqui parado falando comigo sobre a casa que fez para nós e pelo fato de eu estar morando lá sem ele. — Você está... com alguém?

Balanço a cabeça, e o alívio dele é tangível. Morar naquela casa com *outra pessoa* talvez tivesse sido demais.

— Você está? — pergunto, preparando-me, esperando que ele diga que sim, esperando ouvir que ele é o verão de outra pessoa agora.

Ele balança a cabeça.

— Não tem mais ninguém, Elle — diz ele. — Nunca teve mais ninguém. Não pra mim.

Que bom. Quero dizer, não é bom, mas...

Sim, que bom.

Ele está tão próximo, e meu corpo parece derreter, relaxar, como voltar para casa depois de um voo longo. O dia na joalheria parece ontem. *É tão fácil*, penso, *alguns momentos parecerem mais importantes do que anos inteiros.*

O hálito dele está quente na minha testa.

Uma porta se abre em algum lugar. Eu a ouço se fechar. Alguns convidados estão reclamando do elevador.

A escada parecia nossa, mas o lembrete de que não é destruiu a ilusão. Parker dá um passo para trás. Eu me empertigo.

— Foi bom te ver, Parker — digo, estendendo a mão. Um aperto de mãos. Consigo trocar um aperto de mãos. Se ele me abraçar, acho que vou cair no choro, e já fui dramática à beça ao descer correndo pela escada.

Ele segura minha mão.

Não solta, e enfia a mão no bolso e pega uma caneta. Sem hesitar, escreve algo no meu pulso, por cima da minha pulsação.

— Meu número. Você nunca anotou.

E vai embora.

É minha primeira noite na casa.

O pessoal da mudança acabou de ir embora. Estou cercada de caixas, ou, como gosto de chamá-las durante esta semana, meus móveis.

Acabei de tomar um banho, e, por mais que eu tenha esfregado, a tinta não sai do meu pulso. *Caneta cara estúpida.* Estou sentada no chão de moletom, na frente de uma caixa que é minha mesa de centro, olhando os números, até reunir coragem de ligar.

Só toca uma vez.

E:

— *Elle*.

Eu pisco.

— Como você sabia que era eu?

— Esse é meu telefone pessoal. E você foi a única pessoa pra quem dei esse número.

Reviro os olhos.

— Você é ridículo.

— Talvez. O que você está fazendo agora?

— Sentada no chão, usando uma caixa como mesa de centro — admito.

Ouço um movimento, como se ele estivesse se levantando.

— Por que você está sentada no chão, Elle?

— Ainda não tenho móveis.

— Você comprou a casa mobiliada — diz ele. — Não gostou? — acrescenta, parecendo genuinamente preocupado.

— Não, eu gostei. É só que… eu precisava de algo diferente. Então, doei tudo. As minhas coisas novas chegam esta semana. — O que não digo é que a lembrança dele estava por toda parte, e eu precisava fazer este lugar parecer meu. — O que você está fazendo?

— Estou no escritório.

Franzo a testa. São dez da noite. Meu estômago também escolhe este momento para roncar.

— Está com fome?

— Passei o dia de mudança.

— Você deveria ter me ligado. Eu teria te ajudado.

Estou prestes a dizer algo tipo que tenho certeza de que ele tem coisas melhores a fazer durante o dia do que me ajudar na mudança, mas sei que ele viria. Um momento de silêncio. Dois.

— Posso ir até aí?

Minha pele parece estar apertada. Era isso que eu queria, não era? Não. Eu deveria dizer não. Entretanto, digo:

— Não sei se você me ouviu quando falei que estou sentada no chão.

— Devo levar comida? — pergunta ele, inabalável. — Você ainda gosta de pizza? Ou quer outra coisa?

— Pizza está ótimo.

É assim que Parker Warren vai parar na minha porta menos de vinte minutos depois, segurando uma caixa de pizza. Abro a porta e pego a pizza.

— Obrigada, eu já dei a gorjeta on-line. — E bato a porta na cara dele.

Quando a abro de novo, ele está de cara feia para mim, mas não parece sério.

— Que engraçado, Elle — diz, antes de passar por mim e entrar na casa.

Parker olha ao redor com admiração.

— Gostei do que você fez com a casa.

Está completamente vazia, exceto por três caixas na sala e duas na cozinha, que empilhei para fazer de banco.

Assinto.

— Obrigada. Eu estava querendo o minimalismo extremo. — Faço sinal para a minha criação com as caixas. — Sente-se no banco — digo graciosamente enquanto pulo na bancada de mármore, ao lado da caixa de pizza.

Assim que faço isso, eu sinto. Fagulhas sobem pela minha coluna. Lembranças encaixando no lugar. Os olhos dele em mim. São verdes demais, e seu olhar está intenso, como se ele também estivesse lembrando. Engulo em seco e abro a caixa. Nós a achatamos para podermos usar um lado como prato. A borda ainda está quente. O queijo gruda nos meus dedos. É instintivo olhar para ele quando dou a primeira mordida, assentir, sorrir, dizer do nosso jeito tácito como o gosto está incrível.

A cada mordida, meu estômago gela. Isto foi um erro. Tudo... está tudo voltando, mais forte do que achei que seria, não passou nada. Na verdade, ficou mais forte.

Nós comemos em silêncio, e, quando a caixa de pizza é fechada, não resta nada para nos distrair. Não há nada além de um verão de lembranças entre nós.

— Desculpa — diz Parker por fim.

— Por quê?

— Por comprar a casa. Por não entender. Desculpa por ter te machucado. — Ele me machucou mesmo. Contudo, também o machuquei. — Eu levei um tempo pra ver, pra entender que não era a casa que você queria, e sim a liberdade de comprá-la. A liberdade... de fazer o que quisesse. A liberdade de sonhar e alcançar esse sonho, do seu jeito. Você merecia essa sensação de orgulho. Desculpe por ter tirado de você. — A voz dele está séria, sincera.

— Obrigada — digo, falando com sinceridade. — Também peço desculpas. Por... por como tudo aconteceu.

Tive medo naquele dia. Medo de estar escolhendo amor no lugar da minha carreira, sendo que ela tinha acabado de começar. Medo de que ficar com uma pessoa tão bem-sucedida fosse me diminuir de alguma forma. Apavorada de estar decepcionando minha mãe.

Nos últimos anos, minha carreira floresceu. Eu me saí melhor do que poderia ter imaginado. No entanto, nenhum dos contratos ou roteiros preencheu o espaço no meu peito que ficou cheio só por alguns meses. Nada disso me deixou feliz como achei que deixaria.

— Saia comigo, Elle — diz ele.

— Só durante o verão? — digo, repetindo nossa conversa que parece ter acontecido uma eternidade antes.

Ele assente.

— Nós dois estamos em Nova York. Nós dois gostamos de passar tempo juntos. Vamos devagar. Vamos sair para correr amanhã de manhã.

Correr. Eu posso correr.

— Tudo bem.

Parker me ajuda a descer da bancada, e o toque dele é leve como uma pena, mas minha pele parece elétrica, como se meu corpo tivesse de repente voltado à vida. Faz tanto tempo que não quero ninguém. Não assim. Parte de mim quer convidá-lo para subir. Parte de mim quer começar de onde paramos. Contudo, o que faço é andar com ele até a porta.

Esta casa veio com uma chave do Gramercy Park, e é lá que começamos a correr, antes de irmos ao Madison Square Park. Nós paramos para comprar tacos de café da manhã em um food truck e comemos sentados no gramado, cercados de pessoas deitadas em cobertores coloridos que parecem os quadradinhos de uma colcha de retalhos, lendo livros ou dormindo debaixo do sol pulsante.

Passamos correndo por uma loja de móveis, e vejo um espelho que amo. Ele me ajuda a carregá-lo para casa, nós dois com dificuldade para sincronizar os passos conforme subimos pela escada. Quando os móveis do meu quarto chegam no dia seguinte, ele me ajuda a montar a cama. Sentamos no chão, contamos parafusos e lemos instruções que parecem mais difíceis do que qualquer coisa que tenhamos estudado na faculdade. Terminamos minutos antes da entrega do colchão, e ele me ajuda a carregá-lo para o andar de cima. Passa o lençol da máquina de lavar para a de secar quando estou ocupada recebendo outra entrega.

Nós jantamos no chão, em uma mesa de centro que acabou de chegar. Ele me observa olhar de modo distraído para as paredes, a testa franzida enquanto mastigo.

— O que foi? — pergunta.

Estou olhando para a sala.

— Nada.

Ele me dá uma olhada, e sou uma passarela transparente para ele, então não adianta mentir.

— Não gosto da cor da parede. Mas o restante dos móveis chega amanhã. Eu não tenho tempo pra mudar sem que haja uma confusão.

É assim que vamos parar no Home Depot às nove da noite. Estamos diante de uma variedade infinita de cores, perplexos com os nomes.

Branco Ultrapuro — digo. — Que não deve ser confundido com Único Tipo de Branco Puro.

— Bege-cinzento Stonehenge — diz ele. — Pra quando você quiser que sua cozinha se pareça com um amontoado misterioso de pedras.

Balanço a cabeça.

— Não. Cogumelo Salteado é com certeza mais adequado pra uma cozinha.

— Mas é sexy? — diz ele, repetindo as minhas palavras de anos antes.

Quase engasgo do nada.

— Não — digo, tentando ignorar o leve calor que se espalha nas minhas bochechas. — Chantili ganha esse título, lógico.

Uma cozinha sexy e chantili não são as imagens que eu queria conjurar, mas aqui estou, ciente demais de cada movimento do olhar de Parker quando me curvo para olhar cada cor. Por fim, digo:

— Esta.

Nossas mãos se encostam quando ele estende a dele para a amostra, e fagulhas percorrem meu braço e vão até a base da minha coluna. Não nos olhamos, mas tenho certeza de que ele sente essa gravidade entre nós, o ar tenso. Os últimos dias foram quase uma tortura, passar tempo pertinho de uma pessoa por quem você sente uma atração absurda sem fazer nada quanto a isso.

— Vou procurar fita adesiva — diz ele.

— Boa ideia.

Pintar parede é bem mais difícil do que eu pensava. De repente, entendo por que tanto do processo de reforma é mostrado com lapso de tempo na HGTV.

Colocamos folhas de plástico no chão, cobertas por uma lona, e começamos a emassar as paredes. Parker encontra o quadro de luz da casa no porão e desliga a eletricidade do aposento para podermos tirar os espelhos dos interruptores. Nós passamos fita adesiva nas bordas.

— Isso parece tão mais fácil na televisão — digo, grunhindo enquanto começamos a botar tinta nas bandejas. — Particularmente porque, enquanto eles pintam, fico sentada no sofá com um *latte*.

Parker abre um sorriso. E, antes que eu possa me mover, ele respinga tinta do pincel diretamente na minha roupa.

Devo parecer chocada, porque Parker cai na gargalhada. Eu o fuzilo com o olhar.

— Você está rindo agora, mas vamos ver o que vai pensar quando estiver raspando Unicórnio Peludo de trás da orelha na semana que vem — digo, indo até a bandeja mais próxima.

Sim. A cor da tinta se chama mesmo Unicórnio Peludo.

Ele se coloca na frente da bandeja e vira uma parede impenetrável. Parker é rápido. Tento me esquivar, mas os braços dele acabam envolvendo meu corpo, e nós começamos a rir, e, de repente, estou recuando. Nós voltamos a pintar em silêncio.

Temos que pintar de cima para baixo. Temos pincéis e rolinhos, e, se eu soubesse que daria tanto trabalho, teria ficado de boca calada.

Ainda assim… pintar ao lado dele é divertido. *Qualquer coisa* com ele é divertida. Mesmo quando terminamos a primeira demão e ficamos só olhando a tinta secar. Espreguiço o corpo enquanto estou deitada no meio do piso, em cima do plástico e da lona. É quase como um cobertor. Com o canto do olho, vejo Parker folhear o livreto de amostras que pegamos quando estávamos saindo do Home Depot, só para o caso de querermos pintar mais algum aposento.

Depois de ver o trabalho que dá, fico de repente muito satisfeita com as cores de tinta do restante da casa.

— Você acha que tem um curso universitário? — pergunta ele. — Nomeador de tintas? Isso é uma área de escrita criativa?

Dou uma risada debochada.

— Talvez — digo, os olhos no teto. — Acho que esse pode ser meu emprego dos sonhos alternativo. Escolher nomes de tintas pra Benjamin Moore.

Ouço uma página virar.

— Surpresa de Pêssego? Sério?

— Pior que isso parece uma delícia.

— Leite e Biscoitos.

— Nham.

— Asinhas Defumadas.

— Tá legal, essa pessoa estava pronta pra ir almoçar.

— Super Sublime.

— Legal.

— Prisma Pink. Sonho Selvagem.

— Nitidamente, eles têm uma quedinha por aliterações.

— Grãos de Café.

— A tinta dos meus sonhos.

— Jantar à Luz de Velas — diz ele.

— Talvez a gente devesse começar a conversar exclusivamente em tons de tinta. Tem tanta variedade.

— Adorável.

— Obrigada.

Ele dá um suspiro longo e sofrido.

— Tocável.

— Estamos entrando no território da cozinha sexy agora.

— Primeiro Beijo.

Engulo em seco.

— Meu Amor.

Meus olhos estão tremendo e se fechando. A voz dele está fazendo coisas estranhas comigo.

— Conto de Fadas Eterno…

— Amor à Primeira Vista…

— Beijo de Boa-Noite…

— Destruidora de Corações.

Eu o escuto botar o livreto de lado. Chega de nomes. Por alguns momentos, ele só fica em silêncio. Quando abro os olhos e me apoio nos cotovelos, vejo que Parker está observando a parede, perdido em pensamentos.

— Que foi? — pergunto.

— Você se arrepende às vezes? Deseja não ter fugido correndo daquela joalheria?

Não era o que eu estava esperando. Eu estaria mentindo se dissesse qualquer coisa diferente.

— Sim.

Ele fecha os olhos, como se aquela palavra única o tivesse machucado, ou talvez salvado.

— Mas não, também — digo. Ele abre os olhos de novo. — Eu… tinha coisas que precisava resolver sozinha. Minha carreira. Minha relação com dinheiro. Eu precisava de tempo. — Tempo para ver tudo que podia fazer sozinha.

— E agora?

— Não sei — digo com sinceridade. Franzo a testa. — Quando fui embora… eu estava infeliz, mas vi sua empresa florescendo. Pareceu… que o universo tinha se consertado, sabe? Pensei em tentar falar com você algumas vezes, mas você tinha voltado a São Francisco. Eu não sabia se ainda se importava.

— Você achava que eu não me importava mais? — diz ele devagar. Parker se levanta. Eu também. Nós estamos tão próximos, mas parece que há um mundo entre nós. — Você não recebeu as flores?

Recebi. Ele enviou flores à CAA todos os dias por um ano inteiro, porque não tinha o meu endereço. Eu tinha dito a ele que odeio quando elas morrem, então a solução que encontrou foi enviar novas todas as manhãs. Estavam sempre acompanhadas de cartas manuscritas. Sarah perguntou se eu queria que fossem enviadas para minha casa, mas recusei.

— Você não viu os outdoors?

Suspiro. Por toda Sunset Boulevard e além, os outdoors foram trocados por pinturas das minhas flores favoritas, junto de pequenas imagens que só eu entenderia. *Lattes*. Bolas de beisebol. *Cannoli*. Alguns tinham frases curtas, como se ele as estivesse usando como mensagens de texto. Parker devia ter alugado todos os outdoors da cidade pelo menos uma vez.

Depois de um ano, parou. Tudo parou. E eu esperava que fosse o fim daquilo, apesar de meus sentimentos não terem ficado balançados nem por um momento.

Os olhos dele estão me queimando.

— Eu não fiquei com ninguém depois de você, Elle.

Engulo em seco. Será que é verdade? Eu não vi nenhuma fotografia dele com ninguém, mas só supus que estivesse sendo mais discreto.

— Eu estava ocupada. E você... *você* pareceu ocupado. — Parecia que ele tinha se jogado no trabalho, e eu também.

Parker balança a cabeça, frustrado.

— Não importava onde eu estava. Se você tivesse me pedido, eu teria ido a Los Angeles. Eu teria andado até você se você quisesse.

Estou respirando pesado demais agora. Parker também. Seus olhos estão ardendo de intensidade. Ele dá um passo até mim.

— Não há um dia, uma hora, um minuto em que eu não pense em você, Elle. Vi todos os seus filmes. Sei todas as falas. Li todos os roteiros só pra ter sua voz na minha cabeça de novo. Só pra ver como você pensa. Li sua entrevista. Eu sabia que você tinha mentido sobre a pergunta da casa. Sei que você voltou pra cá pra sentir um sussurro do que foi nosso verão de novo, pra tentar encontrar a felicidade que não existiu mais depois daquilo.

— Como você poderia saber disso? — pergunto.

— Porque eu fiz o mesmo.

Ele me olha como se eu não estivesse sozinha nesse arrependimento, nessa tristeza. Como se eu não fosse a única cujo coração e cuja mente ficaram em outro verão. Tudo que eu tenho de valor ficou preso lá, um globo de neve com lembranças que agora ficaram estáticas.

— Eu só quero — diz devagar, dando outro passo até mim. Os olhos dele estão pegando fogo, uma floresta incendiada — uma chance de te amar além daquele verão.

Meus lábios se chocam com os dele. Por um momento, Parker fica imóvel, como se tivesse medo de se mexer, medo de interromper o que está acontecendo, mas enfia as mãos no meu cabelo, os dedos se fecham no meu pescoço, e ele inclina minha cabeça para trás e me saboreia como se nunca fosse parar.

Minhas mãos descem pelo corpo dele com avidez, como se estivessem esperando todo esse tempo para ver se ele ainda está igual, e ele *está*, e não quero nada entre nós. Começo a tirar sua roupa suja de tinta o mais rápido que consigo. Ele começa a me despir também, passando minha camiseta pela cabeça em um instante, os dedos dele passando pela curva da minha bunda enquanto puxa minha calça de moletom para baixo. Eu a tiro e vou direto para seus braços, agarrada nele. Não tem nada carinhoso nisso. É desesperado, cheio de vontade e está mais do que atrasado.

Estou só de lingerie quando ele me coloca na bancada da cozinha, mas a peça some também, e estou nos seus braços de novo. Parker faz que vai me levar para a escada, mas não chegamos tão longe. Com as pernas em volta dele, começo a me esfregar no seu membro, contorcendo-me, cheia de desejo, e ele geme e me imprensa na parede mais próxima.

Ofego ao sentir a tinta molhada fria na pele.

— Nosso trabalho…

— Está só começando — diz ele e desce para botar a boca no meu seio. Eu arqueio as costas da parede. Cravo as unhas nos ombros dele. Parker passa os dentes no meu mamilo, morde com delicadeza o bico sensível, e eu ofego.

— Eu preciso de você — digo. Todos os nervos do meu corpo estão pegando fogo. Eu me esfrego nele, deslizando, como se para mostrar o quanto, e ele fala um palavrão.

— Busco uma camisinha?

— Se quiser — digo. — Mas eu tomo pílula. E também não estive com ninguém desde você.

Nós nos encaramos, e sei o que estamos pensando. Tantos dias desperdiçados sem fazer isso. Foram necessários, eu estava falando sério. Agora, entretanto, com a mão dele entre nós, posicionando seu membro, lamento cada momento que não passamos juntos.

Nós dois gememos quando ele me penetra. Cravo as unhas nas costas dele sem pretender, a sensação quase de dor, e Parker fala um palavrão contra o meu ombro. Ele segura a minha bunda enquanto enfia todo o volume, até chegar ao fim. Por um momento, só fica parado, deixando-me me acostumar com ele.

— Por favor — digo, contorcendo-me, precisando acalmar essa dor implacável. Ele começa a se mexer, e meus mamilos se arrastam no peito rígido quando ele começa a me foder contra a parede.

Inclino a cabeça para trás, e meu cabelo fica sujo de tinta, mas não ligo; eu acompanho cada movimento, ofego enquanto ele aperta meus quadris. Minha mão escorrega quando tento me apoiar na parede, como se pudesse evitar cair no abismo daquele prazer infinito.

Nós vamos parar no chão, e monto nele como já imaginei tantas vezes sozinha, suas mãos na minha cintura. Parker me observa como se estivesse hipnotizado, e aperto as mãos no peito dele, marcando-o com a tinta enquanto me mexo sem vergonha, com desespero. Ele me vira, e eu solto um gemido com a pressão, com o volume, quando me dá tudo de que eu sentia falta nos últimos dois anos.

É isso, penso. *É a melhor sensação que vou ter a vida toda.*

É no chão, exausta, com o peito ainda subindo e descendo, que vejo a parede que estragamos. Meu corpo está marcado com nitidez nela.

— Vou ter que pintar por cima disso algumas vezes — digo com uma careta.

A voz de Parker está totalmente séria quando ele diz:

— Não vai, não. Vou pegar isso. É a coisa mais linda que já vi. Vou pendurar no meu quarto.

Eu me viro para olhar para ele.

— Você é ridículo.

— Por você, eu sou um bobão mesmo — diz.

Eu me levanto. A tinta nas minhas costas está começando a secar. Preciso lavá-la logo. Parker também se levanta. As marcas das minhas mãos estão no peito dele, e olho para elas com orgulho demais. Ele segue meu olhar e sorri.

— Queria poder deixar aqui — diz ele. — Eu tatuaria suas mãos em mim se você não fosse odiar isso.

Chego mais perto dele.

— Nós... com certeza pintamos por cima das lembranças ruins. Fizemos novas. Melhores — digo, lembrando-me das palavras dele de antes.

— Elle — diz Parker. — Não existem lembranças ruins com você.

Ele me carrega para o andar de cima, para o chuveiro, e apoia minhas mãos na parede enquanto esfrega para tirar a tinta. Em seguida, me penetra. Nunca vou me acostumar com isso, com a reação do meu corpo a ele, com o jeito como minha mente inquieta fica calma quando estamos assim.

Quando terminamos, e as marcas de mão estão lavadas, Parker aperta meus dedos onde antes estavam e diz:

— Eu sou seu, Elle. — Os lábios dele deslizam na água pelo meu pescoço até a minha clavícula, pelo meu ombro molhado. — Não quero mais ninguém. Esperei você por dois anos. Posso esperar mais. Ou pra sempre, se você decidir que não me quer. — Ele chega para trás para me olhar. — Vou te esperar todos os dias até você estar pronta.

Junho vira julho. Nós decidimos fazer uma viagem para o norte de Nova York. Alugamos um chalé muito pequeno, e paramos no chão de novo, enrolados em cobertores na frente de uma lareira. Fazemos trilhas de manhã e s'mores à noite.

Na cidade, vamos ao Central Park correr. Frequentamos o café de Parker, que ainda é dele. A loja expandiu a seleção de *scones*, para a minha alegria. Eu me sento e começo a escrever o próximo roteiro. As palavras saem mais fácil do que nunca.

Quando Cali e Pierre vêm à cidade para um casamento, nós nos oferecemos para cuidar de Isabella por uma noite. Vejo Parker brincar de pique-esconde, de blocos de construção e de Barbie pela centésima vez, sem nunca parecer cansado.

Aos poucos, terminamos de acrescentar nossos novos toques à casa. Colocamos um papel de parede novo no meu escritório. Ele me ajuda a conseguir roteiros raros que quero ter na minha nova coleção. Eu o visito no escritório da empresa mais de uma vez e levo almoço. Ele me ensina um pouco de códigos, e nós nos impressionamos com a rapidez com que conseguimos digitar.

Julho vira agosto. Somos voluntários em um abrigo de animais, e nos apaixonamos por um cachorro que tem uma mancha preta em volta de um olho e concordamos sem falar nada que ele vai para casa com a gente. Escolhemos o nome dele olhando a seção de tintas do Home Depot. Parker tenta ensinar Derby a usar o tapetinho como banheiro e não consegue, então passeamos com ele duas vezes todas as noites. Parker em geral não me acorda e, certa noite, eu o sinto entrar embaixo da coberta, com o cabelo molhado de chuva, as pernas se emaranhando nas minhas. Sinto-o apertar os lábios na minha cabeça, e, depois de virar de costas de novo, eu o ouço dizer algo baixinho para a noite, que parece "Obrigado".

Eu me viro para olhar para ele.

— O que você está fazendo? — pergunto, minha pergunta virando um bocejo.

Ele só me olha, como se fosse a coisa mais natural do mundo.

— Estou agradecendo ao universo por estarmos aqui ao mesmo tempo.

— Mesmo com o meu ronco? — pergunto.

Ele sorri.

— Mesmo assim.

— Mesmo... eu tendo mudado? Não sou a mesma pessoa que era dois verões atrás. Algumas partes melhoraram. Outras pioraram.

— Não me apaixonei por uma versão de você, Elle — diz ele. — Eu me apaixonei por você toda.

Minha garganta fica apertada. Ele só me deu sinceridade. Merece o mesmo. Olho para o teto como se fosse uma página em branco onde eu possa colocar as palavras certas.

— Eu nem sei mais quem eu sou. Eu acho que... no caminho... perdi uma parte de mim. — O último ano e meio foi puro trabalho, sem vida pessoal. — Mas tenho certeza de uma coisa. No nosso verão, eu fui eu. Fui... feliz. — Eu me viro para olhar para ele. — Não vai ser fácil esquecer. Me curar. Lembrar.

— Eu sei — diz ele, passando os lábios pelo meu ombro. Apertando-os na minha pulsação. — Estarei lá a cada curva. Vou ser um mapa para você encontrar o caminho de volta até você mesma.

Semanas depois, estamos no Gramercy Park. Derby está olhando um esquilo, mas não vai atrás dele. Parker está sorrindo, os olhos enrugados, e estou só olhando para ele. Algo encaixou, como uma tranca que eu não sabia que existia, com uma chave que não sabia que estava procurando.

— Saia comigo, Parker — digo.

Ele me olha.

— Pelo restante do verão?

Dou de ombros.

— Eu ia dizer pra sempre.

Ele para. Parece saber o que quero dizer, mas não move um músculo, como se tivesse medo de quebrar algo tênue. Contudo, não tem nada frágil nos meus sentimentos agora. Eles são fortes e têm raízes profundas.

— Estou pronta — digo com firmeza. Não estou curada, não estou no meu momento final, mas estou chegando lá. E sei que não quero fazer a jornada sem ele.

Parker sorri. Anda até mim, Derby não muito atrás.

— Você não faz ideia de há quantos dias eu espero você dizer isso — diz ele. — Todos os dias por dois anos, na verdade. — E tira uma aliança do bolso. Devo parecer confusa, porque ele diz: — Sempre esteve comigo, desde que você foi embora. Para o caso de você voltar.

Antes que eu me dê conta, Parker se apoia em um joelho. Está oferecendo o anel a mim. Não é o que eu teria esperado.

Parker Warren comprou para mim o maior diamante que existe. Comprou uma cadeia de cafeterias porque tinham descontinuado meu *scone* favorito. Comprou um anel para cada dia de verão que passamos juntos. Comprou a pulseira mais feia do planeta porque achou que eu tinha sorrido para ela.

Em comparação a qualquer uma dessas coisas, a aliança é modesta. Não é para ser extravagante. No entanto, percebo, com lágrimas descendo pelo rosto, que é para ser *minha*.

Os diamantes estão arrumados no formato de uma flor. Uma que não vai morrer nunca.

Pego a aliança da mão dele. Então a enfio no dedo. E o beijo.

É fim de agosto. O verão está quase acabando.

E, desta vez, estou pronta para que seja eterno.

AGRADECIMENTOS

Eu começei a escrever *Verão em Nova York* anos atrás (durante um outono na cidade), no intervalo de escrita dos meus livros de fantasia. O restante foi escrito durante um verão, um inverno e a maior parte de uma primavera, anos depois. Todos os momentos passados com esses personagens foram cheios de alegria, e sou muito grata a todos que tornaram possível esta história chegar a você.

Agradeço à Jodi Reamer, minha agente incrível, que nem hesitou quando falei que queria publicar um romance contemporâneo. Ainda não sei como você tem tempo de falar comigo todos os dias, mas não poderia estar mais grata de ter você ao meu lado. Você é Jodi na cidade, uma das pessoas mais engraçadas que conheço, e a estrela-guia que mudou tudo. Obrigada por encontrar um lar incrível para este livro.

Sou muito grata a todos da HarperCollins e da William Morrow por tornarem essa experiência de publicação tão mágica. Agradeço à May Chen, minha editora maravilhosa, por acreditar neste livro desde a primeira página e pela sua orientação editorial. Eu sorrio todas as vezes que vejo seu nome na minha caixa de entrada. Agradeço à Liate Stehlik por defender a mim e a este livro com afinco. Obrigada à Jen Hart pelas ideias e pelos instintos incríveis. Obrigada a Kelsey Manning, Jes Lyons, Kaitlin Harri, Danielle Bartlett e Sam Fox por tornar possível que os leitores encontrem este livro. É uma grande alegria trabalhar com todos vocês. Agradeço também a Hope Ellis, Jessica Rozler, Andrew DiCecco e Alessandra Roche por tudo que vocês fazem para preparar esta história para ser impressa e encadernada.

Agradeço aos meus agentes incríveis de filme e televisão da CAA, Berni Vann e Michelle Weiner, por fazerem todos os meus sonhos mais insanos se tornarem realidade. Obrigada também a Eric Greenspan pelo apoio constante, desde o comecinho. E agradeço a Denisse Montfort e Allison Elbl, por tudo que vocês fazem. Agradeço também ao restante da equipe da Writers House, por todo o apoio e a orientação. Obrigada à Anqi Xu, por sempre ser tão organizada quando eu não sou, e por ler tudo. Obrigada à Maja Nikolic, por tornar possível que *Verão em Nova York* fosse traduzido por todo o mundo, e à Peggy Boulos Smith por encontrar a casa dele no Reino Unido.

Agradeço à Darcy e ao restante da equipe da minha editora no Reino Unido, a Bloomsbury. Eu me sinto muito honrada de trabalhar com vocês todos e mal posso esperar para visitar o Reino Unido em breve.

Agradeço aos meus amigos e familiares pelo amor e compreensão quando desapareço por meses seguidos na minha toca de escrita. Vocês sabem quem são, e tenho sorte de ter vocês na minha vida.

Obrigada ao meu amor pelo apoio por uma década quando chegar a hora deste livro ser lançado. Você torna o mundo real melhor do que o da ficção. Sou muito grata por poder passar todos os dias com você. Eu te amo.

Por fim, quero fazer meu maior agradecimento de todos a você, que me lê. Tudo que escrevo é para você. Obrigada pelo seu apoio. É tudo para mim.

Este livro, composto na fonte Fairfield,
foi impresso em papel Ivory Slim 65 g/m² na Leograf.
São Paulo, Brasil, novembro de 2025.